KB041072

Infinite Dendrogram
인피니트 덴드로그램

9. 쌍희난무

카이도 사콘 지음
타이키 일러스트
천선필 옮김

그것은 바로 |알티를――
그 이름에서 따온 알터 왕국을 이어받은 자의 이름.
아즈라이트――|성검희| 알티미어는
가면으로 숨겼었던 두 눈으로 |아크라|를 보았다.

**"이 이름과 책무, 내 의지는
왕국의 백성을 상처입히는 것을 용서하지 않는다."**

푸른 칼날 끄트머리를 |아크라|에게 들이대며――
그녀는 시원스러운 미소와 함께 선언했다.

"―― 각오는 되셨는지?"

"나는 알터 왕국 제1왕녀──
(세이크리드 프린세스) (아즈라이트)
[성검희] 알티미어 · A 알터."

Character

레이

레이 스탈링 / 무쿠도리 레이지
초보 플레이어로서 〈Infinite Dendrogram〉에 발을 내디딘 청년.
기본적으로는 순하지만 양보할 수 없는 것을 위해서는
몇 번이든 맞서는 강한 의지를 지니고 있다.

네메시스

네메시스
레이의 엠브리오로 나타난 소녀.
대검이나 도끼창으로 변화하는 능력과 입은 대미지를
두 배로 돌려주는 〈복수는 나의 것〉이라는 특수능력을 지니고 있다.

루크

루크 홈즈
레이와 파티를 짜고 있는 절세 미소년.
직업은 [포주]이며 테임 몬스터와 함께 싸운다.
엠브리오는 TYPE : 가드너인 [타락천마 바빌론].

마리

마리 애들러
〈DIN〉이라는 정보상 집단에 소속된 [기자]로서
여러 가지 정보를 다루고 있는 플레이어.
사건에 자주 휘말리곤 하는 레이에게 흥미를 품고 접근했다.

슈우

슈우 스탈링 / 무쿠도리 슈이치
레이를 게임으로 끌어들인 장본인이며 레이의 실제 형.
인형 옷을 입고 있는 이유는
현실 얼굴 그대로 캐릭터를 작성해버렸기 때문.

인피니트 덴드로그램

9. 쌍희난무

카이도 사콘 지음 **타이키** 일러스트
천선필 옮김

커버 그림, 본문 일러스트 | **타이키**

Contents

□■──

희망을 품는 것은 항상 깊은 절망의 벼랑 끝에 선 자다.
떨어져 버리면 무언가를 바랄 수도 없는 나락.
그 직전까지 몰린 사람은 그 누구보다도 간절히 바란다.

그렇기에 궁지에 몰린 자는 자신을 구할 자를 만들어낸다.
그것은 혼의 구원을 추구하는 신앙.
또는 다음 세대로 이어질 생명.
또는…… 자신들을 덮친 절망을 타파할 존재이다.

◇◆

아득히 먼 옛날, 지금은 선선대 문명이라고도 불리는 시대.
최근에는 카르티에 라탱 지방이라 불리는 지역의 깊은 산속에
그 병기 플랜트가 존재했다.
내부에는 땅속에서 자원을 채굴하는 설비와 채굴한 자원을 소
재로 가공하는 설비, 지맥으로부터 에너지를 생성하는 설비, 그
리고 병기인 황옥병을 양산하는 설비가 갖추어져 있었고, 사람
이 없는 상태에서도 증산이 가능했다.

하지만 이때, 플랜트에는 사람이 있었다.

그들은 플랜트의 가장 안쪽에서 이 시설에서 가장 중요한 것을 건조하고 있었다.

작업원들은 경화 유리벽 너머에서 원격조작 머니퓰레이터로 작업을 진행해 나갔다.

그때, 그들이 있던 조작실의 자동문이 열렸고 한 남자가 어린 아이를 데리고 들어왔다.

"주임님. 어쩐 일로 제자분을 데리고 오셨나요?"

작업원 중 한 명이 그곳으로 들어온 남자…… 이 플랜트의 개발주임에게 물었다.

"그래. 얼마 전에 코어가 완성되었잖아. 그래서 그걸 보여주고 싶어서……. 우리의 세계를…… 다음 세대를 살아갈 아이들을 구해줄 희망을."

주임과 작업원이 그런 이야기를 나누고 있던 동안 아이는 유리벽 쪽으로 다가가고 있었다.

그리고 투명한 벽 너머로 보이는 것을 보고 '우와', 감탄하며 소리쳤다.

"아버지, 저게 우리를 지켜주는 거야?"

"그렇고말고. 이 [아크라 바스타]가 모두를 지켜줄 거야."

투명한 벽 너머에 있던 것은 기계장치 구체였다.

그것은 현재 건조 중인 거대병기의 인공지능 블록이었고, 나중에는 내부 프레임과 외장을 붙여 병기로서 완성시킬 예정이었다.

대 '화신' 결전병기라는 이름이 붙은 이 병기의 획기적인 점은 자신에게 필요한 부품이나 그것을 만들기 위한 설비까지 스스로 개발하고 제조하는 시스템이다.

현재 작업원들이 진행하고 있는 것은 자동 건조에 들어가기 위한 기초설비 작성이다. 이 공정이 끝나면 [아크라 바스타]가 스스로 최강의 병기가 되기 위해 스스로를 개발할 것이다.

"정말?"

"그래, 이 [아크라 바스타]는 희망이란다. 분명 그 '화신'을 쓰러뜨리고 세계를 구해줄 거야."

주임이 말한 '화신'이라는 존재. 그것은 이 선선대 문명을 덮친 무시무시한 악마이자 타도해야만 하는 절망 그 자체.

그 사실을 잊지 않게끔 이 플랜트의 홀에도 벽화로서 '화신' 중 하나의 모습을 새겨두었다. 이 플랜트를 설계한 어떤 명공의 이름과 함께.

"와아……."

아버지에게 [아크라 바스타]가 세계를 구해줄 거라는 말을 듣고 어린아이가 기쁜 표정을 지은 다음 설레는 표정을 지으며 아버지에게 물었다.

"그럼 어머니하고도 또 만날 수 있어?"

"…………."

그 물음에 대한 답은…… 만약 세계가 구원받는다 해도 이루어질 수 없는 소원이었다.

하지만 아버지는 그렇게 말할 수 없었다.

이 시대에 그런 비극은 넘쳐난다.

그것을 타도하기 위해서라도 [아크라 바스타]의 힘이 필요했다.

"……언젠가, 세계가 평화로워지면."

아버지는 그렇게 말하고 아들의 머리를 쓰다듬은 뒤 손을 거두고 작업실에서 나갔다.

"바이바이, 또 봐."

아들은 아버지의 손을 잡고 있지 않은 쪽 손을 [아크라 바스타]의 인공지능 블록에게 흔들고 있었다.

그 행동에 대한 대답은 들리지 않았지만, 광학 센서 가동음이 투명한 벽 너머에서 희미하게 들리고 있었다.

2000년 전. 사람들의 희망이 되기 위해 만들어진 결전병기.

아이러니하게도…… 시간이 지난 현재, 그것 자체가 인간들끼리 벌이는 싸움의 계기가 되고 있었다.

카르티에 라탱을 덮친 악마.

〈유적〉을 공략하려 하는 인형.

치명적인 결함을 품은 채 움직이기 시작한 황옥병.

그런 위협에 맞서는 사람들.

싸움의 소용돌이 속에서 미완의 결전병기는 움직이지 않았다.

하지만, 눈을 뜰 때가 다가오고 있다는 사실을…… 결전병기
(아크라 바스타)는 느끼고 있었다.

■카르티에 라탱 시가지

황국의 〈초급(슈페리얼)〉, [마장군(헬 제네럴)] 로건 고드하르트가
불러낸 악마 2000마리가 카르티에 라탱 거리를 공포에 질리게
했다.

이른 아침 거리에 경보가 울렸고, 사람들이 허둥대며 도망치
고 있다.

그렇게 아래쪽에서 벌어지고 있는 광경을 따로 소환한 대형
악마 등에 타고 있던 로건은 마치 개미를 보는 듯이 내려다보고
있었다.

"도시를 공격한다. 프랭클린 녀석도 한 달 전에 그러다가 실
패했었지."

그가 이번에 받은 퀘스트는 『카르티에 라탱 방어 전력의 교란』
이다.

기프티드 바르바로스도 그렇게 지시했다.

그리고 로건은 그것을── **도시 공격**이라고 이해했다.

착각한 것은 아니다. 공격하면 방어 전력이 그쪽으로 빠질 수
밖에 없으니까.

하지만…….

"그렇다면 나는 성공시키도록 하지. 프랭클린을 쓰러뜨린 '언

13

브레이커블(불굴)'을 쓰러뜨리는 김에."

로건에게는 도시 공격을 방어 전력을 유인하는 **정도**로 끝낼 생각이 전혀 없었다.

"나무가 많아서 정말 잘 탈 것 같은 도시군. 화공이 제일이지."

그렇게 악마 2000마리가 차례대로 타오르는 바위를 토해내기 시작했다.

바위가 집에 부딪혀 집을 불태웠고, 나무에 부딪혀 나무를 불 태웠고, ──주민에게 부딪혀 주민을 불태웠다.

"전쟁 때 알게 된 건데, NPC를 쓰러뜨리는 건 경험치 효율이 좋거든. 지금은 황국의 작전 중이니 황국에서 지명수배되지도 않을 테고. 잔뜩 벌어주겠어."

불에 휩싸인 주민들이 타올랐다.

처참한 광경이었지만 로건은 '경험치를 벌었다'는 생각밖에 하 지 않았다.

타오르는 냄새가 로건이 있는 곳까지 닿지도 않았고, ……타 오르는 모습도 로건에게는 **CG 캐릭터**가 타오르고 있는 모습으 로만 보였으니까.

선택한 시점의 종류, 그리고 무엇보다 게임으로만 생각하는 로건에게 이것은 단순히 퀘스트에 따라 움직여서 NPC를 쓰러 뜨리고 경험치를 벌고 있는 것뿐인 행위.

별다른 생각은 없었다.

그가 생사여부에 대해 신경 쓰는 게 있다면 퀘스트의 성공 여 부에 관여하는 **중요 NPC**, 기프티드 바르바로스 정도다.

적어도 로건의 인식은 그랬다. 〈초급〉에 도달한 〈마스터〉 중한 사람이긴 하지만, 로건에게는 이 〈Infinite Dendrogram〉은놀이(게임)에 불과하니까.

"응? 방어 전력인가?"

로건의 아래쪽에 기사 200명 정도가 나타났다.

이 카르티에 라탱 영지를 수호하는 티안 기사단. 도시를 불태우고 사람들의 목숨을 빼앗으려 하는 악마들로부터 사람들을지키기 위해 출진한 자들이었다.

"핫."

하지만 기사단이 악마에게 맞서는 모습을, 필사적인 저항을로건은 내려다보며 웃었다.

"정말 머리(CPU)가 덜떨어지는 것 같은데. 숫자도 그렇고 성능도 떨어지는데 맞서다니, 너무 어리석어."

주민들을 습격하는 악마에게 맞서는 용감한 기사도 그에게는그렇게만 보였다.

로건은 악마에게 지시를 내려 기사 한 명당 악마 열 마리가 상대하게 했다.

티안 기사들은 악마를 도저히 당해낼 수 있는 전력이 아니었고, 그들은 악마에게 유린당하기 시작했다.

그것은 저번 전쟁을 그대로 가져다 놓은 듯한 광경이었다.

"졸개들도 전투직이라 그런지 경험치는 비교적 짭짤한데."

로건은 만족스러워하면서 기사를 해치운 악마를 거느리고 이동했다.

그러던 와중에 로건은 어떤 건물을 발견했다.

"저기에 꽤 많이 모여있는 것 같은데. 한꺼번에 해치울 수 있어서 정말 편하겠어."

로건이 눈독을 들인 곳은…… 고아원이었다.

악마들에게 겁을 먹은 아이들과 직원들이 많이 숨어 있었다.

하지만 로건에게는 '노리기 편한 표적'에 불과했다.

로건은 악마 수십 마리에게 지시를 내려 타오르는 바위를 건물을 향해 날리기로 했다.

건물을 통째로 태우는 것이 효율적이기 때문이다.

"다른 곳도 저렇게 뭉쳐 있으면 편할 텐데."

그렇게 중얼거린 다음 오른손으로 들고 있던 대검을 들어 올렸다.

마치 군대를 지휘하는 듯이 휘둘러 내린 순간 고아원을 태운다는 결정을 내리는 행동.

그렇게 하려는 로건에게는 '많은 아이들의 목숨을 빼앗는다'라는 생각은 조금도 없었다.

왜냐하면 이건 '놀이(게임)'니까.

RPG에서 아이템이 들어 있는 나무상자를 부수는 것 같은 느낌으로 로건은 그렇게 결정을 내렸다.

"발……."

──하지만, 그는 '발사'라는 지시를 내리지 못했다.

왜냐하면 그 직전에 포격 태세에 들어가 있던 악마 수십 마리

모두가── 죽었기 때문이다.

산산조각 난 악마.

두 동강 난 악마.

피를 토하며 죽은 악마.

마치 누군가에게 조종당하는 듯이 아군을 공격하는 악마.

상태는 각각 달랐지만 악마는 전부 다 누군가의 공격으로 인해 죽었다.

"······뭐라고?"

무슨 일이 일어난 거지? 그렇게 생각하며 주위를 둘러본 로건. 아룡 클래스에 필적하는 자신의 악마를 이렇게 단숨에 섬멸할 수 있는 자가 이 도시 어딘가에 있었는지 의문을 품었다.

그런 그의 귀에.

『──아침 일찍 산책하다 보니 정겹고도 추악한 것을 보았군.』

남자 목소리······ 아니, 남자 목소리와 비슷한 **연주**가 들렸다.

『공교롭게도 이 아이들에게는 음악을 들려주기로 약속해서 말이지. 기데온에서 비슷한 짓을 한 내가 할 말은 아니겠지만······ 손대게 하진 않겠다.』

그 목소리를 낸 사람은 어느새 고아원 앞에 서 있었다.

그 사람은 노인이었다. 옆에 기계······ 금속 악기와도 같은 코볼드, 켄타우로스, 하피, 그리고 카트시를 데리고 있었다.

그의 이름은—— [주악왕(킹 오브 오케스트라)] 벨도르벨. 예전에 드라이프 소속이었으며, 지금은 자신의 〈엠브리오〉와 함께 떠돌며 음악을 연주하는 노인이었다.

"네놈은…… [주악왕]!!"

로건은 벨도르벨의 이름을 알고 있었다.

왜냐하면 그가 대항심을 불태우는 프랭클린의 클랜 멤버 중 한 명이자 그 전투 그룹의 우두머리를 맡고 있던 남자였기 때문이다.

"어째서 네놈이 여기 있는 거냐! 프랭클린이 내 발목을 붙잡기 위해서 보낸 건가!!"

『아니야. 나는 이미 〈예지의 삼각〉 멤버가 아니니까.』

로건이 캐묻자 벨도르벨은 조용한 연주로 대답했다. '애초에 그 녀석은 네 발목을 붙잡으려 할 정도로 신경 쓰지도 않겠지만'이라는 속마음을 연주에 담지 않았다.

"그렇다면 어째서 네놈이 나를 방해하는 거지?"

『말했을 텐데. 이 고아원 아이들은 브레멘 연주의 관객이다. 악마 따위에게 당하게 할 수는 없어.』

"무슨 말을…… 하는 거지?"

로건은 이해할 수 없는 말이었다.

——고아에게 음악을 들려준다고?

——어떤 퀘스트 달성 조건인가?

그의 기준으로는 그렇게밖에 이해할 수 없었다.

벨도르벨이 한 말을 결코 이해할 수 없을 그에게 벨도르벨이 말했다.

『애초에 이런 상황에서 움직이지 않은 사람이 쓸 수 있는 영웅담은 없겠지. 그건 내게 무엇보다 중요한 것이니까.』

영웅의 생애를 그린 가극을 쓰고 싶다. 〈Infinite Dendrogram〉을 시작한 동기이기도 한 그 목표. 공격하든 지키든, 벨도르벨은 움직이지 않는다는 선택을 하지는 않는다.

그리고 둘 중 하나를 선택한다면, 예전에 소속되어 있었던 세력을 따라 공격하는 것보다 자신들의 관객이기도 한 아이들을 지키는 길을…… 〈마스터〉로서 선택한 것이다.

"영웅담? 그렇다면 내 이야기를 쓰면 되잖아."

벨도르벨이 한 말을 듣고 로건은 그렇게 말했다.

"?"

이해가 되지 않는다는 듯이 고개를 갸웃거리는 벨도르벨의 태도를 보고 발끈한 로건은 '그런 것도 모르겠냐'라는 표정으로 이렇게 말했다.

"나야말로 이 게임의 영웅 그 자체. 영웅담을 쓴다면 나 말고는 없지."

그 말을 듣고.

"――핫."

코웃음 치는 벨도르벨의 태도는 어떤 말보다 더 확실한 말이었고, [마장군]의 발언을 전면적으로 부정하는 것이었다.

"네, 놈!!"

로건은 단숨에 분노했다.

"지원직, 그리고 그 지원직을 지원하는 졸개 빌드 주제에! 이 [마장군]에게 맞설 수 있을 것 같냐!!"

『글쎄다. 하지만 그렇게 따지자면…… 제압형인 네놈이 섬멸형인 내게 이길 수 있을까?』

"헛소리!! 이 몸은 [마장군]!! 드라이프 최다이자 최강인 〈초급〉이다!!"

『말투 정도는 좀 통일시켜라, 꼬맹이놈. 그리고…… 최다도 그렇고 최강도 네놈이 아닐 텐데.』

"닥쳐어!!"

로건의 분노에 부응하여 그가 거느리고 있던 악마들이 움직였다.

악마 100마리 정도가 노인의 목을 찢어발기려고 달려들었다.

흉폭한 기세를 살려 날아든 악마들은 모조리.

『아무런 대책도 없이 통과할 수 있을 정도로── 퍼커션의 연주가 어설프진 않지.』

──보이지 않는 진동파로 인해 분쇄되었다.

"……?!"

《하트비트 퍼버리제이션》.

브레멘 중 하나, 타악기를 담당하는 코볼드 퍼커션이 연주하

는 음악.

[주악왕]의 패시브 스킬, 《주악왕의 지휘》로 인해 몇 배로 강화된 그것은 사정거리 안에 있는 물질을 모조리 파괴하는 경이로운 초진동 결계이다.

예전에 〈초급 킬러〉라 불리는 마리조차 죽은 척한 뒤 기습해서야 겨우 뚫을 수 있었던 드라이프에서 손꼽히는 공성 방어 능력이다.

"윽?!"

『더 이상 이야기를 나눠봤자 무의미하겠지.』

벨도르벨은 한숨을 쉬고 지휘 자세를 갖춘 뒤 그가 거느리고 있는 최고의 악단과 함께 눈앞에 있는 〈초급〉과 악마 군단을 바라보며—— 말했다.

『——오거라. 네놈의 하찮은 악마, 우리의 연주로 모조리 분쇄해주마.』

"이 [마장군]을 우롱하다니……!! 제6단계에 불과한 늙은이가 아!!"

황국의 톱 클랜 〈예지의 삼각〉의 전 최강 전투원, [주악왕] 벨도르벨.

황국의 결투왕이자 〈초급〉, [마장군] 로건 고드하르트.

두 사람의 싸움이 지금 시작되었다.

◆

그림 동화 중에 룸펠슈틸츠헨이라는 이야기가 있다.

내용을 간단히 설명하자면 다음과 같다.

어느 날, 가난한 방앗간 주인이 '우리 딸은 지푸라기로 금을 자아낼 수 있다'고 허풍을 떨었다.

그 소문을 듣고 사실이라 믿은 왕은 방앗간 주인의 딸을 감금했다.

왕은 '사흘 뒤 아침까지 금을 자아내라. 해내면 왕비로 맞이할 것이고 못하면 처형한다'고 엄포를 놓았다.

'할 수 있을 리가 없다'며 절망한 딸 앞에 난쟁이가 나타나 여러 가지 거래를 하게 된다.

나중에 '처음 태어난 아이를 주면 난쟁이가 금을 자아낸다'는 조건으로 합의한 딸은 난쟁이와 계약을 맺었다.

난쟁이는 지푸라기로 금을 자아냈고, 왕의 요구를 만족시킨 딸은 왕비가 된다.

하지만 아이가 태어나게 되자 왕비가 된 딸은 '부탁이니 아이를 데리고 가지 말아달라'며 난쟁이에게 애원한다.

그러자 난쟁이는 '사흘 뒤까지 내 이름을 맞추면 아이를 데리고 가지 않겠다'는 약속을 했다는 이야기다.

중간을 생략하고 결말을 말하자면, 그 난쟁이의 이름은 동화의 제목이기도 한 '룸펠슈틸츠헨'이다.

그렇다면 그 룸펠슈틸츠헨을 모티브로 삼은 〈초급 엠브리오〉, [기교개찬 룸펠슈틸츠헨]의 고유능력은 무엇일까.

그것은 지푸라기로 금을 자아내는 듯이 직업 스킬을 더욱 강력한 효과로 바꿀 수 있는 힘이다.

제1형태 때는 직업 스킬 설명 중 한 부분의 수치를 두 배로 만들어주기만 하는 〈엠브리오〉에 불과했지만, 진화함에 따라 스킬 설명 중 바꿀 수 있는 부분과 비율이 올라갔다.

그리고 상시발동형 필살 스킬인 《나는 위증으로부터 황금을 자아낸다(룸펠슈틸츠헨)》은 '자신의 직업 스킬 설명의 수치를 동시에 최대 10개까지 10배로 만든다'는 영역에 도달했다.

즉, 룸펠슈틸츠헨은 그 누구보다 직업 스킬을 강력하게 다룰 수 있는 〈초급 엠브리오〉라는 뜻이다.

이번 침공 때, 로건은 우선 제물을 바침으로써 얻은 포인트를 10배로 만들었다.

그다음, 《콜 데빌 레지먼트》의 소환 숫자와 지속시간을 10배로 만들었다.

그리고 일반적인 [소환사(서머너)]와는 달리 고정 소환매체가 없는 악마 소환의 경우 기재된 참고 스테이터스조차 바꿀 수 있다.

직업 스킬에 기재되어 있던 [솔저 데빌]의 참고 스테이터스 중 LUC를 제외한 일곱 개 스테이터스를 10배로 만들었다. (10배로 만들어도 의미가 별로 없는 LUC만 제외한 것이다)

이렇게 합계 10곳을 10배로 만들었고, 로건은 이 사용법이야말로 룸펠슈틸츠헨과 [마장군] 직업을 최대한 활용할 수 있는 방법이라 생각한다.

다른 한편, 로건은 악마 소환과 《군단》이 아닌 스킬을 별로 사용하지 않는다.

예를 들자면, 파티 강화 스킬도 있긴 하지만, 로건은 선호하지 않는다.

파티 강화 스킬은 지속시간마다 MP를 소모하고, 강력한 부하에게 버프를 걸면 소모가 더 심해진다.

하지만 로건의 룸펠슈틸츠헨에는 효과를 상승시켜주는 힘이 있긴 해도, 비용을 경감시켜주는 능력은 없다. 포인트는 어디까지나 포인트의 양을 늘려주기만 할 뿐, 스킬에 사용하는 비용은 줄어들지 않으니까.

그리고 스테이터스를 상승시켜주는 스킬은 STR, END, AGI를 올려주는 세 종류가 있는데, 각각 상승폭은 20퍼센트 정도다. 10배로 만든다 해도 200퍼센트 상승에 불과하다.

로건은 그런 스킬보다는 《나는 위증으로부터 황금을 자아낸다》로 설명을 고친다면 소환시 스테이터스 그 자체를 10배로 만드는 게 더 효과적이라고 생각했다.

정리하자면, 로건은 룸펠슈틸츠헨의 능력으로 성능을 강화시킨 악마 군단으로 유린하는 것을 선호한다.

〈엠브리오〉의 특성으로 인해 소환 숫자를 비롯한 [마장군]의 조건을 일찌감치 달성하여 서브 직업도 거의 키우지 않은 채 초급 직업이 된 로건이 다른 전술을 쓸 수가 없다는 사정도 있다.

그럼에도 불구하고 악마 군단이 강력하다는 것은 사실이다.

스킬로 즉시 보충할 수 있는 악마 군단은 위협적이었기에 로건은 지금까지 결투를 제외한 거의 모든 싸움을 이 방법으로 해 왔다.

압도적인 물량 차이로 유린할 수 없는 적은 없을 것이다.

◆

그렇게 생각했던 로건에게 지금 벨도르벨과 벌이고 있는 전투 는 뜻밖이었다.

상식적으로 생각하자면, 전투 계열 〈초급〉인 로건과 전투에 적합하다고는 할 수 없는 지원직의 지원직인 지휘자 계통의 준 〈초급〉인 벨도르벨의 전력 차이는 결정적이다.

그럼에도 불구하고 고아원 앞에 있는 길에서 로건은 씁쓸한 표정을 짓고 있었다.

"……칫!"

그 이유는 자신의 악마 군단이 벨도르벨과 그의 브레멘을 전 혀 당해낼 수 없었기 때문이다.

척 보기에도 진동 결계 앞에서 [마장군]의 악마들은 섣불리 공 격하지 못했다.

돌격하면 산산조각 난다.

타오르는 바위를 날리면 사라진다.

공방일체의 진동 결계, 아룡 클래스 악마라 해도 넘어설 수가 없었다.

그런 와중에도 진동 결계보다 사정거리가 긴 초음파 메스, 고

출력 저주파, 최면 음악이 악마들을 쓰러뜨려 나갔다.

물량으로도 돌파할 수 없는 방어, 그리고 소리와 동일한 속도를 지닌 공격이 끊임없이 날아들었다.

벨도르벨의 스타일은 로건의 천적에 가까웠다.

"큭!"

『나도 드라이프, 그것도 톱 클랜인 〈예지의 삼각〉에 있었다. 네놈의 스타일은 잘 알고 있지.』

서서히 악마의 숫자가 줄어드는 로건에게 벨도르벨이 연주를 통해 말했다.

『[마장군]인 네놈의 스타일은 악마 소환. 대가를 치름으로써 악마의 군세를 곧바로 전개할 수 있다는 점이 네놈의 강점. 〈엠브리오〉의 고유 스킬로 가성비를 올릴 수 있는 네놈에게는 안성맞춤이겠지. 이렇게 뛰어난 스테이터스를 지닌 악마의 군세, 원래는 마을 하나를 통째로 제물로 바쳐야 겨우 해낼 수 있을 텐데. ……이번 비용은 아룡 한 마리 정도 아닌가?』

살짝 탄식하면서도 벨도르벨은 [마장군]의 수법을 꿰뚫어 보고 있었다.

잘 알고 있다며 말한 것처럼.

하지만 그것은 로건이 드라이프에서 자신의 〈엠브리오〉 능력을 숨기지 않았던 이유 때문이기도 했다.

비장의 수로 쓸 수 없는 상시 발동형 필살 스킬이라는 이유뿐만이 아니라 '나는 누구보다 우수하다'라고 과시하기 위해 일부러 공개했기 때문이다.

공개한 시기는 전쟁이 끝난 뒤, 프랭클린이 〈초급〉이 된 이후. 다시 말해 대항의식이 생겼기 때문이다.

룸펠슈틸츠헨의 능력은 들켜도 손실이 크지 않은 특성이긴 하지만, 그래도 지금 벨도르벨처럼 분석할 수는 있다.

무덤을 팠다고 할 정도는 아니지만, 스스로 불리함을 자초한 것이다.

여담이지만, 룸펠슈틸츠헨 동화에서 난쟁이의 이름이 밝혀진 이유는 '난쟁이가 스스로 자신의 이름을 노래했기 때문'이다.

능력뿐만이 아니라 그런 부분까지 정말 모티브와 잘 맞는다 할 수 있을 것이다.

『하지만 강화시킨 악마 군단의 성능에도 한계가 있지. 네놈이 불러낸 그 악마 군단은 퍼커션의 진동 결계를 넘어설 수 없다.』

벨도르벨은 딱 잘라 말했다. 그 정도로는 절대로 브레멘을 쓰러뜨릴 수 없다고.

『일정 이상…… 말 그대로 《하트비트 퍼버리제이션》을 살아서 돌파할 수 있는 악마를 불러내려면 아무리 네놈에게 〈초급 엠브리오〉가 있다 해도 큰 대가를 치러야 할 터인데?』

"……정말 잘 안다는 듯이 말하는군, [주악왕]."

『말했을 텐데, 잘 알고 있다고. 네놈이 맞바꿀 수 있는 비용으로 불러낼 수 있는 한계…… 전설급 악마까지라면 우리가 쓰러뜨릴 수 있다. 그렇다면 이 늙은이를 쓰러뜨리기 위해 귀중한 특전무구를 바쳐서 신화급 악마를 불러볼 텐가? 왕국의 기사단장을 쓰러뜨렸을 때처럼.』

그것이야말로 [마장군]의 오의, 《콜 데빌 제로 오버》.

다른 스킬과는 달리 '하나의 제물로 포인트 대가를 채운다'는 제한이 있다.

그것을 채울 만한 물건은 포인트를 10배로 만들 수 있는 로건도 일화급 이상의 특전무구밖에 없다.

게다가 소환하는 신화급 악마도 참고 스테이터스가 기재되어 있지 않기 때문에 룸펠슈틸츠헨으로도 악마의 스테이터스를 10배로 만들 수가 없다. 전설급 악마도 마찬가지다.

하지만 그런 문제들을 감안하더라도 신화급은 [마장군] 로건 고드하르트의 최강의 비장의 수.

사용했던 모든 싸움에서 그에게 승리를 가져다준 힘이자 필살 스킬이 상시발동형인 그의 필살 스킬이라 할 만한 스킬.

하지만 그건…….

『지금은 못 하겠지? 잃을 것(비용)이 너무 크니까. 여기는 **투기장이 아니다.**』

로건이 황국의 결투왕인 것에는 이유가 있다.

결투 결계 안에서는 잃은 아이템도 결투가 끝나면 원래대로 돌아오기 때문이다.

그것은 **제물로 바친** 특전무구도 마찬가지다.

로건은 결투 때 얼마든지, 아낌없이 특전무구를 제물로 바칠 수 있기에 신화급 악마를 여러 마리 불러낼 수도 있다.

다른 결투 랭커 중에 그 위협과 맞서 싸워 이길 수 있었던 사람은 아무도 없었다.

또 여담이긴 하지만, 예전에 프랭클린은 '그래도 그건 [수왕(베헤모트)]이 결투를 하지 않으니까 왕인 거죠? [수왕]이라면 신화급이라도 그냥 이길 수 있으니까요?'라고 대놓고 말한 적이 있다.

그게 그들의 첫 만남이었고, 그 순간부터 로건은 프랭클린과 [수왕]에게 대항심을 불태우고 있다.

『어떻게 할 텐가? 특전무구를 써서 신화급을 불러 볼 건가?』

벨도르벨은 일부러 로건을 도발했다.

왜냐하면 그 비장의 수를 쓰려고 하는 순간이야말로 벨도르벨에게 승산이 생기는 순간이니까.

지금은 뒤쪽에 있는 고아원을 지키기 위해서 움직이지 못하고 있고, 벽이 되어주는 진동 결계도 해제하지 못한다.

하지만 로건이 《콜 데빌 제로 오버》를 사용하는 타이밍에는 공격하러 나설 수 있다.

악마 소환에는 어느 정도 시간이 필요하고, 그동안에는 무방비해진다.

그 순간, 진동 결계를 해제하고 필살 스킬 《수진악단(브레멘)》을 때려 넣는다.

위력이 엄청난 진동파인 퍼커션이나 적의 목숨이 끊어질 때까지 자해하게 만드는 호른.

그 둘 중 하나라면 악마와 로건을 쓰러뜨릴 수 있다, 벨도르벨은 그렇게 짐작했다.

그렇지 않더라도 이대로 악마를 계속 쓰러뜨리다 보면 추가로 악마를 소환할 수밖에 없게 되고, 마찬가지로 공격할 타이밍이 생긴다.

벨도르벨은 그 순간을 놓치지 않겠다는 생각으로 브레멘을 지휘하는데 주력하며 진지하게 로건을 살펴보고 있었는데…….

"칫……. 나불나불, 혀도 움직이지 않으면서 말은 참 잘하는군."

벨도르벨이 한 말을 듣고 로건이 혀를 찼다.

그런데, 그렇게 혀를 찬 다음 추악한 미소를 지었다. 그가 캐릭터 모델링을 할 때 참고한 게임 주인공과 똑같은 얼굴로, 전혀 닮지 않은 미소를…….

"하지만, 늙은이…… 네 짐작은 틀렸다."

『뭐라고?』

"특전무구? 너를 상대하는데 그런 대가는 필요 없어. 더 싼 걸로도 충분하니까."

로건이 그렇게 말하고 손가락을 튕기자, 뒤쪽에서 악마 한 마리가 그의 곁으로 날아왔다.

그 악마는—— 사람 한 명을 잡고 있었다.

"윽?! [마장군], 네놈……!"

"이 NPC면 충분해."

그 사람은 벨도르벨에게 낯익은 소녀.

어제 백작 저택에서 벨도르벨 일행의 연주를 열심히 듣던 아이들 중 한 명.

겁을 먹고 고아원 안에서 뛰쳐나왔을 때 운이 나쁘게도 악마에게 잡힌 소녀.

"어린아이가 어쩌고저쩌고했었잖아. 써먹을 수 있을까 싶어서 잡아두었지. 표정을 보니 정답인 모양이군. 네놈에게 잘 먹히는 아이템이라는 거지! 하하하하하하!!"

로건은 자신을 농락하려 했던 벨도르벨이 지은 표정을 보고 만족스러운 듯이 크게 웃었다.

"하하하하!! 연주해준 대가다, 받으라고!"

그리고 악마가 소녀를 앞쪽 공중으로 내던졌다.

그 앞에 있는 것은 파괴를 흩뿌리는 진동 결계였고── 만약 닿는다면 소녀는 흔적도 남지 않을 것이다.

"《하트비트 퍼버리제이션》, 해제……."

그것은 순식간에 내린 판단이었다.

벨도르벨은 퍼커션에게 해제하라는 지시를 내렸고.

소녀가 결계에 닿기 직전에 진동 결계가 해제되었고.

어린아이는 땅바닥에 떨어지기 전에 켄타우로스 스트링스가 달려가 받아냈다.

하지만 그와 동시에── 벨도르벨의 몸은 로건이 던진 대검에 꿰뚫린 상태였다.

대검은 노인의 가녀린 몸통을 뚫고 땅에 꽂혔다.

"커헉……!"

"꼴 좋네! NPC에게 정을 주니까 그렇게 되는 거야!"

그 직후에 수많은 악마가 브레멘에게 몰려들었다.

브레멘도 스킬을 사용하며 응전했지만, 지금은 벨도르벨의 지휘가 없다. 위력이 줄어든 음악 스킬로는 악마 몇 마리를 쓰러뜨릴 수 있다 해도 전부 다 쓰러뜨릴 수는 없었다.

금속 악기 같은 브레멘의 몸이 부서지기 시작했다.

호른의 피리도, 클라비어의 건반도 파괴되고 있다.

그런 와중에 스트링스는 필사적으로 소녀를 지키며 고아원 안으로 대피시키고 있었다.

하지만 그 대가로 스트링스의 현악기가 부러졌고, 네 개 달린 다리도 부서졌다.

"…………."

대검에 꿰뚫린 채 쓰러지지도 못하는 벨도르벨은 브레멘을 보았다. 지금도 [출혈]로 인해 HP가 줄어들고 있고, 특전무구로 보이는 대검이 저주 계열 상태이상을 걸고 있었다.

이제 곧 벨도르벨은 데스 페널티를 받게 될 것이다.

"…………."

그런 상황에서도 벨도르벨은 브레멘들을 보았다.

브레멘들도 마찬가지로 벨도르벨을 바라보고 있었다.

상처 입으면서도, 부서지면서도.

그러면서도── 아직 할 수 있다, 그런 눈초리로 호소하고 있었다.

"그렇다면, 피날레로 가볼까."

치명상을 입은 몸으로, 벨도르벨은 두 손을 들어 올렸다.

"──《파이널 오케스트라》."

그것은 목숨을 깎아내는 [주악왕]의 오의.

1분 동안, 음악 계열 스킬의 효과를 10배로 만들어주는 최후의 비장의 수.

브레멘도 마찬가지로 한데 모여 유일하게 악기가 남아있던 퍼커션을 중심으로 하나의 거대한 악기로 합체했다.

"뭐?!"

이미 죽었을 것이라 생각했던 벨도르벨의 움직임을 보고 로건이 경악했다.

하지만 이미 늦었다.

벨도르벨은, 브레멘은, ──이미 연주를 하고 있으니까.

"《수진악단(브레멘)── 퍼커션》!!"

그 최후이자 최대의 충격파는 하늘 저편으로 날아갔고── 그 사선상에 존재하고 있던 1000마리가 넘는 악마와 함께 로건을 집어삼켰다.

◇◆

《수진악단》의 충격파가 사라진 뒤, 그 사선상에 남아 있던 것은 단 한 명에 불과했다.

"용케도 이런 짓을, 늙은이……. 말 중 대부분이 박살 났어. ……[브로치]까지."

품속에서 부서져내린 [구명의 브로치]를 씁쓸하게 내려다보면서 로건은 이를 갈았다. '설마 내가 〈초급〉도 아닌 상대에게 한 번 죽을 줄이야……' 그런 마음이 충분하고도 남을 정도로 드러나는 표정이었다.

하지만 그렇게 만든 벨도르벨과 브레멘도 무사하지는 못했다.

브레멘은 부서져 가던 몸으로 충격파를 날린 반동 때문인지 이미 쇳덩이로 변한 상태였다.

벨도르벨도 대검의 저주 계열 상태이상으로 인해 꿈쩍도 하지 못하고 목소리도 낼 수가 없는 상태였다.

소모된 HP도 [출혈]로 인해 2분도 못 버티고 0이 되어 데스 페널티를 받게 될 것이다.

"……고생하게 해준 보답이다. 퀘스트 달성 조건인지 감정을 이입한 건지는 모르겠지만, 네놈이 지키려 했던 저 고아원. 철저하게 파괴해주마."

로건은 자신이 받은 굴욕을 떠올리며 음침한 미소를 지었다.

그리고 고아원을 손가락으로 가리키며 이렇게 말했다.

"타오르는 바위로 해치우지 않고 악마에게 **하나씩 먹이도록** 하지."

시간이 걸리긴 하겠지만, 어차피 내가 맡은 역할은 시간을 버는 것. 어디를 어떻게 습격하더라도 상관없다.

애초에 적국을 아무리 유린해도 상관없는 것이 전쟁이다, 로건은 그렇게 생각했다.

"해치워라."

벨도르벨과 벌인 전투에서 살아남아서 《수진악단》을 피해 이곳에 남아 있는 악마는 500마리도 되지 않는다. 그리고 카르티에 라탱의 기사단과 아직 싸우고 있는 100마리밖에 없다. 전력이 대폭 감소되었다.

하지만 그래도 충분하다. 500마리가 있으면 고아원을 먹어치우고 이 카르티에 라탱을 박살 내기에는 충분하다, 로건은 그렇게 생각했다.

"…………."

악마 500마리가 고아원으로 향하자 벨도르벨은 막으려 했다.

하지만 목소리는 나오지 않았고, 손가락도 움직이지 않고 떨리기만 했다.

지금 늙은 작곡가의 약속은 박살 나고, 비극의 막이 올라간다.

하지만── 그런 비극을 용납하지 못하는 자가 있다.

"──《연옥화염》, 최대 방사."

남자의 목소리가 들린 것과 동시에 악마의 불꽃과는 다른 검붉은 불꽃이 거세게 휘몰아쳤다.

고아원으로 다가가던 악마의 선두 집단을 그 불꽃이 휩쓸었고, 악마 열 몇 마리가 고통으로 인해 비명을 지르며 길바닥에서 몸부림치고 있엇다.

"…………누구지?"

의아해하던 로건이 바라본 곳에 그것이 있었다.

타오르는 악마를 등진 채 불꽃이 비추는 그림자가 다가오고 있었다.

그것은 기괴한 모습이었다.

온몸을 두른 것은 어둠과도 같은 외투.

외투 틈새로 살짝 보이는 갑주도 무시무시한 검은색과 붉은색.

두 손에 귀신의 얼굴을 본떠 만든 토시를 차고, 두 다리에는 시체를 연상케하는 부츠를 신었다.

그 모습을 보면 열이면 열, '사악하다'라고 판단할 것이다.

하지만 그 장비를 두른 그의 두 눈은 그렇지 않았다.

그 두 눈은 악마의 만행에 대해── 올바른 분노로 타오르고 있었다.

"──네가 [마장군]이냐."

그가 물었다.

목소리에 담긴 감정에 살짝 놀라며 로건이 되물었다.

"너는 뭐야?"

그 물음에 그는 [마장군]의 두 눈을 정면으로 노려보면서── 이름을 말했다.

"──레이 스탈링."

예전에 프랭클린의 음모를 두 번이나 깨부순 '언브레이커블'이 그곳에 있었다.

"⋯⋯⋯오오."

빛의 입자가 되어가던 벨도르벨은 그거 이곳으로 달려온 이유를 알지 못했다. 그와 브레멘이 날린 최후의 《수진악단》이 레이를 이곳으로 오게 했다는 것을 알지 못했다.

하지만 벨도르벨은 만족하고 있었다.

레이의 뒷모습을 보면서 벨도르벨은 미소를 짓고 있었다.

그것이야말로 그가 평생 꿈꾸던 자의 뒷모습에 한없이 가까운 모습이었기 때문에.

"⋯⋯뒷일은, 맡기, 마."

저주 계열 상태이상에 걸린 몸으로 겨우 그 한 마디만을 말했다.

"──네, 반드시."

그 대답을 듣고 늙은 작곡가와 그의 〈엠브리오〉는⋯⋯ 함께 미소를 지으며 빛의 입자가 되어 사라져갔다.

로건 앞에 선 레이는 화가 나 있었다.

그 분노는 네메시스도 이미 알고 있었다.

네메시스는 알고 있다.

레이 스탈링⋯⋯ 무쿠도리 레이지는 선의나 감정으로 움직이는 사람 좋은 자다.

눈앞에서 벌어지는 뒷맛이 씁쓸한 일에 끼어들지 않고는 성이 차지 않는다.

그렇기 때문에 그는 비극을 흩뿌리는 자에게 분노로 맞선다.

지금까지 〈Infinite Dendrogram〉에서도 그렇게 해왔고, 앞으로도 마찬가지일 것이다.

하지만 네메시스는 그의 분노가 두 종류라는 것을 알고 있다.

첫 번째는 미래를 비극으로 가로막는 존재에게 맞서서 원하는 미래를 개척하기 위한 분노.

두 번째는…… 과거를 비극으로 채우고 그 비극 위에서 웃어 대는 악의에 대한 격노.

지금까지 그가 싸워온 자들 중 대부분은 전자였다. [갈드랜더], [RSK], [모노크롬]. ……그 프랭클린조차도 전자였을 것이다.

하지만 단 하나…… 후자에 속하는 악의가 있었다.

그자의 이름은 [대사령(리치)] 메이즈.

사리사욕을 위해 수많은 아이들의 목숨을 빼앗고 시체까지 가지고 놀았던 진짜 악당.

메이즈와 맞섰을 때 보여준 레이의 분노는 다른 분노와는 성질이 달랐다는 것을 네메시스는 기억하고 있다. '그것은 분명 레이의 역린이었을 것이다', 네메시스는 그렇게 깨달았다.

그리고 지금, 그때 메이즈와 마찬가지로…… 로건은 레이의 역린을 건드렸다.

거리를 불태우고, 고아원을 습격하고, 아이들을 먹이로 삼겠다고 선언했다.

그것은 악의다, 그리고── 격노의 방아쇠이기도 하다.

맞서게 될 [마장군] 로건 고드하르트는 〈초급〉.

피아 실력차는 메이즈와 전투를 벌였을 때보다 훨씬 크다.

그리고 주위에는 아룡 클래스인 악마 군단이 있다.

압도적인 열세다.

하지만 그런 건 상관이 없었다.

레이는 이미── 맞서기로 결심했으니까.

□[황기병(프리즘 라이더)] 레이 스탈링

타오르는 거리에서 한 남자와 마주 보고 섰다.

적의 이름은 [마장군] 로건 고드하르트, 소문으로 들은 드라이프의 〈초급〉 중 한 명.

전투만 놓고 보면 그 프랭클린보다 뛰어나다는 남자. 악마 군단의 우두머리이자 저번 전쟁 때 근위기사단을 괴멸시키고 ……릴리아나와 밀리안느의 아버지의 목숨을 빼앗은 남자.

카르티에 라탱을 습격한 것이 수많은 악마라는 시점에서 범인이 이 [마장군]이라는 것은 추측하고 있었다.

기계와 인형, 그리고 악마. 카르티에 라탱을 습격한 위협은 세 가지가 있었지만, 내가 여기로 온 가장 큰 이유는 저 녀석이 있기 때문이다.

〈유적〉은 황옥병과 마리오 선생님의 인형이 교전을 벌여서 시간을 벌 수 있다고 예측했다.

그쪽에는 톰 씨가 있어서 믿음직스럽기도 했다.

하지만 그런 이유가 없다 해도 나는 이곳으로 왔을 것이다.

악마를 부리는 [마장군]이…… 마을을 불태운 시점에서.

"네놈, 레이 스탈링이었나?"

벨도르벨 씨를 꿰뚫었던 대검을 악마에게 회수하게 하면서

41

[마장군]이 말을 걸었다.

"하하하, 한 달 전과는 장비가 꽤 많이 바뀌었잖아. 내게 질 악당 그 자체 같은 느낌인데."

"…………."

그렇게 말하며 웃는 [마장군]의 모습은 내가 수능 때문에 노는 걸 끊기 전에 플레이했던 게임의 주인공과 비슷했다. 주문제작한 것 같은 갑주도, '아마 리얼하게 만들면 이런 느낌'일 것 같은 얼굴도 매우 비슷했다.

유감스럽게도…… 그 게임의 주인공은 저 녀석처럼 쓰레기 같은 짓을 하지는 않았다.

아이를 한 명씩 악마에게 먹이겠다고 지껄이지도 않았다.

"……구역질이 나네."

그 〈유적〉의 넓은 방에서, 나는 고즈메이즈 산적단을 떠올렸다.

그것들은 기계이기 때문에 그런 시스템이었을 것이다.

하지만 지금 내 눈앞에 있는 저 녀석은…… 속셈이 그 [대사령]과 비슷했다.

약자에게 폭력을 휘두르는 모습도, 그에 맞서려는 자를 비웃는 모습도 똑같다.

그런 부분이 가슴을 욱신거리게 만들었다. ……지금 내 심정은 그 버려진 요새 지하에 있었을 때와 매우 비슷하다.

폭발하기 직전이라는 것을 스스로도 이해할 수 있었다.

"크크큭, '언브레이커블' 레이 스탈링. 나는 너와 만나고 싶었다."

"만나고 싶었다고?"

갑자기 무슨 말을 하는 거지?

"나는 프랭클린이 근위기사단의 부단장을 함정에 빠뜨렸을 때부터 네놈이 싸우는 모습을 보았다. 레벨 0 때 [데미 드래그 웜]을 쓰러뜨리는 장면을 말이야."

……릴리아나와 밀리안느의 사건, 내가 처음에 끼어들었던 일 말인가?

그것도 드라이프의 꿍꿍이였으니 저 녀석이 알고 있다 해도 이상하진 않겠지.

"프랭클린이 책략을 짜내다가 네놈에게 졌다는 것도 알고 있지. 그때는 참 통쾌했어."

동료가 실패한 것이 즐거워서 견딜 수가 없다, 그런 표정으로 [마장군]이 그렇게 말했다.

아니, 같은 나라의 〈초급〉이지만 동료라고 생각하지는 않는 건가?

……뭐, 그건 왕국의 피가로 씨하고 여자 괴물 선배도 그렇다고 할 수 있겠지.

"그리고 지금, 너는 네 눈앞에 있다. 프랭클린의 음모를 두 번이나 깨부순 네게도 패배할 때가 온 거다. 그래, 너를 쓰러뜨리는 것이야말로 지금 내가 바라는 것이다!"

"……동료의 원수를 갚겠다는 건가?"

"아니야! 내가 프랭클린보다 우수하다는 것을 알리는 거다!"

"…………."

[마장군]이 무슨 말을 하는 건지 이해하기가 힘든데……, 나를 쓰러뜨리기 위해 전력을 이곳으로 집중하고 있다는 건 틀림없다. 눈을 돌려 주위를 보니 악마들이 다른 곳을 공격하러 가지 않고 [마장군] 옆에서 대기하고 있었다.

여기에서 악마를 붙잡아둘 수 있다면 상대방의 전력이 늘어난다 해도 상관없다.

"내가 일부러 왕국까지 왔고, 뜻밖에도 이곳에 네놈이 있었지. 게다가 쓸데없는 녀석들이 한 놈도 없고 네놈만 여기에 있는 지금 이 상황. 그야말로 안성맞춤이지. 다른 〈초급〉에게 방해를 받지도 않고 프랭클린을 쓰러뜨린 네놈과 싸워서 쓰러뜨릴 수 있다는 거다."

"……?"

그 말을 듣고 약간 데자뷔가 느껴졌다.

"한 가지만 말하지."

"뭐야?"

"얼마 전에 비슷한 말을 하다가 괴멸당한 PK 클랜이 있었는데."

아직도 기억이 생생하다. 선배 한 명에게 전멸당한 〈솔 크라이시스〉.

하는 말이 완전히 기시감 덩어리라 말을 꺼낼 수밖에 없었다.

반쯤 도발도 섞여 있긴 했지만.

"나는 그런 좁개 클랜과는 달라……!"

생각했던 대로 마음에 들지 않았는지 내게 드러내는 적의가 강해졌다.

그러면 된다.

"이 몸과 2000마리의 악마 군단이 네놈 같은 하급 한 명을 해치우지 못할 것 같으냐!!"

"2000? 그 정도는 안 될 것 같은데?"

벨도르벨 씨의 결사적인 저항 덕분에 여기 있는 악마 군단은 이미 500마리 정도까지 줄어든 상황이었다. 그밖에 남아 있는 악마는 카르티에 라탱의 기사단과 지금까지 싸우고 있는 악마 정도밖에 없을 것이다. 꽤 많이 줄어들었다.

"네, 놈……!"

내가 지적할 때마다 [마장군]은 미간에 푸른 힘줄을 보이며 화가 난 표정을 지었다.

끓는점이 낮다…… 또는 얕다.

프랭클린은 정체를 알 수 없는 무서움과 여유를 지니고 있었는데, 저 녀석에게는 그게 없다.

그 사실을 이해해서 그런지 가슴에서 욱신거리는 분노는 그대로 남은 채…… 머릿속이 차갑게 식기 시작했다.

"……윽! 그렇다면…… 이 몸을 얕본 것을 후회하게 해주지!"

그렇게 말한 뒤, [마장군]은 악마들을 움직이기 시작했다.

숫자를 살려 나를 포위해서 가지고 놀 셈인가?

하지만 그렇게 공포를 부추기려는 듯이 부대를 천천히 전개했기 때문에 생각을 정리하기에는 딱 좋아서 고맙기도 했다.

『부추기는 건 좋다만, 승산은 있는고? 감정에 몸을 맡기고 여기 서 있는 것 같기도 하다만.』

부정하진 않겠지만 승산이 없는 건 아니다. 써먹을 만한 수가 두 가지 정도 있어.

『두 가지?』

벨도르벨 씨가 저 녀석의 [브로치]를 부숴줬어. 그러니까 지금 저 녀석은 치명상을 입히면 끝나겠지.

저 악마 군단을 피해서 그렇게 해낼 방법은 있다. 예전에도 한 번 한 적이 있고.

『……그건가. 하긴, 쓸만한 방법이긴 하지. 그런데 다른 한 가지는?』

비장의 수야. ……써야만 하는 상황이 되면 써야지.

『비장의 수?《응보는 별의 저편으로(페이백 오버 스타)》말인가? 하지만 그건 지휘관 같은 저 녀석에게 효과가 별로 없을 것 같은데.』

"……아니, 그쪽 말고."

네메시스의 물음에 대답하면서 나는 두 손──[장염수갑 갈드랜더]를 보았다.

……이쪽은 어떤 의미로는 저 악마 군단에게 뛰어드는 것보다 더 도박이다.

쓰지 않는 게 제일 낫긴 하겠지만, 그래도 써야만 하는 상황이 되면 쓰게 될 것이다.

『흐음, 왠지 이해가 잘되지 않긴 하지만 비장의 수가 있긴 한 모양이로군. ……그런데 이렇게 군단과 맞서서 '이쪽이 죽기 전에 상대방의 대장의 목을 치면 승리'라는 승부를 벌일 줄 알았다면 실버가 있는 편이 더 나았을지도 모르겠구나.』

"……실버는 빌려줬으니까."

내가 소리를 듣고 이쪽으로 오기 전에 아즈라이트는 다른 악마와 맞서고 있는 카르티에 라탱 기사단을 원호하러 갔다. 그쪽이 더 멀기 때문에 실버도 빌려주었다.

기사단을 구해준 다음에는 이쪽을 도와주러 올 예정이다.

"가장 좋은 건…… 아즈라이트가 오기 전에 승부를 내는 거지만."

한 번 죽으면 끝나버리는 티안이니까, 그런 이유 때문이 아니다.

그녀가 스승의 원수인 [마장군]을 보고 무리하지 않을까 하는 걱정 때문이다. 이 걱정은 악마 무리를 보았을 때 그녀가 보인 반응으로도 빗나가지 않을 것 같다.

그녀가 자상하고 마음을 억누르는 타입이라는 것은 며칠 동안 함께 지내면서 알게 되었으니까.

"하하하하!! 이렇게 많은 악마들에게 둘러싸인 기분은 어떠냐?"

그때, 포위가 끝났는지 [마장군]이 크게 웃으며 물었다.

"미리 말해두지만 전부 다 아롱 클래스 이상이다! 화염방사 정도로 해치우지는 못할 테고!"

그렇겠지. 처음에 화염방사를 먹인 악마들도 대미지를 입기는 했지만 전선에 복귀했다.

역시 내가 사용하는 《연옥화염》으로 아롱 클래스를 태우려면 어느 정도는 계속 공격해야 하는 건가?

하지만…… 방법은 있다.

"………………좋아."

주위를 보니 인기척이 없었다. 뒤쪽 고아원 안에서 조심조심 이쪽을 바라보고 있는 아이들이 보이기는 했지만, 거리도 충분히 떨어져 있고, 실내다.

이런 상황이라면…… **쓸 수 있다.**

"자! 목숨 구걸을 할 거라면 들어주마, '언브레이커블'!"

"아까부터 싸구려 악당 같은 말만 하는데. 그 얼굴하고 갑옷이 울겠다."

"……윽!!"

"그래도 뭐…… 들어줄 거면 들어줘."

나는 왼손으로 붙잡은 [흑천투] 끝자락으로 입을 막으면서 오른손 수갑을 들어 올렸다.

"──《지옥독기》, 분출."

그 직후, 검보라색 독기가 수갑에서 뿜어져 나왔다.

[맹독], [어지러움], 그리고 [쇠약].

삼중 상태 이상에 걸리게 만드는 흉악하기 짝이 없는 장비 스킬.

"뭐? 지켜야 할 시가지에서 독가스라고?!"

어떤 장군이 마구 날뛰어준 덕분에 주위에는 아무도 없으니까.

그리고 포위해준 덕분에 거의 모든 악마가 효과 범위 안에 들어와 있다.

《지옥독기》는 주위에 있던 악마들에게도 효과를 발휘했고, 악마 군단은 무릎을 꿇은 채 느릿느릿 움직이며 괴로워하고 있었다.

확실히 [마장군]이 말한 대로 저 녀석들은 아롱 클래스일 것이다.

하지만 예전에 [대장귀 갈드랜더]와 싸웠을 때, 아롱인 마릴린은 이 《지옥독기》의 영향을 제대로 받았다. 이 독기는 아롱에게도 효과가 있다는 뜻이다.

유일한 의문은 악마에게 내성이 있는지 여부였지만, 언데드인 [고즈메이즈]에게도 통했다. 악마에게도 통할 가능성이 컸다.

그리고── 지금부터도 [고즈메이즈]와 벌였던 전투와 **마찬가지다.**

"크아앗!!"

나는 몸부림치던 악마 중 한 마리에게 다가가── 날갯죽지를 **물어뜯고** 삼켰다.

그 직후, 악마가 걸려 있던 상태이상 세 개와 악마의 살의 영향이 저주 계열 상태이상을 일으켰다.

『Form Shift── [The Flag Halberd]!』

상태이상을 **먹은 것**과 동시에 네메시스가 흑기부창(핼버드)으로 변형하여 《역전은 나부끼는 깃발과 같이(리버스 애즈 플래그)》를 기동시켰다.

그 순간, 모든 상태이상이 거꾸로 뒤집혔다.

HP에 지속적으로 대미지를 입히는 [맹독]은 지속 회복이 되었고.

평형감각을 일그러뜨리는 [어지러움]은 감각을 날카롭게 만들었고.

그리고 모든 스테이터스를 반감시키는 [쇠약]은 스테이터스를 두 배로 만들어주었다.

게다가 저주 계열 상태이상 디버프도 무효화되었고, 그중 일부는 버프가 되었다.

바로 이것이 예전에 [원령우마 고즈메이즈]와 전투를 벌였을 때 사용한 전법.

상태이상에 걸린 적의 살을 먹고 역전으로 버프를 자신에게 거는 꼼수.

두 번 다시 사용하지 않겠다고 생각했던 방식이었지만, 지금은 사용하는데 전혀 망설이지 않았다.

"하앗!!"

강화된 각력으로 돌바닥을 박차고 괴로워하는 악마 무리를 뚫고 지나갔다. 나는 달려가면서 악마 몇 마리의 목을 걷어차 날리고는 검보라색 독기를 뚫고 포위망 밖에 있던 [마장군]에게 다가섰다.

"뭐어?!"

"——흐읍!!"

숨을 내쉬는 것과 동시에 흑기부창의 칼날을 휘두르자 [마장군]은 들고 있던 대검으로 막으려 했다.

"윽?!"

하지만 대검의 표면에서 미끄러진 흑기부창이 게임 주인공과 비슷하게 생긴 얼굴을 살짝 스쳤다.

"네놈……!"

방금 막으려고 한 움직임은 버프가 걸린 나보다 더 빨랐다.

초급 직업의 스테이터스로 발생한 차이라서 이보다 더 차이를 좁힐 수는 없을 것이다.

하지만 쓰러뜨릴 수 없을 정도로 차이가 많이 나지 않는다는 확신이 들었다.

그리고 [마장군]의 움직임 그 자체는…….

"꽤 비열한 수법을 쓰는군…… 레이 스탈링!!"

대미지를 입었다는 분노를 드러내며 [마장군]이 휘두른 대검을 피하고 오히려 반격을 가하며 대답했다.

"……오히려 네가 사용할 수 있게끔 여지를 남겨주었지."

"뭐라고?"

이렇게 적을 먹는 전법은 지금까지 일부러 사용하지 않을려고 했지만…… 그 이전에 사용하려 해도 쓰지 못한 적도 있다.

그것은 프랭클린의 [RSK]와 벌인 전투.

그때, 녀석의 대책은 완벽에 가까웠다. 상태이상을 **걸지 않고**, 내 삼중 상태 이상에 걸리지 않고, 《머티리얼 배리어》 때문에 **물어뜯을 수가 없다.**

51

프랭클린은 이 전법까지 파악하고 막는 방법까지 감안해서 전투에 나섰다.

하지만 [마장군]에게는 그런 게 없다.

나를 쓰러뜨리고 싶다 하면서도 프랭클린과 비교하면 정보 파악이나 사전 준비가 부족했고, '내가 싸우면 간단히 이길 수 있을 것이다'라는 방심만이 보인다.

지는 것을 혐오하고, 승리에 탐욕을 보이며 까부는 것 같으면서도 그 누구보다 진지했던 〈초급(프랭클린)〉과는 너무나도 다르다.

"……마무리가 어설퍼."

"뭐어?!"

그렇기 때문일 것이다.

다음에 할 말은 매우 자연스럽게 입에서 나왔다.

카르티에 라탱을 유린하고, 예전에 근위기사단을 괴멸시켰고, 그 자매를 울렸을 남자에 대한 분노와도 상관이 없는…… 그냥 생각대로 나오기만 한 말.

그것은——.

"너, ——프랭클린보다 약하구나."

——그냥 **사실 확인**이었다.

"……뭐어?! 내가……, 이 몸, [마장군] 로건 고드하르트가!! 프랭클린 따위보다 못하다고?!"

"그렇게 말했잖아?"

프랭클린 본인의 스테이터스는 최약일 것이다.

하지만 녀석은 그것을 스스로 만들어낸 몬스터로 메꾸었다. 상대방에 대한 내책노 게을리하지 않았고, 자신의 안전도 파악하고, 항상 비장의 수, 비밀 수단을 챙겨두었다. 그런 전투에 대한 자세와 빈틈없는 모습은 본인의 전투력이 낮다는 것이 별문제가 되지 않을 정도로 위협적이었다.

내가 그 녀석을 쓰러뜨릴 수 있었던 것은 형과 동료들, 기데온의 〈마스터〉들이 힘써주었기 때문이다.

하지만 이 녀석들은 그렇지 않다. 전술의 마무리도, 악마의 편성도 어설프다.

그리고…… 보다 확실한 **단점**이 있다.

"취소해애애애애애애애!!"

내가 한 말을 듣고 정말 화가 났는지, [마장군]은 정신이 나간 듯이 대검을 휘둘렀다.

순수한 전위형이 아니기는 하지만, 초급 직업의 스테이터스로 휘두른 그 대검은 빨랐고, 강하긴 했지만 ……결투 랭커의 공격보다는 훨씬 피하기 쉬웠다.

『레이, 이 녀석…….』

"눈치챘어?"

네메시스도 이 녀석의 단점을 눈치챈 모양이었다.

[마장군]은 드라이프의 결투 1위.

그냥 생각하자면 왕국의 결투랭커보다 싸우기 편할 리가 없다.

하지만 내가 강화되었다는 것을 빼고 보더라도, 이 녀석은 결투 랭커들보다 떨어진다.

그 이유는 분명하다.

나는 흑기부창을 휘두르면서 [마장군]에게 다시 확인하려는 말을 내뱉었다.

"결투를 벌일 때도 악마를 부리면서 이겼겠지."

"그게 어쨌다고!!"

그게 어쩌긴, 그게 이 상황의 답이다.

결투를 벌일 때도 악마 군단을 소환한 다음 자신은 싸우지 않고 승리해 왔다.

결투에서는 아이템이 사라지지 않는 것을 이용해서 랑그레이 씨를 쓰러뜨렸다는 신화급을 시합 때마다 사용했는지도 모르겠다.

레벨을 올리기 위해 몬스터와 전투를 벌일 때도 악마를 부렸을 것이다.

그 결과가 이거다.

"……대검을 다루는 게 **너무 서툴러.**"

"뭐어?!"

[마장군]으로서 나름대로 스테이터스가 높을 텐데, 그걸 전혀 써먹지 못하고 있다.

검을 휘두르는 모습을 보면 근위기사단 중 그 누구라 해도 이 녀석보다는 훨씬 뛰어나다.

몸놀림도 결투 랭커들과는 천지차이다.

이 녀석은 초급 직업이고, 〈초급〉이다.

하지만 악마와 〈초급 엠브리오〉의 능력에 너무 많이 의존했다.

이 녀석의 〈초급 엠브리오〉는 직업 스킬을 강화시키는 것이라는 밀을 저번에 정보를 가져온 마리에게 들었다.

그리고 강력한 악마 군단을 간단히 전개할 수 있다는 말도 들었다.

적은 악마의 물량으로 밀어붙이고, 강적도 신화급으로 물리쳤을 것이다.

그것만으로 승부가 나버리니 **그 이상**이 되지는 못했다.

이 녀석 자신은 전투 실력을 전혀 갈고닦지 않았다.

그저 〈엠브리오〉나 직업 스킬을 있는 그대로 조합시켜서 사용했을 뿐.

다시 말해── **플레이어 스킬**을 전혀 갖추지 못했다.

예전에 갖추고 있었을지 몰라도 악마 군단에게 의존하다 보니 잊어버렸든지.

"그래서 악마가 움직이지 않으면 전혀 무섭지 않아."

이 녀석은 나보다 **빠를** 것이다. 하지만 간파할 수 있다.

이 녀석은 나보다 **강할** 것이다. 하지만 피할 수 있다.

이 녀석은 나보다 **튼튼할** 것이다. 하지만 맞출 수 있다.

내게는 셀 수 없을 정도로 많이 패배하며 쌓은 모의전…… 랭커들과의 전투 경험이 있다.

그렇기 때문에 스테이터스가 뒤처진다 해도…… 단련하는 것을 잊은 이 녀석이라면 파고들 수 있다.

"1대1이라면 내가 이긴다."

『아니, 2대1이지.』

"아…… 그렇지!!"

네메시스의 말에 대답하며 힘찬 기합소리와 함께 참격을 계속 날렸다.

"말도 안 돼! 나는 왕국 최강의 기사에게도 이겼다고!!"

"랑그레이 씨는 너와 맞서기 전에 전투를 벌이다 중상을 입었다고. 그래서 너를 해치우지 못하고 신화급 악마를 부를 시간을 줘버렸지."

개전과 동시에 근위기사단을 노린 악마 군단의 습격에 맞섰고, 그 뒤로는 소수로 악마들의 포위를 돌파해서 [마장군]에게 다가섰다.

처음 전투를 벌였을 때 국왕과 부하들을 지키기 위해 그 누구보다 앞으로 나서서 많은 상처를 입었다고 나와 함께 훈련했던 근위기사단 사람들이 말했다.

완벽한 상태였다면 악마를 부르기도 전에 [마장군]을 쓰러뜨렸을 것이다.

이 녀석은 만신창이가 되어 악마를 뚫고 온 랑그레이 씨를 신화급으로 마무리했을 뿐이다.

"나를 상대로도 신화급을 불러 볼래?"

"부를 것 같으냐!! 너 따위에게 특전무구를 잃을 정도로 아까운 짓을……!"

"——그러니까 너는 프랭클린보다 약한 거야."

그 녀석은 이기기 위해서라면 전혀 아끼지 않고 특전무구를 바쳐 몬스터를 만든다.

그 몬스터가 1회용이라 해도 분명히 그렇게 할 것이다.

그런 녀석이다.

"크, 으으……!!"

이야기가 오가는 와중에도 칼이 맞부딪혔고, [마장군]의 상처가 늘어만 갔다.

그것들은 치명상이 되기에는 한참 멀었지만, 확실한 대미지였다.

이미 [브로치]도 없다. 이대로 몰아붙이면…… 내 승리다.

"악마놈드을!! 뭐하고 있나! 나를, 나를 지키러 오라고!!"

[마장군]은 큰 소리로 독기 안에서 괴로워하고 있던 악마들에게 외쳤다.

하지만 [쇠약]과 [어지러움] 때문인지 움직임은 느렸다.

"젠장! 그 늙은이 때문에 줄어들지만 않았더라도, 아니, 처음부터 더 많이……!"

후회하는 것처럼 말하는 [마장군]에게 참격을 더욱 거세게 퍼부었다.

그렇게 날아간 검은 칼날이 [마장군]의 왼쪽 눈을 찢었다.

"크, 아아아아아악!!"

아픔은 없을 것이다.

하지만 시야의 절반을 잃게 되자 [마장군]은 더욱 거세게 미쳐 날뛰었다.

"빌어먹으으으으으으으을!! 쓸데없는 것드을!!"

왼쪽 눈을 잃고 분노한 모습으로 [마장군]이 뒤쪽 독기 안에서 몸부림치는 악마들을 노려보았다.

"그렇다면 써먹을 수 있게 만들어주지!!《컨버전 데몬 플레어》어어어!!"

"윽?!"

[마장군]이 그 스킬 이름을 외친 직후, 많은 기척이 사라졌다.

그리고 내 몸에도 여러 상태이상의 영향이 나타났다.

"이건……!"

『레이! 뒤쪽에 있던 악마들이 사라지고 전부 불덩어리로──.』

네메시스가 한 말을 들은 것과 뒤쪽에서 막대한 열량이 다가온 것을 느낀 것은 거의 동시.

돌아보자── 무시무시한 불덩어리가 이쪽으로 다가오고 있었다.

"크윽!!"

[마장군]이 날린 스킬이 그의 악마 군단을 전부 없애고 공격 마법으로 변환시키는 스킬이라는 것을 깨달았다.

《역전은 나부끼는 깃발과 같이》의 대상이었던 악마도 사라지고 여러 상태이상이 나를 움직이지 못하게 만들었다.

──회피 불가능.

『내게 맡기거라!!』

하지만 명중하기 직전에 네메시스가 검은 원형 방패로 변형했고.

『《카운터 앱솝션》!!』

두 개 있던 사용 횟수 중 하나를 사용하여 그 공격 마법을 빛의 벽으로 흡수했다.

하지만 대미지를 30만까지 흡수하는 빛의 벽으로도 한 장으로는 버텨내지 못했기에 네메시스는 두 번째 《카운터 앱솝션》을 사용했다.

『두 번째는…… 버텨낼 수 있다!』

그 사실을 통해 방금 날아든 마법의 위력이 30만 이상, 60만 이하라는 것을 추측할 수 있었다.

"……악마 한 마리당 대미지가 1000인가?"

그렇다면 500마리를 소비해서 약 50만 대미지, 계산은 맞는다. 아마 원래 악마 한 마리당 대미지가 100이려나.

막아내고 있던 동안, 나는 미리 파우치에 넣어두었던 [쾌유 만능 영약(에릭실)]과 [고위 성수]를 꺼내 마시고 상태이상을 없앴다.

그렇게 궁지에서 빠져나오며 다시 일어서기 위해 회복했지만…….

"──《콜 데빌 기가 나이트》."

그 사실은 [마장군]에게 악마를 소환할 시간을 주는 것이라는 뜻이기도 했다.

[마장군]이 불러낸 것은 인간 크기의 악마였다.

키는 2미터 정도. 두꺼운 금속 갑주로 온몸을 감싸고, 투구의 틈새로는 벌레 다리 같은 것이 여러개 보였고, 오른손으로는 대검을, 왼손으로는 큰 방패를 들고 있었다.

그 악마의 모습은 내가 지금까지 싸워온 몬스터와 비교하면 단순하다고도 할 수 있었다.

하지만…… 그 악마의 위압감은 그 [고즈메이즈]보다 더욱 강렬했다.

"하하하하…… 아니, 아니, 방금 그 스킬로 끝낼 셈이었는데. 하지만 견뎌냈다 해도 문제는 없지. 이 녀석이 나온 이상 승부는 끝이다."

갑주 악마를 불러내고 안심했는지 위기에 처했을 때와는 전혀 다른 모습으로 [마장군]이 말을 걸었다.

"그래? 악마가 500마리 있던 게 한 마리로 줄었는데?"

그렇게 말하기는 했지만, 나도 알고 있다.

저 갑주 악마…… 그 군단과는 존재감이 전혀 달랐다.

확실히 말해 그 500마리보다 저 한 마리가 더 무시무시한 기운을 뿜어내고 있다.

"아직도 모르겠나? 이 [기가 나이트]는 **전설급**에 해당되는 악마다!!"

그 말을 듣고 내 감각이 엇나가지 않았다는 것을 눈치채버렸다.

"특전무구를 사용하지 않아도 되는 아슬아슬한 비용, 네놈 따위한테 사용하는 건 아깝지만…… 계속 지껄여준 보답이다. 확실하게 해치워주지."

『WOWOWO…….』

전설급 악마 [기가 나이트]는 벌레 다리를 꿈틀대면서 기분 나쁘게 울음소리를 냈다.

그와 동시에 위압감이 강해지기 시작했다.

"……전설급, 이라."

예전에 마리가 말한 적이 있었다. '전설급 〈UBM〉은 저 정도, 그러니까 준 〈초급〉 전투 계열 〈마스터〉와 승률이 비슷해요. 그러니까 레이 씨가 [갈드랜더]를 쓰러뜨릴 수 있었던 건 꽤 희귀한 경우죠'라고.

다시 말해 상대방은 마리나 줄리엣과 비슷한 역량을 지닌 몬스터.

나는 예전에 전설급인 [갈드랜더]를 쓰러뜨렸지만, 그건 [갈드랜더]가 진정한 힘을 발휘하기 전에 기습적으로 쓰러뜨린 것에 가깝다.

고대전설급인 [모노크롬]도 네메시스의 제3형태가 녀석에게 가장 적합한 형태였던 것, 그리고 선배가 도와준 덕분이다. 녀석이 특이한 특화형 〈UBM〉이었기도 했다.

하지만 저 [기가 나이트]는 척 보기에도 순수하게 전투력 쪽으로 강한 타입이다.

어느 쪽으로 특화된 부분이 있다면 그 단점을 쳐서 이길 수도 있겠지만…… 그러지는 못할 것 같다.

내가 버티면서 대미지를 축적한 다음《복수는 나의 것(벤전스 이즈 마인)》을 맞추려 해도…… 그 전에 내가 쓰러질 것이다. 강력한《카운터 앱숍션》은 방금 공격 마법을 막느라 전부 다 써버렸다.

그렇구나. 적은 강하고 내 승산은 희박하다.

"……그래서 어쨌다고."

상대방이 강하다는 것은 [마장군]과 싸우기로 결심했을 때부터 이미 알고 있던 사실이다.

애초에 신화급이 나올 것이라는 것도 고려하고 있었다. 전설급으로 그쳤다면…… 다행이지.

"승산은 아직 있어."

녀석이 저지른 가장 큰 실수는 악마를 대가로 삼은 **자신의 공격 마법**으로 나를 노린 것.

마법의 대미지, 50만은 이미 네메시스에게 축적된 상태다. 저[기가 나이트]를 피해《복수는 나의 것》을 [마장군]에게 맞추면 결판이 난다.

『이렇게 된 이상 역시《응보》의 충전 시간이 걸리는구나.』

"그래. 하지만 지금은…… 이쪽으로 밀어붙여야지."

악마들도 죽어서 강화가 사라졌다.

하지만 이쪽에는 아직 [브로치]도 있다.

필사적으로 달려들어서 [마장군]에게《복수는 나의 것》을 때려 넣는다.

"가자, 네메시스."

『알겠다!!』

네메시스가 검은 원형 방패에서 흑대검으로 변형했고, 우리는 [마장군]을 향해 달려가기 시작——.

"하하하, 거리를 좁히면 이길 수 있을 거라 생각했겠지만……
그건 이제 힘들걸?"

——그 직후, 단숨에 우리 눈앞에 벽처럼 나타난 [기가 나이트]가 가로막았다.

"?!"

전혀 중장갑 같지 않은 속도로 눈앞에 선 것과 동시에 그 녀석이 대검을 들어 올렸다.

"으윽!!"

재빠르게 흑대검으로 막았지만, 접촉한 충격으로 인해 세차게 튕겨져나간 뒤 거리에 인접해 있던 건물에 등을 강하게 부딪혔다.

제대로 맞지도 않은 그 한 번의 공격에 HP가 4분의 1……
3000 가까이 깎였다.

『레이!!』

네메시스가 경고하는 목소리를 듣고 곧바로 몸을 움직이려 했다.

하지만 미처 피하지 못하고 목덜미에 충격—— 대검이 후려친 감촉이 느껴졌다.

그것은 그야말로 목숨이 끊어질 만한 대미지였고, 품속에 있던 [구명의 브로치]가 발동되었다.

필사적으로 일어섰지만, 그곳에 추격타를 가하려는 듯이 정수리로 내려친 칼날이 날아들었다.

그것도 마찬가지로 [브로치]로 인해 무효화되었지만, 이번에는 파손 판정으로 인해 [브로치]가 부서졌다.

하지만 나도 그냥 세 번째 공격을 맞고만 있지는 않았다.

"《복수는 나의 것》!!"

충격 즉응 반격. 공격을 맞는 것과 동시에 받아치는 그 기술로 [기가 나이트]의 몸통에 지금까지 입은 대미지의 두 배 공격······5만 가까운 대미지를 때려 넣었다.

하지만.

"······이 녀석!!"

[기가 나이트]의 몸통 갑주가 부서지고 살이 크게 파여 피가 흘렀지만, **그게 전부**였다.

[기가 나이트]는 비틀거리지도 않고 두 다리로 버티고 서 있었다.

그것이 무슨 뜻인지는 확실하다. 5만 정도의 대미지로는 부족하다는 뜻이다.

『WOWOWO.』

배에 입은 대미지 때문인지, [기가 나이트]는 대검을 휘두르지 않았다.

하지만 왼쪽 손등으로 나를 쳐서 몇 미터나 날려보냈다.

"커, 헉!"

그 충격을 받고 첫 상대였던 [데미 드래그 웜]이 떠올랐다. 그때 절망적인 전력 차이와 비슷한 차이가 지금 나와 [기가 나이트] 사이에 있었다.

그래도 당하고만 있을 수는 없었다.

맞아 날아가면서도 오른쪽 수갑을 겨누었다.

"《지옥, 독기》!!"

검보라색 독기를 그 녀석에게 뿜어냈다.

『WOO.』

하지만 먹힌 것 같지는 않았다.

보아하니 그 악마 군단보다 상태이상 내성이 훨씬 강한 것 같았다.

"……빈틈이 없, 네."

『하……. 그리고 보니 '순수하게 강한' 상대와 싸울 기회는 별로 없기도 했지.』

네메시스가 한 말을 듣고 나는 거칠게 숨을 쉬며 고개를 끄덕였다.

내가 싸워온 압도적인 강자들에게는 절대적인 장점과 함께 단점이 있었다.

하지만 저 [기가 나이트]에게는 그게 없다.

그저 단순하게 빠르고, 튼튼하고, 강하기만 한 상대.

그렇기 때문에 이렇게까지 무시무시한 강적이다.

『《카운터 앱솝션》의 사용 횟수가 남아 있다면 그나마 낫겠지만……. 그것도 없으니 공격을 여러 번 맞는 건 자살행위일 게야.』

네메시스가 한 말을 듣고 고개를 끄덕였다.

아마 직격으로는 한 번, 막아낸다 해도 세 번 만에 내 생명 (HP)이 사라질 것이다.

"하하하하하! 어떠냐! 이것이 전설급 악마다! 이 [마장군] 로건 고드하르트의 힘이다!!"

[마장군]이 크게 웃는 소리가 들렸다.

"AGI는 아음속! STR과 END는 1만 이상! 그리고 HP는 30만 이상! 이걸 쓰러뜨릴 수 있다면 쓰러뜨려 봐라! 하하하하하하!"

……그렇구나, 이름대로 기사 계통에 가까운 스테이터스 비율이다.

마법 능력은 낮겠지만 아무런 도움도 안 된다.

"……저 투구 안쪽의 급소에 5만 정도 맞추면 쓰러뜨릴 수 있으려나?"

『급소를 노린다 해도 다 모을 수 있을지 의심스럽다만.』

순수하게 튼튼한 것만 따지면 내가 지금까지 싸웠던 적 중에서도 톱 클래스. 뛰어난 화력을 기대할 수 있는 《샤이닝 디스페어》 충전도 아직 8할 정도에 불과하다.

또 하나의 방법도 이 상태에서 사용하면 데스 페널티 확정이려나.

"그렇다면 할 수 있는 건 한 가지밖에 없지."

아음속의 [기가 나이트]를 피해 수십 미터 앞에 있는 [마장군] 본인을 쓰러뜨린다.

……힘들겠는데.

"하지만 가능성은 0이…… 아니야."

네메시스가 대검에서 검은 원형 방패로 변했다.

상대방의 공격을 피하거나 직격을 피해서 거리를 좁힌다.

말로 하면 간단하다. 성층권에 있는 괴물을 쓰러뜨리는 것보다는 훨씬.

"가자, 네메시스."

『알겠다!』

우리는 [마장군]을 향해 달려가기 시작했다.

물론 그냥 내버려 둘 상대가 아니었다.

『WOOOOOOO!!』

[기가 나이트]는 다시 아음속으로 움직여서 정면으로 내 몸통을 두 동강 내려는 듯이 대검을 휘둘렀다.

"흡!"

그 공격을 앞구르기 비슷하게 피하고 그와 동시에 검은 원형 방패인 네메시스를 뒤쪽으로 돌렸다.

그 직후, 아마도 발차기를 날린 것 같은 충격이 검은 원형 방패 너머로 나를 덮쳤고, 몇 미터나 밀려났다.

대미지를 입긴 했지만 나는 아직 살아 있다.

곧바로 뛰어가 [마장군]과의 거리를 좁혔다.

하지만——.

『WOWOWO…….』

뒤쪽에 있었던 [기가 나이트]가 이미 눈앞에 있었다.

『방금까지 뒤쪽에 있었을 터인데……! 아음속이라 해도……!』

『WOWOWO.』
──아니다. **뒤쪽에서도** 똑같은 소리가 들렸다.

"설마……!"
내가 가려는 방향, [기가 나이트]가 가로막고 있는 길 너머에 있는 [마장군].
그는 더욱 활짝 웃고 있었다.
"두 번째……!!"
"정답이다아!!"
그 말과 동시에 앞쪽에 **새로 소환된** 두 번째 [기가 나이트]가 대검을 겨누었다.
마찬가지로 뒤쪽에 있던 첫 번째 [기가 나이트]가 움직이는 기척도 등으로 느꼈다.

나는── 두 전설급에게 협공당하고 있었다.

내 앞뒤를 가로막은 두 [기가 나이트].
사면초가.
아니, 이런 경우에는 양면초가라고 해야 하나?
『레이……!』
네메시스가 비명을 지르는 듯이 경고하는 목소리를 들으면서 나는 필사적으로 앞뒤에서 덮쳐드는 두 전설급 악마에 대한 대책을 생각했다.

방금까지 있었던 활로가 지금은 막혀 있다.

한 마리조차 상처입히는 게 고작이었던 악마. 두 마리로 늘어나니 악마를 쐬해 [마상군]을 쓰러뜨릴 가능성은 실낱같아졌다.

"······그래도!!"

그래도 앞으로 나아간다.

여기서 절망하고 포기하면 거기에는 아무런 가능성도 없다.

보이는 활로가 아무리 좁은 문이라 해도, 발걸음을 멈추는 것 이상으로 활로를 가로막는 장애물은 없다.

그렇기에 몸을 움츠리지 말고 움직여라, 그렇게 자신의 몸에 호소했다.

다리를 움직여라.

앞뒤에서 나를 협공하려 하는 아음속의 칼날이 날아든다 해도, 나는 포기하지 않는다.

──가능성은 언제나 네 의지와 함께 존재해.

──매우 희박한, 0이 잔뜩 늘어서 있는 소수점 저편이라 해도.

"가능성은 반드시 있다!!"

예전에 형에게 듣고 내 마음속에 뿌리내린 말과 함께, 앞으로 발을 내디뎠다.

앞으로 나아가려는 나와 나를 베려 하는 두 악마의 칼날이 겹쳐진 순간에.

『그 말, 나도 정말 좋아, 하려나?』

무언가가 격돌하는 충격음과 함께 그런 '목소리'가 들렸다.

□■어떤 고찰

〈Infinite Dendrogram〉에서는 몬스터를 전력의 척도로 삼곤 한다.

가장 자주 사용하는 것이 하급 직업 파티 하나에 해당되는 아룡 클래스.

그다음으로 상급 직업 파티 하나에 해당되는 순룡 클래스일 것이다.

하지만 그것은 티안으로 환산한 것이기에 〈마스터〉라면 하급 직업 한 명이 아룡 클래스, 상급 직업 한 명이 순룡 클래스를 쓰러뜨린다 해도 이상하지는 않다.

레이도 하급 직업은커녕, 레벨 0인 상태로 [데미 드래그 웜]을 격파했다.

반대로 매우 한정적인 영역의 존재에만 사용하는 척도가 있다.

일화급, 전설급, 고대전설급, 신화급, 초급. 전부 다 〈UBM〉의 랭크이며 각 〈UBM〉의 랭크는 쓰러뜨렸을 때 얻는 특전무구를 통해 알 수 있다.

〈UBM〉은 〈Infinite Dendrogram〉의 역사 속에서 지금까지 여러 번 나타났고, 큰 희생을 치르면서도 쓰러뜨릴 수 있었다. 그런 보람도 있었는지 티안은 토벌하기 전인 〈UBM〉의 랭크를 알아내는 기술을 구축했다. (〈마스터〉도 숙련자라면 경험을 통해 추측하는 것이 가능하다.)

그 영향을 가장 강하게 받은 직업이 있다.

그 직업의 이름은 [마장군].

예전에 〈UBM〉이 지닌 힘의 척도가 밝혀졌을 무렵, 당시의 [마장군]이 자신의 직업 스킬을 보고 눈치챈 것이다.

직업 스킬의 설명이 바뀐 것을.

그전까지는 '강한 악마를 소환한다'라고 적혀 있던 설명 문구가 '전설급 악마를 소환한다'로 바뀌어 있었다.

마치 세계의 상식이 변한 것을 직업 스킬 자체가 받아들인 듯이. [마장군]의 스킬은 '강한 악마'나 '매우 강한 악마'가 아니라 '전설급'이나 '신화급' 악마를 불러내는 스킬이 되었다.

이름만 바뀌긴 했지만, 확실하게 일어난 변화이다.

단, 이 변화에 한 가지 의문을 제기해보자.

'어째서 변화가 일어났는지'……가 아니다.

불러낼 수 있는 악마가 '정말로 전설급 〈UBM〉과 동등한가' 이다.

로건은 때때로 전설급 악마를 불러낸 뒤 '이것이야말로 전설급'이라 자랑하곤 했다.

실제로 그는 전설급 악마, [기가 나이트]로 일화급 〈UBM〉인 [사석룡 볼트가이잘]을 쓰러뜨리고 [사룡보검 볼트가이잘]을 입수한 바 있다.

그런 면에서 전설급 악마가 전설급 〈UBM〉에 필적하는 성능을 지니고 있다, 로건은 그렇게 딱 잘라 말했다.

하지만 어떤 〈초급〉은 다른 의견을 지니고 있었다.

"일화급을 쓰러뜨린다 해도 쓰러뜨린 것이 일화급보다 격이 높은 전설급이라는 걸 증명할 수는 없죠. 같은 일화급일지도 모르니까."

"뭐? [기가 나이트]의 스테이터스가 전설급하고 비슷한 정도라고? 하하하, 그야 그럴지도 모르겠지만. 〈UBM〉을 따질 때 중요한 건 스테이터스가 아니잖아?"

"애초에 일화급은 이제 막 〈UBM〉이 되어서 미지수니까. 거기서 멈추는 경우와 더욱 높게 올라가는 경우의 차이가 너무 심해. 개체 차이가 크니까 사실 일화급은 전력의 척도를 따지기 힘들거든. 실제로 장군 각하(웃음)의 [기가 나이트]가 전설급인 이유는 일화급이 '척도로 써먹을 수 없기 때문'일 것 같은데? 정말 전설급 〈UBM〉하고 동등한지는 의문이 남거든."

"애초에 〈UBM〉은 일화급에서 성장하는 모양이니까. 〈유적〉에서 나온 먼 옛날의 유물 같은 것들은 나온 직후에 높은 랭크로 인정받곤 하지만."

"가끔 '어라? 왠지 강한 것 같은데?' 같은 성능을 지닌 무구가 되는 일화급도 있잖아? 그런 건 사실 더 강하고 더욱 높은 랭크가 될 예정이었던 거겠지. 뭐, 그렇게 따지자면 전설급이나 고대전설급도 과도기인 건지도 모르겠지만."

"나중에 강해지는 것들은 죽어서 특전이 되더라도 그런 부분이 나타나지. 나도 꽤 많이 쓰러뜨렸는데, 특전을 보고 '원래 어떻게 될 예정이었을까'라고 생각하면 좀 재미있잖아."

"그러고 보니 기데온에서 입수한 그의 장비 데이터에는 흥미로운 부분이 몇 가지 있었어."

"오리지널일 텐데도 리스트에 없는 황옥마, [RSK]를 쓰러뜨리는 계기가 된 MP 탱크 부츠. 그리고…… 수갑."

"그건 전설급 〈UBM〉의 특전인 모양인데."

"──원래 어떻게 될 예정이었을까."

◇ ◇ ◇

□[황기병] 레이 스탈링

충격음이 발생한 곳은 두 악마가 휘두른 대검이었다.

나를 앞뒤에서 협공하려던 칼날이 내 몸에 닿기 직전에 무언가에 막혀 있었다.

그 무언가는── [장염수갑 갈드랜더].

앞쪽 칼날을 오른손으로 막고, 뒤쪽 칼날을 왼손으로 붙잡은 채 막고 있었다.

어느새…… 저절로 내 팔에서 빠져나간 채.

『앗, 이건……?!』

네메시스는 깜짝 놀라 소리쳤지만, 나는 깨닫고 있었다.

지금 눈앞에서 벌어지고 있는 상황을 만들어낼 의지는 하나밖에 없다.

이 현상은 '지금이 그때다'라고 말하고 있는── **그녀**의 의지 그 자체라는 것을.

"……그래! 그럼 네게 맡길게!"

그렇다면 나도 부응해야지.

내 활로를 남겨준 그녀를 위해.

데스 페널티나 그 이상의 리스크가 있다 하더라도, 나는 그 걸…… 받아들이겠어!!

받아들이고…… [마장군]을 쓰러뜨리겠어!!

"있는 대로!! 모조리 주마!!"

그렇게 외치는 것과 동시에 [자원주갑]에 축적된 원념을 전부 MP로 변환.

[모노크롬] 사건과 지금 카르티에 라탱에서 축적된 그것은── 그 프랭클린 사건에 버금가는 40만 이상의 막대한 MP로 변했다.

그렇게 생겨난 마력을 전부 [장염수갑]에 쏟아부었다.

"스킬 발동 시간 설정…… **400초!**"

막대한 MP를 양분 삼아.

[장염수갑]을 매체 삼아.

──그 **소환** 스킬이 실현된다.

"와라…… 《장염희(갈드랜더)》!!"

[장염수갑]의 제3스킬을 선언한 직후, [장염수갑]에서 폭발적

인 변화가 일어났다.

　검붉은 불꽃과 검보라색 독기가 소용돌이쳤고, 이윽고 그것이 [장염수갑]을 기점으로 모여들었다.

　수갑에서 적갈색 팔이 뻗어 나왔고, 차례대로 몸통, 두 다리, 얼굴이 생겨났다.

　그 이마에는 뿔이 두 개.

　그것은 그 꿈속에서 본 모습 그대로── 하지만 막대한 살기와 투기를 흩뿌리는 귀신의 모습.

『이, 이 녀석은······?』

　갑작스러운 등장을 보고 깜짝 놀라는 네메시스에게 대답했다.

"[갈드랜더]야."

『뭐라고?!』

　그렇다, 바로 그녀가 [갈드랜더].

　예전에 내가 쓰러뜨린 모체······ 불완전한 〈UBM〉이 아니다.

　그 전투 때도 원래 나타날 예정이었던 진정한 모습── [장염희 갈드랜더].

　내게 쓰러진 지금은 이제 있을 수 없게 된 모습.

　그것을 만들어낸 것은 [장염수갑 갈드랜더]의 제3스킬.

　《장염희(갈드랜더)》── 그것은 막대한 MP, 그리고 **어떤 디메리트**와 맞바꾸어 [갈드랜더]를 완전한 상태로 소환하는 스킬이다.

"뭐야, 그 녀석은······! [성기사(팔라딘)]인 네가 소환 스킬을?!"

소환까지 하는 건 뜻밖이었는지 [마장군]이 당황하는 목소리가 들렸다.

하지만 아마 진짜로 뜻밖인 건—— 지금부터일 것이다.

"——방해, 되려나?"

전설급 악마인 [기가 나이트] 앞에서 그녀는 고개를 살짝 갸웃거리고는——곧바로 가녀린 다리로 앞쪽에 있던 [기가 나이트]의 갑주를 걷어차서 날렸다.

그 직후, [기가 나이트]는 10미터 가까이 뒤쪽으로 날아갔다.

『WOWOWOWO?!』

그 갑주는 부서지지 않았지만, 크게 일그러져 있었다.

그런 다음, [갈드랜더]는 눈에 보이지도 않는 속도—— 초음속 기동으로 뒤쪽에 있던 [기가 나이트]의 품속으로 파고든 뒤 양쪽 다리를 끌어안았다.

왜소한 몸집을 보면 마치 농담이라도 하는 것처럼 [기가 나이트]를 안아 들고—— 공중으로 내던졌다.

『————?!』

아무리 아음속으로 움직이는 악마라 해도, [기가 나이트]에게 날개는 없다.

공중에서는 꿈쩍도 하지 못하는 [기가 나이트]를 향해 [갈드랜더]가 왼손을—— 왼쪽 [장염수갑]을 겨누었다.

손등의 귀신 입이 열리고 지금까지 본 적이 없을 정도로 번쩍이는 붉은 빛을 뿜어냈다.

"——《영식·연옥화염》."

그 선언과 함께 [장염수갑]에서 불꽃이 뿜어져 나왔다.

하지만 그것은 내가 지금까지 사용했던 불꽃과는 위력이 전혀 달랐다.

예전에 [대장귀 갈드랜더]가 사용했던 것과 동등…… 아니, 그 것조차도 훨씬 강했다.

예전에 신우가 보여주었던 [시해선(마스터 강시)]의 오의처럼── 하늘로 솟구치는 붉은 불꽃.

『WOWOWOOOOOOOOOOOO?!』

[기가 나이트]에게 그 불꽃을 피할 수 있는 방법은 없었다. 붉은 불꽃은 그 중심에 [기가 나이트]를 집어삼켰고, 명중하는 것과 동시에 내포되어 있던 화력 전부가 [기가 나이트]에게 수렴되자──.

"더러운, 불꽃놀이?"

고개를 갸웃거리면서 그녀가 말한 것처럼── 폭발했다.

산산조각 난 채 타버린 [기가 나이트]가 빛의 입자로 변했다.

30만 이상이라던 HP가 그 일격으로 인해 전부 사라져 격파되었다.

……저 [기가 나이트]는 첫 번째라서 《복수》로 5만 정도 대미지를 입긴 했지만, 그렇다 치더라도 위력이 말도 안 되는데.

"그을려버렸다……네. 당분간은 못 쓰, 려나?"

[갈드랜더]는 곤란하다는 듯한 표정으로 모락모락 연기가 피

어오르는 왼쪽 [장염수갑]을 찔렀다. 그리고 [마장군]은 믿기지 않는다는 듯한 표정을 짓고 있었다.

덧붙여 말하자면 손안에 있는 네메시스에게서도 그와 비슷한 감정이 전해졌다.

갑작스럽게 나타난 어린 소녀가 전설급 악마를 일격에 쓰러뜨렸으니 그렇게 될 만도 하다.

부조리하고도 이상하다고 생각하는 게 당연하겠지만, ……나는 부조리하다고 생각하지 않고, 이상한 것 같지도 않다.

왜냐하면…… 그녀도 **전설급**이니까.

[갈드랜더]는 전설급 귀신이자…… 〈UBM〉이니까.

"어쩔 수 없으니까, 그쪽은 맨손으로 해줄, 게?"

그렇게 말하며 마치 무술가처럼 자세를 취한 뒤…… 그녀가 선언했다.

"남은 시간 320초 안에── 정리할, 거야?"

손가락으로 소리를 내면서── 전설급 귀신[갈드랜더]가 악마를 사냥하겠다고 선언했다.

□어떤 특선무구에 대해

특전무구는 〈UBM〉의 특성을 MVP 획득자에게 맞게 조정하여 형성된다.

그것은 레이의 첫 특전무구, [장염수갑 갈드랜더]도 마찬가지다.

[장염수갑 갈드랜더]가 지닌 세 가지 스킬은 전부 다 특성이 본인에게 맞게 조정된 결과다.

제1, 제2스킬에 대해서는 굳이 말할 필요도 없다. [갈드랜더]의 공격 능력은 화염과 독기. 그것을 그가 쓰기 편하게끔 스킬로 만든 것이《연옥화염》과《지옥독기》다.

그렇다면 세 번째 스킬인《장염희》는 어떤 특성이 조정된 결과일까.

그 특성은 이미 [갈드랜더]가 직접 말한 바 있다.

『그래. 나는, 알의 껍질을 깨고 태어나기 전에…… 진정한 힘을 발휘하기 위한 조건을 달성하지 못하고 쓰러졌으니까……, 지금에야 겉으로 드러난, 거?』라고.

외각인 모체 [대장귀]가 사망한 뒤에 진정한 [갈드랜더]인 [장염희]가 탄생한다. [갈드랜더]는 원래 그렇게 디자인된 〈UBM〉이었다.

즉, [대장귀]의 세 번째 특성은 '탄생'.

그렇기 때문에 [장염희]를 탄생시키고 소환하는 것이 세 번째 특성이자 스킬이 되었다.

굳이 말할 필요도 없이 파격적인 스킬. 〈UBM〉이라는 강한 힘을 생전의—— 아니, [갈드랜더]의 경우에는 생전의 힘조차 뛰어넘은 힘을 불러낸다.

초급 무구의 힘보다는 떨어지긴 하지만, 그렇다 해도 너무나도 강하다.

그런 힘은 아무렇게나 써도 되는 것이 아니다.

그렇기 때문에 이 스킬에는 커다란 제약이 세 개 존재했다.

첫 번째는 레이가 이미 달성한 해금 조건. [성기사]의 《그랜드 크로스》가 그렇듯이 강력한 스킬에는 해금시키기 위해 조건이 설정된다.

《장염희》의 조건은 〈UBM〉 세 마리를 MVP로 토벌할 것.

〈UBM〉을 쓰러뜨리는 것은 예전에 레이를 쓰러뜨렸던 초급 직업인 마리 조차 두 마리밖에 해내지 못했다. 〈초급〉이라 해도 새로운 '정체불명'을 자칭하던 가베라처럼 한 마리도 쓰러뜨리지 못한 자도 있다.

그것을 세 마리 쓰러뜨린다는 매우 어려운 조건은 레이에게 조정되어 설정된 것이다.

시스템 쪽으로 따지면 그 시점에서 레이의 가장 큰 특징은 '레벨이 낮으면서도 〈UBM〉을 MVP로 토벌했다'이다.

그렇기 때문에 [장염수갑 갈드랜더]는 그것에 따라 해금 조건 으로 '〈UBM〉 세 마리를 MVP로 토벌할 것'을 선택했다.

레이라면 그 조건을 달성할 수 있을 거라 상정하고 조정한 것.

만약 그렇지 않았다면 비슷한 난이도의 다른 해금 조건이 선택되었을 것이다.

그 결과, [대장귀 갈드랜더]에 이어 [원령우마 고즈메이즈], 그리고 얼마 전 [흑천공망 모노크롬]을 토벌하면서 레이는 그 매우 어려운 조건을 달성했다.

두 번째 제약은 소비 MP.

[장염희 갈드랜더]를 구현시키고 온 힘을 다해 전투를 벌이게 하려면 1초당 MP를 1000씩 소비한다.

상급 마법 직업이라 해도 10초를 버티지 못하고, 500레벨 만 렙이라 해도 30초도 유지할 수 없을 정도로 막대한 MP를 소비하게 된다.

이 소비량은 조정된 것이 아니라 막대한 힘을 행사하기 때문에 누가 쓴다 해도 필요한 제약이었지만…… 레이는 이것도 달성했다.

얼마 전 [모노크롬]과 벌였던 전투와 지금 혼돈에 휩싸인 카르티에 라탱에서 발생한 어두운 사념을 흡수함으로써 [자원주갑]에 축적된 MP 40만은 충분한 마력량이었다.

최대 400초, 모든 힘을 발휘하는 [장염희]를 구현시킬 수 있다.

그리고 세 번째 제약── 레이는 사용한 뒤의 디메리트도 이미 감수할 각오를 했다.

제약은 해결되었고, 지금 이곳에 [장염희 갈드랜더]가 모든 힘을 드러냈다.

◇ ◇ ◇

□[황기병] 레이 스탈링

폭발한 [기가 나이트]와 다음 목표를 정한 [갈드랜더].

두 광경을 보며 [마장군]은 딱딱한 미소를 짓고 있었다.

"하, 하하하하! 부상을 입은 [기가 나이트]를 일격에 해치운 것은 훌륭하다 칭찬해주마! 하, 하지만! 방금 그 불꽃은 한 번밖에 쓸 수 없는 스킬일 테지!"

그 말은 맞는 말이었다. 보아하니 소환되어 캐퍼시티 소비량이 0인 종속 상태로 취급되는 것 같은 [갈드랜더]. 창을 띄워 자세한 사항을 확인해보니 사용 스킬 중 《연옥화염》, 《연옥권》, 《영식 · 연옥화염》이라는 스킬 세 개가 사용할 수 없게 되어 있었다.

방금 사용한 《영식 · 연옥화염》의 반동 때문일 것이다. 그렇게 큰 화력을 냈으니 그 정도 디메리트가 있는 스킬이라 해도 이상하지는 않다.

그렇기 때문에 이번 소환 중에 [갈드랜더]가 불꽃을 사용할 수는 없다.

"그 귀신 소환은 네놈의 비장의 수겠지! 그리고 그 비장의 수가 사용할 수 있는 필살기도 이미 사라졌고! 그렇다면 이 [마장군]의 [기가 나이트]가 이긴다!!"

[마장군]은 그렇게 말한 다음, 남아 있던 [기가 나이트]에게 손을 내밀며 입을 열었다.

"《부스티드 데빌 스트렝스》!! 《부스티드 데빌 인듀런스》!! 《부스티드 데빌 어질리티이이이》!!"

스킬 선언이 끝난 뒤, [기가 나이트]는 세 가지 색의 빛으로 감싸였고, 위압감이 매우 강해졌다.

"하아!! 룸펠슈틸츠헨을 써서 10배로 만든 스테이터스 강화다! STR과 END, AGI는 200퍼센트 상승!! 그 정도 귀신은 쉽사리 박살 내주마!!"

"…………."

어째서 지금까지 저 스테이터스 강화를 사용하지 않았을까.

그 악마 군단이 있을 때는 사용하지 못했고, 숫자가 줄어들어서 사용할 수 있게 된 건가?

『200퍼센트라……. 그렇다면 저건 지금 STR과 END가 3만 이상, 속도도 초음속 영역에 도달했겠지.』

네메시스가 한 말에는 『[갈드랜더]가 이길 수 있나?』라는 의미도 포함되어 있었다.

솔직히 말해 모르겠다.

"하지만 저 녀석이 쉽사리 쓰러뜨릴 수 있는 상대가 아니라는 건…… 너도 그렇고 나도 잘 알고 있잖아?"

『……그랬지.』

우리가 처음으로 싸웠던 〈UBM〉은 그 정도로 무시무시하고, 끈질기고, 강했으니까.

그때보다 강해진 [갈드랜더]가 지는 모습 같은 건 전혀 상상할 수가 없다.

"그건 그렇고 네메시스."

『그래, 알고 있다.』

우리도 **해야 할 일**을 하자.

하지만 그러려면 [마장군]의 움직임이…….

"하하하! [기가 나이트]! 하급과 〈초급〉의 격이 다르다는 걸…… 뼈저리게 느끼게 해줘라!!"

『WOWOWOOOOOOOOOOOOOOOOOO!!』

강화가 여러 겹 걸린 [기가 나이트]는 [마장군]의 말에 따라 큰길의 돌바닥을 분쇄하며 돌진했다.

——내 옆으로.

마치 귀신과 승부할 생각 같은 건 없다는 듯이 대검을 내게 휘둘렀고——.

"그렇게 나올 줄, 알고 있었어?"

——그 직전에 [갈드랜더]의 손바닥에 맞고 밀려났다.

『WOOOO!!』

좀 전에 발차기를 맞고 일그러졌던 갑주가 찢어지고 안쪽의 살이 약간 파였지만, [기가 나이트]는 괴로워하지도 않고 투구에서 삐져나온 벌레 다리를 꿈틀대며 울부짖고 있었다. END가 늘어나서 대미지가 별로 먹히지 않은 모양이었다.

하지만 무게는 변함이 없었기 때문에 [갈드랜더]의 STR을 실은 오른손 손바닥 타격에 밀려나 8미터 정도 후퇴했다.

"레이를 쓰러뜨리고 싶으면, 우선은 나를 쓰러뜨, 려?"

『……지고 나서 아군이 된 라이벌 캐릭터 같은 대사로구나.』

……거의 비슷하긴 하지.

"그리고 레이도 HP를 회복시켜, 둬. 이대로 가다간 **당첨**이 걸리더라도, 죽어 버릴 거, 야?"

"……그래."

그 말을 듣고 아이템 박스에서 HP를 회복시켜주는 [포션]을 꺼내 마셨다.

그동안 [갈드랜더]는 나와 [기가 나이트] 중간지점으로 이동해서 '여기는 못 지나간다'라는 듯한 자세를 취하고 있었다. 믿음직스럽다.

……그런데 그렇게까지 [갈드랜더]에 대항의식을 드러내는 말을 해놓고 나를 기습할 줄이야. 그렇군, [마장군]도 성격이 참 좋은 것 같다.

"……칫! 그렇다면 원하는 대로 너부터 박살 내주마!! 스테이터스는 [기가 나이트]가 훨씬 높으니까!!"

"스테이터스가 훨씬 높아?"

[마장군]이 한 말을 듣고 [갈드랜더]는 다시 고개를 살짝 갸웃

거렸다.

"그거, ──**언제 이야기야?**"

나와 네메시스, [마장군]은 [갈드랜더]가 무슨 말을 했는지 이해할 수가 없었다.

──[기가 나이트]가 끙끙대고 괴로워하며 무릎을 꿇을 때까지는.

"뭐?!"

"지금은, **아까의 절반 정도**, 려나?"

그렇게 말한 [갈드랜더]의 오른팔은 **검보라색 독기**로 감싸여 있었다.

마치 중국 무술의 전설, 독수와도 같이…… 삼중 상태 이상을 오른손에 두르고 있었다.

"…………."

[장염수갑 갈드랜더]의 화염과 독기를 팔에 두르고 공격을 가했다.

그것은 프랭클린과 결판을 냈을 때 내가 우연히 날린 공격이었다.

다시 해보려 했지만 독기는 까다로웠고, 화염도 왼손이 없었기에 불가능했다.

그것을 [갈드랜더]는 매우 자연스럽게 해내고 있었다.

……스킬 일람에 《연옥권》, 《지옥장》이 있었기 때문에 왠지 짐작은 되었지만.

『하지만 좀 전에 《지옥독기》는 통하지 않았을 터.』

그건 나도 동감이다. 첫 번째 [기가 나이트]에게 사용했지만 효과가 없었다.

설마 첫 번째와 두 번째 사이에 내성이 그 정도로 큰 차이가 날 리는 없을 테고.

"저기, 내가 독기도 더 강하고……. 그리고, 독기를 **압축**시켜 봤, 어?"

"압축? ……아."

압축 디버프, 압축 상태이상.

그것은 〈월세회〉의 본거지에서 여자 괴물 선배가 보여준 적이 있다.

……설마 [장염수갑] 안에서 보고 사용 방법을 익힌 건가?

"……생전의 진정한 힘은커녕, 그것보다 더 향상되었나."

예전에 카스미가 '소환 몬스터는 계속 쓰면 강해진다'라고 했는데…… 불러내기 전부터 스스로 학습하다니, 터무니없는 녀석이다.

《지옥독기》."

[갈드랜더]는 다음 한 수로 아래를 향해 일반적인 《지옥독기》를 날렸다.

독기는 내 허리 근처 높이까지 고였다.

그것은 삼중 상태 이상을 일으키는 독기인 것과 동시에 자세를 낮춘 그녀를 가려주는 연막으로도 작용했다.

『WOOOO, WOOOOOOOO!!』

[기가 나이트]는 삼중 상태 이상에 걸리고도 일어서서 대검을

휘둘렀고, 큰 방패로 [갈드랜더]를 쳐내려 했다.

하지만 전부 다 [갈드랜더]에게 제대로 맞지는 않았다.

연막에 가려져서 모습이 보이지 않기 때문이 아니었다.

마치 좀 전에 나와 [마장군]이 전투를 벌였던 것처럼 상대방의 직접적인 움직임을 파악하고, 피하고, 주먹으로 받아치고 있었다.

그것은 〈마스터〉들이 서로 필살 스킬을 날리는 것처럼 일격에 승부가 날 것 같은 전투가 아니었다.

하지만 오히려 양쪽의 움직임이 얼마나 뛰어난지 더할 나위 없이 보여주는 전투였다.

『그런데 묘하군. 저 녀석은 저렇게 연막을 쳐놓고 너무 크게 움직이는 것 아닌가?』

네메시스가 말한 것처럼, [갈드랜더]는 모처럼 독기로 연막을 쳐놓고 자신의 초음속 기동으로 인한 공기의 움직임으로 휘젓고 있었다. 저러면 어디에 있는지 다 보인다.

연막의 의미가……

"…………?"

갑자기 연막에서 나온 [갈드랜더]가 내게 눈짓을 했다.

나와 네메시스를 보았고, 그런 다음 [마장군]에게 사각이 되는 타이밍에 내 허리 높이까지 고인 독기의 연막을 손가락으로 가리켰다. 그 움직임을 보고…… 나는 그녀의 의도를 짐작했다.

『과연, 이 독기는…… 그런 건가.』

"……그래, 이 정도면 할 수 있어."

나는 네메시스와 말을 나누고…… 대검 형태인 네메시스를 독기 연막 안으로 가라앉혔다.

"말도 안 돼!! 전설급 악마라고!! 그런데 하급이 불러낸 귀신 따위에게……!"

우리와 마찬가지로 전황을 지켜보던 [마장군]이 한 말에는 자신이 불러낸 악마가 내가 불러낸 [갈드랜더]에게 일방적으로 밀리고 있다는 것에 대한 짜증이 넘쳐나고 있었다.

"이 악마가 전설급, 그건 부정하지 않을 거. 야?"

[마장군]이 한 말을 듣고 [갈드랜더]는 고개를 끄덕였다.

"스테이터스는 나와 비슷한 정도. ……응, 나도 전설급이니, 까? 하지만……."

[갈드랜더]는…… 매우 따분하다는 듯한 표정을 지었다.

"랭크만으로 다른 것들과 같이 싸잡을 수 있을 정도로, 〈UBM(나)〉은 싸구려가 아니야. ──기성 제품 악마로…… 〈UBM(나)〉과 맞붙기에는 부족한, 데?"

그 말에서는 그녀의 긍지와도 같은 감정이 느껴졌다.

세계에서 유일한 오리지널인 자신과 술식으로 소환, 생성되는 양산 악마는 같은 랭크라 해도 결코 동급이 아니며 상대가 될 리가 없다. 그런 자부심이 느껴졌다.

"나는 식인귀로부터 태어났고 인간과 섞인 귀신. 그러니까 인간처럼 움직일 수도 있고, 인간의 움직임도 이해할 수 있어. 인간처럼 배울 수 있어. 특전무구가 된 뒤에 경험했던 랭커나 숙련된 기사, ……그리고 〈초급〉의 움직임도 이해하고 학습했어."

실제로 움직임을 보니 형이나 피가로 씨와 비슷한 자세가 섞여 있었다.

원래는 그런 것까지 포함해서 [갈드랜더]의 진정한 힘이었던 건가?

"나와 비교하면 당신의 악마는 약하지? 움직임이 단조로우니까. 스테이터스에만 의존하고."

『WO, WOOOOO!!』

자신이 모욕당했다는 사실에 분노한 건 아니겠지만, [기가 나이트]는 [갈드랜더]에게 가로로 대검을 휘둘렀다.

[갈드랜더]는 그것을 팔꿈치와 무릎 사이에 끼워 막았다.

마치 공수도의 발차기 봉쇄기처럼── 그렇게 방어하며 오히려 대검을 부러뜨렸다.

"……장비는 강화되지 않았, 네?"

그렇게 말한 직후에 상대방의 팔을 뛰어 올라가 머리에 무릎찍기── 샤이닝 위저드를 때려 넣어 투구를 날려 보냈다.

사람의 얼굴 앞쪽에 벌레 다리가 돋아난 것 같아서 징그러운 머리가 드러났지만, [갈드랜더]는 겁먹지 않았다.

머리를 공격당해 주춤거리는 [기가 나이트]의 목덜미에 이빨을 드러낸 뒤 물어뜯어 살집을 헤집었다.

"……맛없어. 레이는 더 맛있었는, 데?"

『o, wooo……!』

목을 물어뜯겨서 목소리를 낼 수 없는 상황에서도 [기가 나이트]는 반격하기 위해 큰 방패를 휘둘러댔다.

그것을 가볍게 피하면서 [갈드랜더]가 중얼거렸다.

"남은 시간, 32초. 슬슬 끝낼, 세?"

큰 방패 공격이 빗나가자 무방비한 자세를 드러낸 [기가 나이트].

그 목덜미를 향해 [갈드랜더]는 오른쪽 다리로 차올리며──.

"──나무 베기."

──형의 특기인 상단 차기를 파헤쳐진 목덜미에 때려 넣었다.

『────.』

반쯤 뜯겨나간 목은 [갈드랜더]의 일격을 버티지 못하고 머리를 떨구었다.

그 직후, [갈드랜더]가 그 어깨에 올라탄 뒤 머리가 없어진 목의 단면에 오른쪽 손을 찔러 넣었다.

"──《영식 · 지옥독기》."

[맹독], [어지러움], [쇠약], 삼중 상태 이상을 부여하는 《지옥독기》.

게다가 [갈드랜더]의 손에서 진정한 힘을 발휘하며 더욱 강한 위력을 보이고 있었다.

뼈와 살이 녹아내리는 것 같은 소리가 들린 것과 동시에 [기가 나이트]의 갑주 틈새로부터 붉은 피, 까맣게 썩은 살점, 하얗게

녹아내린 뼈가 새어 나왔고…… 빛의 입자로 변했다.

그것이 결착.

전설급 악마인 [기가 나이트]는 전설급 귀신이자 〈UBM〉인 [갈드랜더]에 의해…… 아무것도 하지 못했다고 해도 과언이 아닌 형태로 격파되었다.

"……말도, 안 돼……."

넋이 나간 것처럼 중얼거리는 [마장군].

그런 그 녀석을 곁눈질하며 [갈드랜더]가 이쪽을 보고 있었다.

"……시간이 다, 됐나?"

보아하니 [갈드랜더]의 몸은 방금 그녀가 쓰러뜨린 [기가 나이트]처럼 빛의 입자로 변하고 있었다.

400초. 소환하기 전에 MP 40만을 쏟아부어 얻은 소환시간이 다 되었기 때문일 것이다.

하지만 그녀는 자신의 역할을 다 해냈다.

"이제, 레이하고 네메시스의 역할이니까."

고개를 갸웃거리면서 [갈드랜더]는 우리를 보았다.

"힘내, 레이."

그렇게 [갈드랜더]는 사라졌고, 남은 [장염수갑]이 돌바닥에 떨어지며 소리를 울렸다.

"……윽."

[갈드랜더]가 사라진 것과 동시에 내 몸이 급격하게 무거워졌다.

스테이터스 항목을 보니 [맹독], [어지러움], [쇠약], 삼중 상태 이상에 걸려 있었다.

"……이번에는 운이 좋았던 모양이네."

《장염희》를 사용하려면 막대한 MP가 필요한 것과 동시에 사용한 뒤의 디메리트…… 반동이 있다. 세 종류 있는 반동 중 이번에는 '소환 지속시간의 세 배에 해당되는 기간 동안 치료할 수 없는 삼중 상태 이상에 걸린다'라는 **가장 가벼운** 반동이라서 그나마 다행이다.

다른 반동, '세 배에 해당되는 기간 동안 연소'와 '세 배에 해당되는 기간 동안 육체 사용권 상실'이었다면 끝장났을 것이다.

하지만 이번에는── 싸움을 결판낼 수 있다.

"……하, 하하하하!! [기가 나이트]를 두 마리 쓰러뜨린 건 칭찬해주마!"

크게 웃는 [마장군] 옆에는 [기가 나이트]가 두 마리 더 있었다.

보아하니 [갈드랜더]가 사라지기까지 기다린 뒤 원군을 불러낸 모양이었다.

"하지만 네놈의 소환 몬스터와는 달리 나는 아직 [기가 나이트]를 몇 마리든 불러낼 수 있지! [솔저 데빌]을 몇 천 마리나 불러낼 수 있다고! 잘 싸우긴 했지만 승부는 변함이 없다!!"

[마장군]이 한 말은 맞는 말이다.

나는 하급이고 저쪽은 〈초급〉.

총 전력은 차원이 다르고, 계속 싸운다면 내게는 패배하는 길밖에 없다.

절대적인 차이가 있는 싸움, 승산이 한없이 0에 가까운 싸움.

그럼에도 불구하고── 이미 끝났다.

"──[마장군] 로건 고드하르트."

나는 그 녀석의 이름을 불렀고.

"이제 끝이다."

나는 독기 연막 안에서…… [마장군]에게 보이지 않는 사각에서 네메시스를 들어 올렸다.

그리고 내 손 안에 있는 네메시스는 흑대검이나 흑기부창이 아니었다.

그것은 날개 다섯 장이 달린 풍차를── 풍성을 본떠 만든 회전 칼날.

이름은 제3형태 β──유성풍차.

그 능력은 대상으로부터 축적된 대미지의 10분의 1 AGI로 추적하여 세 배의 대미지를 때려 넣는 원격 추미식 카운터.

단점으로는 발동시키려면 가속하기 위해 충전할 시간이 필요하다는 게 있지만…… 이미 끝났다. [갈드랜더] 덕분이다.

만약 [갈드랜더]가 싸우고 있는 도중에 내가 [마장군]을 노렸다면 그때 바로 세 번째, 네 번째 [기가 나이트]를 불러냈을 것이다.

저 녀석에게 보이게끔 유성풍차를 충전하기 시작했더라도 눈치채고 박살 내러 왔을 것이다.

하지만 [갈드랜더]가 발치에 가득 채운 독기── 연막 덕분에 들키지 않았다. 그 녀석이 초음속 기동으로 독기를 휘저었던 것도 유성풍차가 회전하면서 독기를 움직이는 걸 들키지 않게끔 하기 위해서.

충전도 [갈드랜더]가 [기가 나이트]를 쓰러뜨릴 때까지 [마장군]의 이목을 집중하게 만듦으로써 완료되었다.

이제 준비는 끝났다.

삼중 상태 이상 때문에 몸이 제대로 움직이지 않는다 해도—— 다음 일격을 날리는 데는 전혀 지장이 없다.

"……윽!! '나, 지금 유일한 지보를 바친다'!"

유성풍차에 담긴 위력을 눈치챘는지 [마장군]은 장비 중 하나를 없애고 무슨 주문을 외우기 시작했다.

"《응보는(페이백)——."

"'영겁의 지보를 양식 삼아 단 한 번 뿐인 힘을 내게'!"

하지만 그 영창은…… 너무나도 느렸다.

혹시 [갈드랜더]와 [기가 나이트]가 싸우는 도중에 그렇게 했다면 이렇게 되지는 않았을 것이다.

"——별의(오버)——."

"'신대로부터 오거라, 끝없는 악마'……!"

[마장군]이 불러내려 하고 있는 것.

그것이 저 녀석의 진짜 비장의 수인지도 모르겠다.

하지만 이미 모든 것이—— 늦었다.

"——저편으로(스타)》."

"코,《콜 데빌 제……."

그리고 유성이 해방되었다. 음속의 5배가 넘는 속도로 날아올라 100미터도 되지 않는 상대방과의 거리를 단숨에 좁히고 직격해서── 대미지를 해방시켰다.

벨도르벨 씨에게 이미 [브로치]가 파괴된 [마장군]에게 어찌해 볼 방법은 없었다.

150만이 넘는 대미지에 직격당한 남자는 한 마디 말조차 남기지 못하고 단숨에 먼지로 변했다.

그 뒤로는 데스 페널티를 받았다는 증거인 랜덤 아이템 드롭과…… 산산조각 난 그 녀석의 갑주만 남았다.

"…………."

[마장군] 로건 고드하르트, ……〈초급〉에게 거둔 승리.

하지만 내 마음에는 별다른 감흥이 없었다.

상대방이 나를 얕보면서 결국 온 힘을 다해 싸울 틈도 없이 졌기 때문인지도 모르겠다.

아니면 이겨봤자 기쁨이나 얻을 것이 아무것도 없고, 그저 그런 상대 때문에 이미 돌이킬 수 없는 것들을 많이 잃어버려서 공허하기 때문인지도 모르겠다.

"…………휴우."

지금 마음을 말로 표현하려 했지만, 결국 아무런 말도 하지 못했다.

그저 숨을 내쉬고 아이템 박스에서 HP 회복 포션을 꺼내 마셨다.

그리고 나는…… 하늘을 보며 삼중 상태 이상 때문에 무거워진 몸을 눕혔다.

◆ ◆ ◆

■지구 ???

"아아아아아아아아아아악!!"

그 사람은 침대에서 몸을 갑자기 일으킨 것과 동시에 발끈하며 장착하고 있던 〈Infinite Dendrogram〉 기기를 벽에 내던졌다.

튕겨져 돌아온 그 기기를 발로 짓밟아서 부쉈다.

그것만으로는 성이 차지 않았는지 방 안에 있던 물건들을 걷어찼다. 잡지, 쿠션, **책가방**을 걷어차며 자신의 마음속에 소용돌이치는 무언가를 토해내려 했다.

"내가…… **내가**, 그런, 그런 하급에게…… 정면으로 붙어서, 지고, ……특전무구까지, ……아아아아아아아아아아악!!"

그 사람── 초등학생 정도로 보이는 소년은 자신이 방금 맛본 패배를 없애버리기 위해 절규했다.

그 정도로 크게 소리를 지르면 집에 있는 사람이 이상하다는 것을 눈치챌 만도 했지만, '소년이 공부에 집중할 수 있게끔' 리모델링하여 완전 방음인 방은 소년의 그 모습을 가족에게 알리지 않았다.

잠시 날뛰고 난 다음, 소년── [마장군] 로건 고드하르트의 현실은 소리쳤다.

"나는 그 누구보다 뛰어날 텐데, 학교 공부에서도, ⟨Infinite Dendrogram⟩에서도! 나보다 더 뛰어난 녀석이 있을 리가 없는데!"

그렇게 말하고 나서 자신이 짜증을 내며 기기를 부숴버렸다는 것을 깨달았다.

한순간 식은땀을 흘렸지만 뇌파가 등록되어 있기에 다른 기기를 사면 다시 플레이할 수 있다는 것을 떠올리고 안심했다.

그렇게 조금 냉정해진 뒤 이렇게 중얼거리기 시작했다.

"애초에 이번에는 그 늙은이가 나온 게 뜻밖이었다고. 그때 소모되지 않았다면 졌을 리가 없어. 그리고 그건 2대1이었고, 그 녀석들은 비겁한 수를 썼어. 애초에 ⟨UBM⟩을 사용하다니, 반칙이잖아! 운영 쪽에 메일을 보내서……!"

자신이 악마 군단을 부렸던 것이나 전설급 악마를 소환했다는 것을 제쳐두고 그런 말을 하기 시작했다.

하지만 그런 그의 변명은…… 휴대 단말기에 한 통의 메일이 오자 멈출 수밖에 없었다.

"……누가, 보낸 거지?"

소년은 단말기를 확인하고 굳었다.

거기에는 이렇게 적혀 있었다.

『꼴 좋으시네요, 장군 각하(웃음).』

보낸 사람은 'Mr. 프랭클린'.

그가 가장 대항심을 불태우는 〈초급〉의 이름이었고, 가장 신경을 건드리는 내용이 적혀 있었다.

그 내용과 타이밍을 보니 개조 몬스터로 이번 전투를 처음부터 끝까지 감시하고 있었다는 것을 알 수 있었다. 예전에 릴리아나 사건 때 그랬던 것처럼.

또한 메일에는 동영상 사이트의 URL이 첨부되어 있었고, 거기에는 [마장군]과 레이 스탈링이 벌인 전투가 처음부터 끝까지 업로드되어 있었다.

자신의 추태와 패배가 전부 세상에 공개되었다는 것을 깨닫고 소년은 휴대 단말기를 내던진 뒤 쿠션에 얼굴을 파묻고 울음을 터뜨렸다.

□■30년 전 카르티에 라탱 백작 저택

"어머, 그럼 이번에 황국으로 가실 때는 이 아이도 같이?"

"그렇습니다아. 바르바로스 변경백 가문 사람들과 미리 만나둘 겸 해서요우."

카르티에 라탱 백작 저택. 그곳의 정원 안에 있는 커다란 나무 아래, 하얀 테이블과 의자가 놓여 있는 테라스에서 젊은 부부가 차를 마시며 그런 이야기를 나누고 있었다.

부인은 선대 카르티에 라탱 백작의 외동딸 체르미나 카르티에 라탱 백작 부인.

남편은 왕국의 외교관이자 백작 가문에 데릴사위로 들어온 마르크 카르티에 라탱 백작.

두 사람은 귀족치고는 신기하기도 연애결혼을 했고, 1년 전에는 사랑의 결정인 외동아들 에밀리오를 얻었다.

그 에밀리오는 부부가 앉아 있는 테이블 옆에 있던 유모차 안에서 나무 그늘과 그 사이로 스며드는 햇빛을 받으며 새근새근 잠들어 있었다. 남편의 취미로 만든 정원에서 이렇게 느긋하게 가족끼리 단란하게 지내는 것이 그들에게는 더할 나위 없는 행복이었다.

"아직 한 살인데요, 바르바로스 영지까지 여행해도 괜찮을까요?"

"이동은 용차로 하니 괜찮습니다아. 사절단 중에는 국교의 [사교(비숍)]도 있고요, 호위도 많지요우. 게다가 그 팔드리드 씨도 함께 갑니다아."

불안해하는 부인을 백작이 안심시키려는 듯이 그렇게 말했다.

"어머, [성염기(세이크리드 블레이저)] 팔드리드 님께서요?"

"네. 그도 바르바로스 가문에 볼일이 있는 모양이네요우. 듣자하니 [충신(더 램)]…… 로나우드 차기 변경백과 결투를 하신다고."

"마르크……, 당신 일보다 결투를 관전하는 걸 더 기대하시는 거죠?"

"움찔. 아, 아뇨, 아뇨, 설마 그럴 리가 없잖습니, 까아?"

백작은 약간 유난을 떠는 듯이 정곡을 찔린 시늉을 했다.

"정말, 일도 제대로 하셔야 해요?"

"물론이죠우. 이번 교섭은 장래에 커다란 영향을 미칠 테니까요우."

그가 이번에 맡은 외교 교섭은 두 나라의 미래에 매우 중요하다.

직계 왕족과 황족의 혼인에 관련된 사항이다.

혼인으로 동맹관계를 강화시키고 장래에는 연합국이 되는 것까지 시야에 넣고 있다.

하지만 현재 국왕의 아이는 제1왕자 엘도르 제오 알터를 비롯해서 모두가 남자다. 황국에는 공주도 있긴 했지만, 모친의 친가 쪽 격의 문제 때문에 왕국으로 시집오기에는 적합하지 않다.

다다음 국왕이나 황왕에게 다른 쪽 나라의 공주가 시집오는 형식이 될 것이다.

이번 사절단은 표면적인 이유도 몇 가지 내걸고 있긴 했지만, 진짜 목적은 수십 년 뒤의 미래를 내다보는 그 밀약이다.

백작은 국가의 중대사와 비슷할 정도로 자신의 아들을 신경 쓰고 있긴 했지만.

"에밀리오도 함께 간다니 저도 함께 가는 게 나을까요?"

"미나는 용차를 별로 좋아하지 않잖아요우? 게다가 백작 가문에서 처리할 일도 있을 테고요우."

"그야 그렇지만……. 계속 묻는 거긴 한데, 위험하지는 않은 거죠?"

"물론입니다아. 한 달도 안 걸려서 돌아올 거예요우. 분명 그 때쯤이면 미나의 쿠키가 그리워질 테니까요우."

백작은 그렇게 말하고 테이블 위의 접시에 담겨 있던 쿠키를 하나 집어먹었다.

쿠키는 부인이 손수 만든 것이었고, 백작은 예전부터 그 부드러운 맛을 좋아했다.

"아~ 우~."

갑자기 유모차에서 아기가…… 그들의 아들인 에밀리오가 소리를 냈다.

어느새 깼는지 어머니에게 물려받은 오드아이로 백작이 들고 있던 쿠키를 바라보고 있었다.

"에밀리오, 쿠키를 먹고 싶나요우?"

필사적으로 쿠키를 향해 손을 뻗는 모습을 보고 백작은 그렇게 느꼈다.

"안 돼요, 에밀리오. 이빨도 나 나시 않았으니까. 쿠키는 아직 일러요."

"우~."

에밀리오는 어머니가 무슨 말을 했는지 알아들은 건지, 왠지 불만이라는 듯이 끙끙댔다.

"하하하, 에밀리오. 반년 안으로 먹을 수 있게 될 겁니다아. 아니, 아니, 황국에서 돌아왔을 때쯤이면 먹을 수 있게 될지도 모르지요우."

"어머, 그럼 실력을 더 발휘해서 만들어야겠네요."

"꺄악꺄악."

부부는 그렇게 말하며 웃었고, 아기인 에밀리오도 잘 알지 못하는데도 덩달아 웃었다.

그것은 평화로운 가족의 시간이었다.

그로부터 1주일 뒤, 백작은 에밀리오를 데리고 황국으로 향했다.

부인도 용차를 타고 백작 저택을 나서는 두 사람을 백작 저택의 문에서 미소를 지으며 배웅했다.

──그것이 그 가족의 마지막 이별이 되었다.

◇◆

그 풍경은 불꽃으로 감싸 있었다.

길도, 나무도, 불꽃에 휩싸인 채 타오르고 있었다.

불꽃 안에는 팔다리가 수없이 많았지만, 전부 다 사람을 본떠 만든 인형의 팔다리라는 것을 알 수 있었다.

그렇다, 불꽃 속에는 사람의 팔다리 같은 건 없다.

사람의 팔다리는…… 이미 타버린 인형의 손으로 찢겨져 조각 난 채 굴러다니고 있었다.

굴러다니는 팔다리는 100개가 훨씬 넘었다. 사람 수로 따지면 50명 이상이다.

하지만 그들을 숫자 말고 다른 말로 표현하자면…… 왕국 사절단의 시체라고 하는 것이 정확할 것이다.

그들은 왕국의 카르티에 라탱 영지를 떠나 황국의 바르바로스 영지로 향하고 있었다.

그리고 국경 지대를 지나던 도중에 갑작스럽게 잔뜩 몰려든 인형들에게 습격당한 것이다.

무슨 일이 벌어진 것인지도 확실하지 않은 상황이었지만, 사절단을 지키던 호위들은 분투했다.

하지만 인형의 물량에 밀려 호위들도 살해당하기 시작했고, 인형들은 기어코 지켜야 할 사절단의 용차까지 공격하기 시작했다.

인형들은 무장하지 않았지만, 사람들에게 달려들어 팔다리를 뜯어낼 정도의 힘은 지니고 있었다.

사절단에 소속되어 있었던 탐색 마법 사용자가 '인형을 조종하는 것은 [무명군단 에델바르사]라는 〈UBM〉이며 랭크를 추정하자면 신화급에 달한다'는 정보를 얻어냈다.

이 비상사태에 처한 사절단은 통신 마법으로 두 나라에 구원요청을 보냈다.

하지만 시간이 지나도 원군은 전혀 나타나지 않았다.

그 이유는 이곳이 왕국과 황국의 국경지대였기 때문이다.

신화급에 대처할 수 있을 정도의 대군을 국경지대로 움직이는 판단은 쉽사리 내릴 수 없다.

애초에 곧바로 군을 편성하여 보냈다 해도 제때 맞춰서 도착하지는 못했을 것이다.

그 정도로 전력 차이가 컸고…… 사절단은 2시간도 안 되어 괴멸되었기 때문이다.

지금 이 전장에 서 있는 사람은…… **한 사람**뿐이었다.

"…………."

젊은 남자였다. 나이는 아직 20대 정도일 것이다.

불꽃 같은 붉은 갑주를 두르고 두 손으로는 군청색 긴 장갑을 끼고 있었다.

오른손으로는 파도치는 듯한 칼날── 플랑베르주로 분류되는 검을 쥐고 있었다.

그런 남자에게 50대가 넘는 인형들이 달려들었다. 인간은 이해할 수 없는 언어로 인형들끼리 의사소통을 하면서 적인 남자를 산산조각 내기 위해 포위하는 듯이 달려들었고.

"——《블레이징 서클》."

남자는 호를 그리는 궤도로 검을 휘둘렀다.

그 직후, 칼날에서 뻗어 나간 불꽃에 50대 모두가 두 동강 났고, 그 단면이 폭발, 타올랐다.

인형은 땅에 떨어졌고, 불꽃 속에서 거세게 타올라…… 주위에 수없이 흩어져 있던 다른 인형의 잔해와 구분할 수 없게 되었다.

잔해의 숫자는…… 셀 수 있는 것만 따져도 1000대가 넘을 것이다.

그중 거의 대부분을 이 남자가 혼자서 파괴한 것이다.

남자의 이름은 [성염기] 아스란 팔드리드.

당시 왕국에서 최강이라 불린 자…… 그는 그야말로 일기당천이라 할 수 있었다.

"…………."

하지만 인형을 1000대나 파괴한 남자의 얼굴에는 기쁜 표정이 전혀 보이지 않았다.

왜냐하면 그는 이미 패배했기 때문이다. 인형을 1000대 파괴하더라도, 그가 전혀 상처를 입지 않은 것이나 마찬가지라도, 그가 지켜야 할 사절단은 한 명도 남아 있지 않으니까.

개인 전투형과 광역 제압형이 방어전을 벌일 경우, 결판은 대부분 한 가지 형태가 된다.

즉, '개인 전투형은 살아남지만, 방어 대상은 광역 제압형에게 제압당한다'는 형태다.

점으로는 구름처럼 몰려드는 무리를 억누를 수 없다.

"……미안하다."

그는 이 전장에서 최강의 존재이면서도 자신의 무력함으로 인해 분통을 터뜨리고 있었다.

사절단을 습격한 인형은 이미 괴멸되었고, 주위에서 움직이는 것은 불꽃 말고는 없었다.

불꽃이 인형을 불태우는 소리만을 들으며 아스란은 잠시 우두커니 서 있다가…….

"……!"

갑자기 다른 소리를 포착했다.

그는 곧바로 그 소리가 난 곳—— 옆으로 넘어진 용차로 달려갔다.

그런 다음 용차를 일으키고 문을 연 뒤…… 말문을 잃었다.

내부는 끔찍한 상황이었다. 용차 안으로 인형이 침입한 다음 차 안에서 살육을 벌인 모양이었다. 타고 있던 문관들은 모조리 무참하게 숨이 끊어져 있었지만, 침입한 인형도 파괴된 상태였다.

사절단의 우두머리이기도 했던 마르크 카르티에 라탱 백작의 검이 인형의 머리를 꿰뚫어 해치운 것이다.

백작도 이미 숨이 끊어진 상태였지만, 그는 등 뒤로 무언가를 지키고 있었고…… 천으로 감싸여진 그 무언가는 조금씩 움직이고 있었다.

아스란은 살며시 그 천 포대기를 안아 들었다.

천 포대기를 헤쳐보자 칭얼대는 아기…… 백작의 외동아들인 에밀리오가 그곳에 있었다.

"…………."

아스란은 눈을 꽉 감고 기도했다.

이것은 신의 기적 같은 것이 아니다. 그저 자신의 아이를 지키려 했던 아버지가 이루어낸 결과다.

그렇기에 그의 혼이 편히 잠들기만을 기도했다.

"……읏."

에밀리오를 안고 용차를 나선 아스란의 귀에 새로운 소리가 들렸다.

아득히 멀리서 다가오는 수많은 발소리는 사람의 발소리와는 비슷하면서도 전혀 달랐다.

인형의 증원…… 추가로 다가오는 10000대였다.

"……인형들아."

에밀리오가 절대로 다치지 않게끔 왼팔로 끌어안고…… 아스란은 두 눈을 크게 떴다.

"……올 테면 와라. 이 아이를 지키기 위해, 그리고 내 뒤에 있는 왕국을 지키기 위해. 모조리── 태워주마."

그는 오른손으로 칼날을 겨누고 몰려드는 인형 무리와 홀로 맞섰다.

그렇게 한 최강 전사와 10000대의 인형이 접촉한 순간.

"──《디스토션 파일》!!"

보이지 않는 충격파가 인형 무리 한가운데를 가로질렀다.

일격에 수백 대의 인형이 몸통보다 거대한 구멍이 뚫린 채 산산조각 났다.

그 공격에 인형들이 대처하기도 전에 두 번째, 세 번째 충격파가 인형 무리를 꿰뚫었다.

"――《프로미넌스 웨이브》."

그 공격에 맞춰 아스란도 마찬가지로 검을 휘둘러 마치 해일 같은 화염을 내뿜으며 닿은 인형을 불태웠다.

10000대나 되는 인형은 공격 몇 번 만에 1할 이상의 전력을 잃었다.

그에 비해 맞서는 인간의 힘은―― 두 배로 늘어나 있었다.

"여어, 아스란. 구하러 왔다. ……그런데 늦은 모양이군."

아스란 옆에 한 남자가 나란히 섰다.

기계식 전신 갑주를 몸에 두르고 오른손으로는 거대한 파일벙커를 들고 있었다.

투박한 장비를 걸치고 있는데도 기계 갑주 헬멧의 페이스 커버를 올리고 주위에 있는 사절단의 참상을 살피는 모습에서는 기품이 느껴졌다.

바로 그가 바르바로스 변경백 가문의 차기 당주이자 황국 최강의 전사. [충신] 로나우드 바르바로스였다.

"……늦지는 않았어. 원군이 오려면 아직 멀었다고 생각했는데."

"그래, 나 혼자 황도의 망할 영감들이 하는 말을 듣고 열 받아서 뛰쳐나왔으니까. 미안하지만 진짜 원군은 당분간 오지 않을 거야."

"……아니, 상관없다."

아스란은 그렇게 말하고 로나우드의 뒤로 돌아가…… 그에게 등을 돌렸다.

서로 등을 맞대는 형태로 주위를 둘러싸려 하는 9000대에 가까운 인형들과 맞섰다.

"……최강의 원군은 이미 왔다."

"헤헤, 그럼 그 평가만큼은 일을 해줘야지."

그렇게 두 사람은 서로의 등을, 서로가 가장 신뢰하는 자에게 맡기고 인형들과 격돌했다.

"――《블레이즈 엣지》."

"――《디스토션 파일》!!"

왕국과 황국에서 최강인 남자들은 일격에 100대 가까운 인형들을 분쇄했다.

일격필살, 일기당천, 만부부당, 천하무쌍.

그들을 나타낼 말은 무수히 많다.

합류한 뒤로 그들은 각각 10000대는 훨씬 넘는 숫자의 인형들을 격파했다.

하지만 그럼에도…… 싸움은 끝나지 않았다.

인형은 아직 수천 대가 남아 있었고, 게다가 현재 진행형으로 계속 늘어나고 있었다.

바로 그것이 [무명군단 에델바르사]라는 〈신화급 UBM〉의 힘.

《마리오넷 브리게이드 크리에이션》.

그 이름대로 여단 규모의 인형을 단번에 만들어내는 위협적인 능력. 만들어내려면 나무나 바위가 필요하지만, 왕국과 황국의 국경은 삼림지대. 재료는 얼마든지 있었다.

인형 한 대, 한 대는 결코 강하지 않다. 전력으로 따지면 하급 직업 한 명 정도, 역전의 초급 직업인 [성염기]와 [충신]에게는 종잇장이나 마찬가지다.

하지만 너무나도 많았다.

수십 시간에 걸친 전투는 그들의 체력을 소모시켰고, 미처 피하지 못해 입은 상처도 계속 늘어났다.

"이 녀석들, 병력이 아직 넘쳐나는 모양인데. 어딘가에 숨어 있을 본체가 싱글거리는 낯짝이 눈에 선하다."

로나우드는 장착하고 있던 전신 기계갑주의 페이스 커버를 열고 얼굴에 난 땀을 닦으며 그렇게 말했다.

그와 동시에 뒤쪽에서 접근하던 인형을 오른손으로 쥐고 있던 파일 벙커로 꿰뚫었다.

"그런데 참, 터무니없는 괴물이구나, 이 자식. 〈UBM〉은 지금까지 여러 번 쓰러뜨렸는데…… 이 녀석은 그 녀석들을 합친 것보다 더 위험하잖아."

파일 벙커와 기계갑주—— 둘 다 전설급 특전무구를 보이며 그렇게 말했다.

"……한 가지 정정할 게 있다. 본체가 싱글거리는 낯짝이 눈에 선하다고 하던데, 탐색 마법에 따르면 본체도 인형이었어. 표정은 똑같다."

그런 로나우드에게 [성염기] 아스란이 진지한 표정으로 그렇게 말했다.

"아~, 넌 여전하구나. 저번에 스핑크스하고 붙었을 때도 그렇게 말했었지."

"……정겹군."

아스란은 예전에 로나우드와 함께 싸워 쓰러뜨렸던 〈UBM〉이 변해서 생긴 긴 장갑을 보았다.

고대전설급 특전무구이자 마법에 대해 매우 강력한 효과를 지닌 장비였지만, 이 싸움에서는 써먹을 수가 없었다.

"다음 인형들은 아직 멀리 있는데 어떻게 할까? 바로 포위망이 얇은 곳으로 탈출할까?"

"……어리석은 질문이군. 군대가 언제 파견될지도 모르는 상황이다. 이 〈UBM〉을 인형들이 두 나라 중 어떤 곳으로 쳐들어갈 때까지 방치할 수는 없지. 생산 속도를 보니 며칠이 지나면 10만이 넘는 대군이 두 나라를 위협할 거다."

"그럼 어쩔 수 없겠군."

"……그래. 여기서 전부 쓰러뜨릴 수밖에 없어."

두 사람은 그렇게 말하고 주위를 둘러보았다.

이미 근처에 있던 나무는 전부 재료로 사용되었기에 시야가

탁 트인 상태였다.

보이는 것은 지면을 뒤덮고 있는 것 같은 인형들의 잔해와 저편에서 새로 생성되어 다가오는 인형 군단. 이제 몇 번째인지도 모를 습격이 곧 시작되려 하고 있었다.

"그건 그렇고 아스란. 그 아이, 내게 맡겨라."

로나우드는 그렇게 말하고 왼손을 내밀었다.

그렇게 내민 손 너머에는 아스란이 왼손으로 안고 있던 천 포대기가 있었다.

포대기 안에는 에밀리오가 잠들어 있었다.

"……그럴 필요 없다."

아스란은 사절단을 지키지 못했다. 에밀리오는 아버지인 카르티에 라탱 백작이 목숨을 걸고 지켜낸 아이이자 사절단의 유일한 생존자.

그렇기 때문에 아스란은 자신의 역할을 다하기 위해 지금도 그 아이를 계속 지키고 있다. 죽은 다른 사절단의 시체도 그들이 가지고 있었던 시체용 아이템 박스에 넣어 지키고 있었다.

"억지 부리지 말라고. 오른팔이 부러졌잖아. 그 아이를 안고 있으면 검도 제대로 휘두르지 못할 거 아냐."

"……너도 늑골이 부러졌을 텐데."

"신경 쓰지 마. 파일을 날리는 데는 지장이 없으니까. 그리고 말이야, 그 도련님은 우리 딸내미 남편이 될 남자거든. 확실하게 지켜야지."

로나우드는 그렇게 말하며 시원스럽게 웃었고, 그 말을 들은 아스란은 눈을 동그랗게 떴다.

"네 아이, 벌써 태어났나?"

"아니, 아직 멀었지. 하지만 사랑스러운 마이 허니가 낳는 아이잖아? 분명 귀여운 여자애일 거야. 아니! 내가 그랬으면 좋겠다고 생각하니까 분명히 여자애겠지!"

"……귀족이면 후계자를 원해야 할 텐데. ……원래 떠돌던 몸이었던 내가 귀족에 대해 따져봤자 소용이 없긴 하겠군."

아스란은 쓴웃음을 짓고 천 포대기로 감싼 에밀리오를 로나우드에게 맡겼다.

로나우드는 에밀리오를 소중히 왼손으로 안아 들었다.

"……지켜라."

"당연하지."

아스란이 한 말을 듣고 로나우드는 씨익 웃으며 대답했다.

"그런데 어떻게 할 거야? 이대로 언제 올지 모르는 원군이 도착할 때까지 버티나?"

"……아니, 본체를 친다."

"어디 있는지 알아냈어?"

"……그래. 지금까지 적 증원이 나타날 때 그 숫자의 차이, 목제 인형과 가끔 섞여 있는 석제 인형의 비율, 그리고 주변 환경 정보…… 나무 생식 상태로부터 7할의 확률로 현재 위치를 파악했다."

"[발트블루(스핑크스)] 때도 그렇고, 탐정도 아니면서 묘하게 추리력이 좋단 말이지."

아무렇지도 않게 말한 아스란을 보고 로나우드가 쓴웃음을 지었다.

"……그래서, 함께 올 거냐? 3할의 확률로 쓸데없이 적 한복판에 뛰어들게 되고, 7할인 정답을 뽑너나노 만신창이가 된 상태로 [에델바르사] 본체와 싸우게 될 텐데."

"가야지. 그리고 안심해라. 어떤 사지에서도 이 아이는 내가 지킬 테니까."

"……그러냐. 그럼 갈까?"

"그래!"

눈앞으로 다가오는 수천 대의 인형, 그리고 그 너머에 있을 [에델바르사].

목표를 향해 두 전사는 구름떼처럼 몰려드는 인형들에게 돌진했다.

◇◆

[무명군단 에델바르사]가 나타나 사절단을 습격했을 때로부터 이틀이 지나자 왕국과 황국은 각각 영토 안에서 [에델바르사]의 습격을 경계하며 굳게 방어하고 있었다.

그런 와중에 국경지대를 향해 달려가는 무리가 있었다.

전차형 〈마징기어〉인 [가이스트]와 레플리카 황옥마를 탑승한 그 무리는 국경에 인접해 있는 바르바로스 영지의 군대였다.

그들의 선투에서 레플리카를 타고 있는 사람은 바르바로스 변경백 가문의 당주이자 황국의 장군 중 한 사람이기도 한 바르바로스 장군.

그리고 그는 홀로 원군으로 나선 [충신] 로나우드 바르바로스의 아버지이기도 하다.

[에델바르사]가 나타났다는 소식과 사절단이 통신 마법으로 구원요청을 했을 때, 그는 사절단을 구하기 위해 군대를 보내려 했다.

하지만 당대 황왕과 황국 상층부가 막아섰다.

"국경지대로 대군을 움직이는 건 조심스럽다."

"이번에 왕국보다 먼저 황국이 국경으로 군대를 움직이면 정치적으로 빚을 만들게 된다."

"황국군만 피해를 입는 건 곤란하다. 오히려 왕국에게 먼저 출진하게 해서 부하들을 처리하게 하고, 그런 다음 황국이 신화급 특전무구를 얻기 위해 움직이면 된다."

그렇게 정치적인 판단이라고 하기에도 뭐한 이유였다.

바르바로스 장군은 황국 상층부의 판단에 대해 분노를 터뜨리고 싶은 마음이 넘쳐났지만, 황국의 군인으로서 그렇게 행동할 수는 없었다.

그저 포기하지 않고 황국의 군인으로서 상층부를 설득하기 시작했다.

하지만 그러는 동안 그의 아들인 로나우드는 '군대가 아니면 되지?'라고 하면서 홀로 국경지대로 향했다.

그 이후로 이미 하루가 넘는 시간이 지났다. 그동안 바르바로스 장군은 황왕을 설득하여 바르바로스 영지군만 보낸다는 조건으로 출진 허가를 받은 뒤 군대를 이끌고 국경지대로 향하고 있었다.

"부탁이다, 늦지 말아다오……!"

바르바로스 장군은 초조해하면서 한시라도 빨리 가야 한다며 군대를 이끌고 나아가고 있었다. 바르바로스뿐만이 아니라 로나우드를 잘 알고 있는 영지군의 군인들도 마음은 마찬가지였다.

그들은 로나우드를, 그리고 왕국의 사절단을 구하기 위해 한계를 뛰어넘은 속도로 국경의 전장으로 향하고 있었다.

그런 그들 앞에 나무들이 변한 인형이 나타나 군대의 진격을 가로막았다.

"이게 [에델바르사]의 인형인가!"

앞길을 가로막는 인형을 해치운 그들의 눈에 한 줄기 희망이 보였다.

인형이 있는 이상, 싸움은 아직 끝나지 않았다.

그럼에도 불구하고 인형이 두 나라에 침공하지 않은 이유는 억누르고 있는 자들이 있기 때문이다.

"기다리거라, 로나우드!!"

바르바로스 장군이 이끄는 영지군은 띄엄띄엄 나타나는 인형을 물리치며 앞으로 나아갔다.

이미 파괴된 수만 대의 인형 잔해를 넘어서서 인형이 나오는 곳으로 추측되는 숲에 도착했다.

"로나우드으으으!! 팔드리드 고옹!! 구하러 왔다! 아직 무사한 가아아아!"

바르바로스 장군의 큰 목소리. 숲 어딘가에 있을 아들에게 들리게끔 외친 그 목소리가 울려퍼지자── 왠지 모르겠지만 제각각 움직이고 있던 인형들의 움직임이 완전히 멎었다.

전부 다 저항하지 않고 멍하니 서 있었다.

그런데 그 직후에 모든 인형이…… 어떤 방향을 손가락으로 가리키기 시작했다.

장군은 그 이상한 행동이 미심쩍기는 했지만, 함정이 기다리고 있다 해도 깨부수겠다는 마음가짐으로 그쪽을 향해 나아갔다.

그렇게 지시받은 방향으로 계속 나아간 장군은…… 어떤 것을 발견했다.

"오오오……."

커다란 나무 한 그루 앞에서 바르바로스 장군은 무릎을 꿇었다.

그곳에는 커다란 나무에 등을 기대고 있는…… 그의 아들인 로나우드 바르바로스가 있었기 때문이다.

로나우드가 걸치고 있었던 것은 속옷뿐, 특전무구였던 갑주는 사라졌다. 특전무구의 소실…… 그 사실이 그가 죽었다는 것을 확실하게 나타내고 있었다.

왼손으로는 천 포대기를 안고, 오른손은 방아쇠를 당기는 형태로 굳어 있었다. 그것은 그의 또 하나의 특전무구였던 파일

벙커를 죽기 직전까지 쥐고 있었다는 증거였다.

"로나우드! 로나우드……! 미안하다…… 내가 더 빨리…… 오오……!"

아들의 죽음으로 인해 바르바로스 장군은 눈물을 펑펑 쏟았다. 아들을 잃은 슬픔, 자신이 늦게 도착한 탓에 아들을 죽게 만들었다는 분한 마음, 자신의 부인이나 아들의 부인에게 뭐라고 말해야 할지 모르겠다는 죄책감.

그런 마음들이 바르바로스 장군을 괴롭히고 있었을 때…….

"장군님! 여기를……."

부하가 어떤 한 곳을 가리킨 곳 너머에는 장군도 잘 알고 있는 남자의 시체가 수많은 인형들의 잔해에 뒤섞여 있었다.

그것은 로나우드의 친구이자 호적수였던 아스란 팔드리드였다.

그는 선 채로 죽었다. 마찬가지로 특전무구는 사라졌지만…… 마치 무언가에게 두 손으로 검을 내려 찍는 듯한 자세로 숨을 거둔 것 같았다.

두 나라의 최강 전사는 둘 다 끝까지 싸우다가 죽었다.

"그렇구나, 둘 다, 마지막까지…………?"

장군은 아들의 죽음을 아버지로서 슬퍼하면서, 문득 군인으로서 냉정하게 상황을 생각했다.

[에델바르사]는 어떻게 되었는가.

아들과 왕국 사람들의 시체는 죽은 지 몇 시간이 지난 상태다. [에델바르사]가 살아 있다면 대군을 만들어내 왕국이나 황국을 침공했을 것이다.

하지만 좀 전까지 나타난 인형의 숫자는 너무 적었다.

그럼 [에델바르사]도 두 사람과 동귀어진해서 사라진 걸까.

하지만 그렇다면 역시…… 이곳으로 도착하기 직전까지 인형이 움직였다는 것에 의문이 남는다. 그것은 대체 무엇이었을까, 장군이 의문을 품고 있자니…….

"……응?"

장군은 아들의 시체가 안고 있던 천이…… 조금씩 움직이고 있다는 것을 눈치챘다.

"……혹시."

장군은 살며시 손을 뻗어 아들의 시체로부터 천으로 감싸여져 있는 무언가를 받아든 뒤 안아 들었다.

그 천 안에는…….

"갓난아이라고?"

질이 좋은 갓난아이용 옷을 입은 아기가 잠들어 있었다.

얼굴에 피가 묻어 있고, 상처도 입긴 했지만 목숨에 지장은 없을 것 같았다.

장군은 왜 이런 곳에 갓난아이가 있는지 생각하고…….

"그런가, 카르티에 라탱 백작 가문의……."

왕국의 사절단 단장인 카르티에 라탱 백작이 장래에 인척이 될 바르바로스 변경백 가문에 인사도 시킬 겸 아들을 데리고 방문할 예정이었던 것을 떠올렸다.

왕국 사람들은 아기의 아버지인 백작까지 포함해 아스란이 가지고 있던 시체용 아이템 박스에 들어 있었기에 전멸한 것이 확인되었다.

그럼에도 불구하고 이 아기…… 에밀리오는 살아 있었다.

분명 이 아기는 내 아들이 목숨을 바쳐 지켜냈을 것이다, 장군은 그렇게 확신했다.

"……너는 정말 마지막까지 자랑스러운 군인이었구나."

아들이 홀로 나서지 않았다면 이 아기의 목숨은 없었을 것이고, ……왕국과 황국에서도 많은 백성들이 희생되었을지도 모르겠다. 장군의 가슴 속은 자신의 아들에 대한 생각으로 가득 찼다.

"카르티에 라탱 백작 가문의 아이야. ……너는 반드시 고향으로 돌려 보내주마."

아들이 지켜낸 목숨에 그렇게 맹세했다.

그런데 그런 장군의 마음에 새로운 의문이 생겨났다.

"음…… 이 아이의, 눈은?"

얼굴에 묻은 피를 닦아내다 보니 살며시 뜨게 된 왼쪽 눈꺼풀.
──그 안쪽에 있던 눈동자의 색이 문제였다.

"이 아이의 눈은 어머니에게 물려받아 푸른색과 녹색 눈이라고 들었는데…… **양쪽 다 푸른색**이라고?"

외모의 특징이 일치하지 않는다. 그밖에도 사절단에 아기가 있었던 건가? 장군은 그렇게 생각했다.

하지만 더 잘 살펴보니 눈치챘다.

아기의 왼쪽 눈은 **의안**이었다.

"…………"

왠지 드는 불안한 느낌 때문에 장군은 의안에 《감정안》을 사용해 보았지만…… 그의 스킬 레벨로는 이름조차 인식할 수가 없었다.

장군은 영지군 중에서 《감정안》 스킬 레벨을 최대로 올린 사람을 불러서 봐달라고 했다.

그 순간, 그는 깜짝 놀랐고…… 떨리는 목소리로 이렇게 말했다.

"[무명군모 에델바르사]……, 이 아이의 의안은 그런 이름입니다."

"……뭐, 라고?"

그것은 이 지역을 습격한 신화급, [무명군단 에델바르사]의 특전무구임에 틀림이 없었다.

"어, 어째서 아기가………… 설마!"

장군은 어떤 가능성을 떠올렸다.

그것은 로나우드와 아스란이 [에델바르사]보다 **먼저** 숨을 거둔 게 아니냐는 의문.

두 사람이 죽었을 때, [에델바르사]는 아직 살아 있었다.

하지만 그 직후에 전투를 벌이다 입은 상처로 인해 죽은 것이다.

그리고 특전무구를 얻을 MVP를 선출할 때, 이곳에서 유일하게 살아남은 에밀리오에게 그것이 넘어간 게 아닐까.

물론 갓난아이가 신화급과 전투를 벌여서 공적 같은 걸 쌓을 수 있을 리가 없다.

하지만 울음소리 같은 것이 [에델바르사]의 관심(헤이트)을 조금이라도 끌어서 **매우 작은 공적**이 되었다면……, 다른 적임자가 없다면 아기에게 넘어갈지도 모르겠다.

그리고 장군이 이끌고 온 군대의 진격을 가로막았던 인형의 정체는 몸을 지키려 하던 에밀리오의 본능에 이 신화급 무구가 반응해서 생겨난 것이 아닐까.

"자, 장군님……."

감정한 부하가 불안하다는 듯이 장군을 보았다.

장군은 자신의 품속에서 편하게 잠든 아기를 내려다보고…….

"……미안하다."

마음의 심연을 토해내는 듯한 목소리로 사과했다.

그것은 분명히 방금 했던 자신의 맹세를 지킬 수 없기 때문에 나온 목소리였다.

◇◆

장군의 예감은 맞았다.

황왕은 왕국에게 '신화급은 토벌했지만, 왕국의 사절들은 **한 명도 남김없이** 전멸했다'고 전하게끔 지시를 내린 것이다.

그 이유는 에밀리오가 손에 넣어버린 신화급 무구, ……이제 에밀리오밖에 쓸 수 없는 막대한 힘 때문이었다.

에밀리오를 왕국에게 돌려보내면 나중에 왕국의 힘이 커질 것은 불을 보듯 뻔했다.

하지만 죽었다고 한 뒤 황국에서 키우면 나중에 황국의 힘이 된다.

두 나라의 관계는 양호하지만…… 신화급 무구라는 힘은 우호국을 속일 만한 가치가 있었다. 국내 최강 전력이었던 [충신]을 잃은 황국에게는 반드시 확보하고 싶은 존재였기 때문이다.

그리고 '이 힘은 나중에 연합국이 되었을 때 주도권에도 영향을 미칠 것이다'라는 생각도 있었다.

바르바로스 장군은 황국의 군인이었기에 그 결정에 이의를 제기할 수 없었다.

원군으로 나서는 것과는 다르다. 최악의 경우 황왕은 반대하는 자를 없애서라도 이 신화급의 힘을 황국의 것으로 삼으려 할 것이다.

그래서 바르바로스는 황왕에게 한 가지 청원을 했다.

부디 아기를 자신의 손으로 키우게 해달라고.

황왕은 곧바로 승낙했다. 바르바로스 가문은 대대로 우수한 군인을 배출했고, 무엇보다 [충신] 로나우드 바르바로스라는 전례도 있다.

분명 뛰어난 **전력**으로 키워낼 것이다. 황왕은 그렇게 예상했기 때문이다.

황왕의 허가를 받고, 에밀리오는 바르바로스의 양자가 되었다.

하지만 장군은 에밀리오를 인간병기로 만들기 위해 거둔 것이 아니었다.

"너는 분명히 받아버린 힘 때문에 싸움으로부터 벗어날 수가 없을 것이다."

품속에 있던 에밀리오에게 장군은 조용히 말했다.

"싸움도, 훈련도, 계속 억지로 해야만 하게 될 것이나. 황국의 인간병기…… 특무병으로서."

그것은 슬프고도 확정된 미래였지만…….

"적어도 사랑만큼은 다른 사람들처럼 주고 싶구나……."

그것은 장군의 소원.

"내 아들이 지켜낸 너라는 목숨에게…… 사람으로서 느끼는 행복도 주고 싶구나."

그저 부려 먹히기만 하는 인생이 되지 않게끔, 아들이 지켜낸 것을 조금이라도 지키기 위해.

"이렇게 모순되고 어리석은 나를…… 너를 고향에 있는 어머니의 품 안으로 돌려보내지 못하는 나를…… 원망해도 좋다. 하지만……."

그 뒤로 장군이 뭐라 말하려 했는지는 아무도 알지 못한다.

그저 장군에게 안겨 있던 에밀리오는 아기답게 웃으면서 장군에게 손을 뻗고 있었다.

그 모습을 보고 장군은 말문을 잃은 채 그저…… 울고 있었다.

그렇게 바르바로스 가문의 양자가 된 에밀리오는 새로운 이름을 얻게 된다.

그 이름은 기프티드.

우연히도 지구의 언어와 겹치는 이름.

자신의 진짜 이름이나 아버지를 잃고, 그 대신 사람에게는 지나치게 강력한 힘을 '받아버린 자'.

에밀리오 카르티에 라탱이라는 갓난아이의 삶은 여기서 끝나고, 새로운 삶이 시작된다.

나중에 황국 최강의 티안이자 황국 원수.

기프티드 바르바로스로서의 삶이 시작된 것이다.

제5화 > 그의 이유

■황국에 대해

〈Infinite Dendrogram〉의 시간으로 약 7개월 전, 황국은 왕국에게 전쟁을 선포했다.

황국이 전쟁에 나선 이유는 세 가지, 그중 두 가지는 '기아'와 '침략의 위기'였다.

'기아'의 원인은 경작지의 감소.

〈마스터〉가 늘어난 몇 년 전부터, 드라이프의 경작지가 조금씩 메마르기 시작했다.

원래 북쪽 지역이라 농업에 적합한 토지가 아니긴 했지만, 지금은 더욱 상황이 좋지 않았다.

원인을 알 수가 없었고, 비료를 연구해봐도 개선되지 않았고, 척박한 땅에서도 잘 자라는 감자조차 싹이 트지 않는 땅이 경작지 중 3할을 넘어섰다. 그 범위가 서서히 넓어져서 황국의 식량 자급률은 자국민을 먹여 살리기에도 부족해지고 있었다.

하지만 최근까지는 왕국과 카르디나 같은 이웃나라에서 수입하여 어떻게든 버틸 수가 있었다.

그러나 〈마스터〉들이 늘어나기 시작한 뒤로 무슨 생각인지 카르디나가 식량의 수출량을 줄이기 시작했다.

외교관이 끈질기게 교섭을 해봐도 그들은 그 결정을 번복하지 않았다.

원래 카르디나는 다른 나라의 상품을 제3국으로 넘기면서 중개무역으로 이익을 얻는 나라였다. 그런데 갑작스럽게 물건을 외국으로 넘기지 않고 '원한다면 카르디나로 사러 와라'라는 태도로 바뀐 것이다.

하지만 개인이라면 모를까, 국가 규모의 식량 수송을 그 마경, 카르디나의 대사막에서 진행할 노하우가 황국에는 없었다. 그렇기 때문에 카르디나에서 식량을 얻는 것은 포기할 수밖에 없었다.

그럼에도 불구하고 국민 중에 소수의 아사자가 발생하는 와중에도 왕국에서 수입하는 식량으로 어떻게든 버티고 있었다.

하지만…… 신 황왕이 결정된 뒤 왕국과 국가간 교섭을 거쳐 동맹 관계가 사라지자 왕국으로부터도 식량이 오지 않게 되었다.

이제 한시의 유예도 남지 않게 되었다. 많은 국민들이 굶어 죽는 것은 시간문제였다.

두 번째 이유인 '침략의 위기'도 카르디나 때문이다.

동쪽 이웃 나라인 카르디나가 다른 나라를 침략할 징조가 보였다.

〈마스터〉가 늘어나기 시작한 이후로 카르디나의 움직임은 확실히 이상했다. 다른 나라로부터 많은 물자를 수입하면서 넘기지 않는 모습은 전쟁에 대비해 비축하고 있는 것으로 추측되었다.

카르디나에는 7대 국가 중 최대의 재화가 있기에 계속 사들인다 해도 수십 년은 아무런 문제가 없다.

게다가 〈마스터〉들의 기호품…… 원하는 것을 확보해서 계속 주려는 목적도 있었다.

〈마스터〉 중에서도 국가간 이동, 그것도 카르디나의 대사막을 넘을 정도로 실력이 있는 자들은 카르디나로 모이는 경향이 있다.

그 이유는 '카르디나라는 국가에서 다른 나라의 특산물도 입수할 수 있기 때문'이다.

카르디나가 외부로 상품을 넘기지 않게 된 이유 중 하나는 각 나라의 물건을 사려 하는 〈마스터〉들을 자국에 머무르게 하기 위해서.

카르디나의 의도를 눈치챈 황국은 기계 제품의 수출을 멈추었지만, 그럼에도 불구하고 어디선가 새어 나가고 있었다.

카르디나는 몇 년만에 막대한 물자와 전력이 되는 많은 〈마스터〉를 얻게 되었다.

확실한 전쟁 준비. 지금까지 무역만 해왔던 카르디나가 전쟁으로 방향을 전환한 이유는 황국도 이해할 수가 없었다.

〈마스터〉가 늘어난 것이 계기인지도 모르겠다고 생각하는 사람도 있었지만, 확실하지는 않다.

어찌 됐든 카르디나가 가장 위험한 이웃 나라가 된 것은 분명하니 아무리 이유를 생각해봤자 의미가 없었다.

이대로 가다가는 카르디나가 '준비가 다 되었다'고 판단한 단계가 되면 다른 나라를 침공할 것이다.

알터 왕국, 레전더리아, 황하 제국, 그런 나라들에게 전쟁을 선포할 가능성도 있었지만…… 진짜 목적은 황국이라 추측되었다.

왜냐하면 카르디나는 황국에 대한 수출을 제일 먼저 끊었기 때문이다.

식량 자원이 부족하긴 하지만, 황국은 7대 국가 중 최고의 과학기술을 지니고 있다.

나중에 우위에 서기 위해 기술을 원하며 황국을 침공할 가능성은 충분했다.

그렇다면 나라를 지키기 위해 그에 맞서야만 한다.

황국에게도 꿍꿍이는 있었다.

황국의 차대 황왕과 왕국의 제1왕녀의 혼인. 그리고 황국과 왕국의 연합 왕국화다.

30년 전부터 진행되었던 밀약. 그것만 성립되면 황국의 식량 부족을 해소할 수 있고, 카르디나라는 외적에게 한데 뭉쳐 맞설 수 있다. 이것밖에 없다, 그런 한 수였다.

하지만 앞서 말했듯이 신 황왕이 결정된 뒤, 국가간 교섭으로 인해 연합 왕국은커녕 동맹 관계조차 사라져버렸다.

고립무원 상태가 된 황국은 언젠가 다가올 카르디나의 침공에 단독으로 맞설 수밖에 없게 되었다.

〈초급〉을 비롯한 유력한 〈마스터〉들을 다수 보유하고 있는 카르디나에게 현재 시점에서 황국의 승산은 없었다. 황국은 저번 황왕 계승을 둘러싸고 벌어진 내란 때문에 〈마스터〉, 특히 〈초급〉인 [수왕(킹 오브 비스드)]의 차원이 다른 힘을 몸소 체험한 바 있다.

그렇기 때문에 앞으로 벌어지게 될 전쟁에서는 얼마나 우수한 〈마스터〉를 끌어들이는지에 따라 결과가 달라질 것이라는 생각이 황국 상층부의 상식이었다.

황국에는 서방 삼국 최강의 [수왕]이 있긴 하지만, 카르디나에는 7대 국가 최강의 광역 섬멸형인 [지신(디 어스)]이 있다. 이 두 사람이 동격이라 해도 카르디나의 다른 〈초급〉들을 [마장군]을 비롯한 나머지 전력으로 쓰러뜨릴 수 있을 리가 없기에 카르디나와 전면 전쟁을 벌이게 되면 패배만 기다리고 있다는 것은 잘 알고 있었다.

그 결말을 피하기 위해서는 카르디나에게 '우리에게 손을 대면 쓴맛을 보게 될 것이다'라는 생각이 들 정도로 황국의 전력을 증강하고 그것을 알려야만 한다.

전력의 소집과 과시. 그리고 식량 사정의 회복.

그러기에 안성맞춤인 나라가 황국 남쪽에 있었다.

──알터 왕국이다.

비옥한 토지가 있고, 〈SUBM〉 [삼극룡 글로리아]의 습격으로 인해 전력이 크게 줄어든 왕국은 가장 적합한 상대였다.

그리고 '황국이 위기에 처했을 때 동맹을 취소하고 식량 수출까지 멈춘 것'에 대해 황국 내부에서 안 좋게 생각하는 사람들이 많다는 이유도 있었다. 동맹을 취소하기 전 [글로리아] 사건 때 황국이 보낸 원군이 괴멸되었는데도 왕국이 동맹을 취소했다는 것도 관계가 있었다.

그리고 자세한 사항은 여기서는 생략하지만, 동맹을 취소하게 된 원인 중 절반은 황왕에게 있다. 하지만 그것은 지금 황국 내부에서 추궁해봤자 의미가 없는 이야기다. 애초에 황국이 보기에는 황왕이 **사전에 약속했던 것**을 이행해달라고 요구했을 뿐이라고도 할 수 있다.

그렇게 첫 번째 전쟁이 일어났다.

황국에는 식량이 없긴 했지만, 재화는 그럭저럭 있었다. 그것을 뿌리며 국내와 무소속이었던 많은 〈마스터〉들을 전력으로 고용하여 왕국으로 침공했다.

다행히도 왕국으로 침공하는 경로를 선정하는 것은 쉬웠다. 황국과 인접해 있는 영토 중에 [글로리아] 사건으로 인해 주민들이 전멸한 지역이 있었고, 그곳을 통해 침공하게 되었기 때문이다.

이 경로를 선정한 것은 기프티드 바르바로스 원수였고, 그 이유는 '상대방의 방어 시설이나 마을이 없어서 가장 싸우기 편하다'는 것이었다.

그와 동시에 침공하게 되면 정복할 도시나 마을이 애초에 없다는 뜻이기도 했다.

여담이긴 하지만 또 하나의 침공 경로는 황국의 군사 거점인 바르바로스 영지와 인접해 있는 카르티에 라냉 영지를 통한 침공이었다.

그렇게 일이 진행되었고, 두 나라는 싸웠다. 그리고 첫 번째 전쟁이 종결되었다.

왕국은 국왕, [천기사(나이트 오브 세레스티얼)], [대현자(아치 와이즈맨)] 같은 나라를 움직일 우두머리를 모조리 잃었고, 기사와 병사 중에서도 막대한 피해가 발생했다.

그에 비해 황국은 침공 경로였던 무인지대를 제압했고, 일부이긴 하지만 비옥한 경작지를 얻어 약간이나마 식량 사정을 개선하게 되었다.

하지만 모든 것이 생각대로 풀리지는 않았다.

전쟁 종반에 벌어진 카르디나의 견제를 겸한 황국 침공 때문이다.

황국은 방어하기 위해 [수왕]을 비롯한 전력을 불러들여야만 했고, 처음 예정이었던 왕도 제압은 달성하지 못했다.

카르디나가 너무나도 절묘한 타이밍에 개입했기에 황국이 세운 계획의 급소를 찔리게 되었다.

황국 상층부도 씁쓸해했다. 무인지대만으로는 황국의 식량 사정을 전부 해결할 수가 없다. 왕국을 전부 제압하지 못했기에 카르디나가 개입할 여지도 남겼다.

앞으로 카르디나가 왕국에게 '손을 잡고 황국과 싸웁시다. 왕국은 빼앗긴 영토를, 저희는 황국 본토와 기술을 가지겠습니다.'라고 하면서 동맹을 맺으려 해도 이상하지는 않다.

다른 나라였다면 '그런 다음에는 국력이 커진 카르디나에게 우리가 당할지도 모른다'라고 생각할 것이다.

하지만 궁지에 처한 왕국은 그 제안을 받아들이고 카르디나의 움직임에 맞춰 영토를 탈환하기 위해 움직일 가능성이 크다.

결과적으로 황국의 궁지를 타파하기 위해 움직인 것이 양면 작전 구도에 빠지게 되어버렸다.

이렇게 된 계기는 황국의 왕국 침공이지만, 황국이 카르디나로 인해 그렇게 움직이게 되었다고도 할 수 있다.

요괴라고도 불리는 카르디나의 의장이나 〈초급〉 중 한 사람인 '반면무패' [희왕(킹 오브 토이즈)] 그랜드 마스터라면 이런 미래까지 읽고 움직였더라도 전혀 이상하지는 않으니까.

나중에는 앞서 말했던 공동전선…… 또는 카르디나가 자금을 부담해서 〈마스터〉를 고용하는 꼼수를 쓸 우려가 컸다.

양면 작전에 대한 불안함을 없애기 위해 빠르게 왕국을 병합해야만 한다.

하지만 그 방식에 대해 황국 내부의 의견이 갈렸다.

재상파는 제1차 침공으로 발생한 국고의 부담과 출병에 필요한 병참을 고려하여 '병합은 국가간 교섭과 군대를 움직이지 않는 소규모 공작으로 진행하는 게 낫다'고 주장했다.

프랭클린이 한 달 전에 일으킨 기데온 사건이나 왕국 상층부의 암살 공작. 그리고 왕국 귀족의 회유 등이다.

그에 비해 원수파는 '현재 점령 지역에서 왕도까지 재침공'을 주장했다.

여러 가지 이유로 가장 크게 작용하는 것은 '시간'이다. 앞으로 카르디나가 무슨 수를 쓰리라는 것은 확실하다. 재상파의 주장은 이루어질 때까지 시간이 오래 걸리고, 카르디나에게 빈틈을 너무 많이 보여주게 된다.

그렇다면 다시 〈마스터〉를 소집하고, 이번에는 국토 방어에도 〈초급〉을 배치한 뒤 단숨에 왕도를 함락시키는 정면돌파 방식이 나중의 정세를 감안하면 훨씬 더 낫다고 원수가 말했다.

그리고 '재상의 주장에 따라 왕국 내부의 세력이 교전파와 공순파로 분열되면 왕국 전투에서 게릴라전, 혼전이 벌어질 수밖에 없어 진흙탕에 빠지게 된다'는 것도 그의 의견이었다.

황국의 의견이 갈리게 되었지만, 최종적으로는 황왕이 '재침공 준비를 진행하면서 재상파의 공작도 한다'고 결정했다. 황국 내부에서는 왕국을 병합할 두 가지 준비가 계속 진행되었다.

그렇게 재상파가 왕국의 전의를 꺾기 위해 계획한 기데온의 테러가 진행, 실패한 뒤로도 황국군은 재침공 준비를 진행하고 있었다.

──〈유적〉이 발견된 것은 재침공이 가능해지는 시기까지 한 달이 남았을 무렵이었다.

◇ ◆ ◇

■〈유적〉

시간은 [마장군]이 침공하기 시작한 직후로 거슬러 올라간다.

악마들의 침공이 시작되었을 때, 기프티드 바르바로스 원수는 〈유적〉의 입구에서 멀리 떨어진 산의 중턱에 있었다. 그의 주위에는 쩍도 없었고, 그를 지키는 인형도 한 대뿐이었다.

그가 서 있는 곳은 카르티에 라탱 거리를 한눈에 볼 수 있는 곳이었다.

아직 아침해가 동쪽 산맥에서 벗어나지 않은 시간임에도 불구하고 카르티에 라탱은 밝았다. 거리 곳곳에 불이 났기 때문이다.

검은 연기가 피어오르는 혼돈 속에서 악마들의 습격으로 인해 사람들의 목숨도 사라지고 있었다.

"…………."

이렇게 되리라는 것은 처음부터 원수가 상정한 범위 안에 들어 있었다.

로건과는 나름대로 오래 알고 지냈기에 그가 티안을 사람이라 생각하지 않는다는 것쯤은 잘 알고 있었다. 재상에게 '수단이 같긴 하지만 파벌에 소속되어 있는 것은 아니다'라고 한 것도 그런 이유 때문인지도 모르겠다.

원수의 침공 방식은 황국의 현재 상황을 고려한 방식이었지만, 그것에 참여한 로건의 꿍꿍이는 '자신이 활약하는 모습을 널리 알린다' 정도에 불과할 테니까.

그래도 그의 전력은 황국에게 매우 유익했고, 그와 동시에 '의뢰받은 퀘스트를 달성하는 것'만 놓고 보면 그는 순순히 따랐다.

그런 행동은 실제 나이가 어리기 때문일지도 모르겠다, 원수는 그렇게 생각하고 있었다.

본인이 직접 밝힌 적은 없지만 '실제 나이는 열 살이 될까 말까 하겠지', 많은 사람들을 봐온 직감을 통해 원수는 꿰뚫어 보고 있었다.

"……생각했던 대로인가."

[마장군]이 황국에게 유익하고 형편이 좋은 존재라 해도, 반대로 말하자면 황국에게 적대시하는 자들…… 왕국에게는 재앙에 불과하다.

원수는 지금 카르티에 라탱이 타오르고 있는 것은 틀림없이 [마장군]의 소행이고, 나아가서는 그의 투입을 의뢰한 재상, 그리고 그것을 허락한 자신 때문일 것이라 생각했다.

원래 카르티에 라탱 백작 가문의 후계자이자, 지금은 황국 원수인 자신의 책임이라고.

원수…… 에밀리오 카르티에 라탱은 자신의 출신에 대해 전부 알고 있다.

그가 열 살이 되었을 무렵, 양아버지인 선대 변경백이 비밀을 털어놓았다.

그가 첫 임무에 나서기 전날 밤이었다.

양부는 '할 수 있다면 가야 할 곳으로 돌아가거라'라는 마음으로 말했을 것이다.

하지만 그는 그러지 않고 바르바로스 가문에 남아 군인으로서 살아가기로 결심했다.

반쯤 유괴했다고는 하지만 갓난아이 때부터 키워준 은혜 때문일지도 모르겠다.

또는 가계도를 따지면 의붓 조카에 해당되는 소꿉친구…… 그를 구하고 죽은 로나우드 씨의 딸과 관계가 있을지도 모르겠다.

무엇보다 양아버지와 다른 사람들이 애정으로 키워주었다는 것을 그 자신이 알고 있다는 것이 가장 큰 이유다.

그의 인생은 출신과 가지게 되어버린 힘 때문에 힘든 훈련을 하는 나날이었다.

하지만 받은 애정이 진짜라는 것을 그는 알고 있었다. 양어머니인 선대 변경백의 부인도, 로나우드 씨의 부인도, 둘 다 진짜 어머니처럼 그를 키워주었다.

그가 그 사랑에 아직 아무것도 보답하지 못했다고 생각했기 때문에, 황국에 남는 것을 선택했다.

그 선택을 한 이후로 20년 이상을 군인으로서 살았고, 그에게는 많은 일들이 있었다.

임무를 계속 달성하다 보니 특무병이 되었고, 초급 직업을 얻었다.

그의 운명의 기점이기도 한 [에델바르사]에 대해 조사하다 보니 고고학자가 되기도 했다.

제3황자와 의붓 누나의 사이에서 태어난 아이…… 나중의 황왕과 만나 친구기 되었다.

소꿉친구와 결혼해서 아이도 태어났다.

현 황왕과 함께 구 체제인 황족, 귀족을 쓰러뜨리고 황국을 바꾸었다.

양아버지가 숨을 거두었을 때, 변경백 지위를 물려받았다.

그리고 현 황왕의 요청을 받고 그는 원수에 취임했다.

지금 그에게는 수많은 책임과 유대감이 있다. 이제 기프티드 바르바로스라는 이름은 가짜 이름이 아니라 원래 이름인 에밀리오 카르티에 라탱 이상으로 그를 나타내는 이름이었다.

"…………."

타오르는 도시를 보고 있는 그의 가슴 속에 아무런 감정이 없다고 하면 거짓말일 것이다. 갓난아이 때만 살았고, 그 무렵과 많이 달려져서 추억의 풍경 같은 건 없을 것이다.

그래도 카르티에 라탱을 희생시키는 작전에 대한 망설임이 그의 마음속에 생겨나고 있었다.

그가 이곳으로 온 것은 자신의 의지다. 비고마 재상에게 〈유적〉의 기술 탈취에 대한 이야기를 들었다. 그곳이 카르티에 라탱이라는 말을 듣고 '가야만 한다'라는 마음이 들었기 때문에.

그가 특무병이라는 것도, 학자라는 것도, 타당한 이유이긴 했지만…… 진짜 이유는 그의 마음이 그렇게 명령했기 때문이다.

전부 다, 카르티에 라탱 작전을 **멈출 이유**를 찾기 위해서.

그는 카르티에 라탱에 잠입하여 조사를 진행했다.

선선대 문명의 〈유적〉. 그곳에는 황옥룡이나 드라이프의 상징인 [엠펠 스탠드]와 동등한 병기가 잠들어 있을지도 모른다.

하지만 시시한 〈유적〉이라면 일부러 습격할 필요도 없다.

아무것도 없다면…… 황국이 카르티에 라탱을 습격할 이유가 없다.

그렇게 사전 조사를 진행한 결과에 대한 판단도, 작전 중지 결정도, 그만이 할 수 있는 일이었다.

『병기 같은 건 없으면 좋겠다』, 마리오로서 잠입하면서 그가 몇 번이나 그렇게 생각했을까.

황옥병 플랜트만이라면 이유를 대충 둘러대고 방치한다는 결단을 내릴 수도 있었을 것이다.

하지만 무정하게도 조사 결과는 최대급 결전병기의 존재를 내보였다.

없었다고 하기에는 너무나도 강한 힘. 왕국이 그 힘을 손에 넣으면 전력이 엄청나게 커져서 황국이 왕국을 병합하지 못하게 될 우려가 크다.

그렇게 되면 머지않아 황국이 카르디나에게 멸망당하게 될 것이다.

그가 용납하지 못하는 건 그런 결말이었다.

어떻게 해서든 〈유적〉의 결전병기는 탈취, 또는 파괴해야만 했다.

원수는…… 황국이 멸망하는 결말을 피하기 위해 이미 악마에게도 혼을 팔겠다는 결심을 한 바 있었다.

그렇기 때문에 그는 조사 결과에 눈을 돌리지 않고, 사전에 규정된 대로 결전병기의 탈취, 또는 파괴를 목적으로 하는 작전을 개시한 것이다.

"……백작 저택은 무사한가."

어제 작전을 결행할 각오를 다진 그는 거리에 통신 차단 장치를 설치하며 돌아다니고 있었다.

그때, 카르티에 라탱 백작 저택 앞을 지나쳤다.

이미 기억에 남지도 않은 자신의 생가 풍경.

그것은 그의 결심을 둔하게 만들었을지 몰라도…… 뒤엎을 정도까지는 아니었다.

어젯밤에 레이가 건넨 쿠키…… 그가 처음으로 알게 된 어머니의 맛도 마찬가지였다.

희미하게 기억에 남아 있는 것. 언젠가 그것을 먹고 싶다고 생각했던 덧없는 추억.

그리고 누군가와 누군가의 약속.

쿠키를 먹었을 때, 그런 광경과 말로 표현할 수 없는 향수가 가슴을 찔렀다.

그럼에도 불구하고 그는…… 이미 선택했다.

주저하는 마음은 있었다. 매우 묵직하고, 마음을 헤집는 듯한 마음도 있었다.

그럼에도 불구하고 그는 자신이 지켜야 할 것을 뒤엎지 않았다.

그는 자신의 나라와 가족, 동료를 지키기 위해…… 고향을 상처입히는 것을 선택한 것이다.

그리고 그는 자신의 분신이라고도 할 수 있는 인형 1000대를 움직였다.

"〈유적〉 침공 페이즈 2…… 〈유적〉 내부 왕국 전력의 섬멸 개시. 더불어 페이즈 3를 대비해…… [팔드리드], 스탠바이."

그렇게 말한 그 옆에서── 붉은색으로 빛나는 금속 인형이 일어섰다.

◇ ◆

카르티에 라탱 시가지에서 레이가 [마장군] 로건 고드하르트와 교전하고 있을 무렵, 〈유적〉에서도 격렬한 삼파전이 벌어지고 있었다.

공장을 정지시키려 하는 왕국의 〈마스터〉.

공장을 지키려 하는 〈유적〉의 황옥병.

그리고 공장 안에 있는 결전병기를 탈취하기 위해 움직이는 황국── [에델바르사]의 인형.

전투를 벌이는 와중에 가장 불리한 것은 왕국의 〈마스터〉였다.

단독 전력이라면 세 진영 중에서 가장 강하지만, 위치가 너무 안 좋았다. 〈유적〉 안쪽에서는 끊임없이 황옥병이 쏟아져 나왔고, 입구에서는 목제 인형들이 차례차례 밀려들었다.

황옥병은 포화나 레이저를 퍼부었고, 인형도 드라이프의 주력 병기인 [어설트 라이플]의 집중포화로 〈마스터〉들을 노렸다. 방어 마법 스킬이나 〈엠브리오〉로 만들어낸 바리케이드로 견뎌내고는 있긴 하지만, 섬섬 밀리는 상황이었다.

"젠장! 원군은 아직 멀었나……!"

밀리기만 하는 상황이 되자 〈마스터〉 중 한 명이 초조해하며 그렇게 말했다.

그때, 일시적으로 로그아웃했던 〈마스터〉가 귀환했다.

그는 새파랗게 질린 얼굴로 현실에서 보고 온 것을 동료에게 말했다.

"……최악이야. 게시판을 보고 왔는데, 카르티에 라탱이 그 [마장군]의 습격을 받고 있어."

"뭐……! 〈초급〉이잖아!"

통신이 끊긴 뒤로 지상의 상황을 알지 못했던 그들은 그 소식을 듣고 경악했다.

"……어떻게 할까? 일단 돌아갈까?"

"돌아갈 수 있다면 말이지……. 인형들이 묘하게 연계하고 있어서 돌파하는 건 힘들고, 덤으로 저 황옥병들에게 등을 보이게 된다고."

"그렇다면 일격형 필살 스킬을 지닌 사람 모두가…… 잠깐. 이 연기는 뭐야?"

의논하고 있던 그들이 입구 쪽에서 색을 띤 연기가 밀려드는 것을 눈치챘다.

바리케이드에 숨어서 몸을 숙이고 있었기에 그 연기를 마셔버린 사람이 몇 명 있었다.

연기를 마신 사람은 곧바로 의식을 잃었다. 같은 파티 사람이 간이 스테이터스를 확인하자 [강제 수면]이라고 적혀 있었다.

"수면 가스인가……!"

밀폐 공간에 가스를 가득 채우는 것은 효과적인 전술이다.

그리고 생물에게만 효과가 있는 가스를 생물이 아닌 것——인형이 사용하면 더욱 효과적이다.

〈유적〉의 입구에서는 드럼통 정도 크기의 가스 봄베에 호스를 연결하고 인형 몇 대가 그 안에 들어 있는 가스를 내부로 흘려보내고 있었다.

이것도 [진동 나이프]나 [어설트 라이플]과 마찬가지로 〈유적〉을 제압하는 것을 염두에 두고 있던 원수가 가져온 병기 중 하나. [수면] 내성을 부여하는 장비를 장착하고 있던 사람이나 곧바로 [쾌유 만능 영약]을 먹은 사람 말고는 전부 잠들었다.

무사했던 사람들도 [강제 수면]에 빠진 사람들을 챙기고 앞뒤에서 날아드는 공격에 대처해야만 했다.

"칫! 안 그래도 이쪽은 숫자가 적은데!"

"잠깐만, 또 묘한 냄새가……!"

수면 가스로 인해 움직임이 둔해지자 다른 가스가 입구에서 밀려들었다.

다시 말하지만, 밀폐 공간에 가스를 가득 채우는 것은 효과적인 전술이다.

그것이── **가연성 가스**라면 더더욱 그렇다.

그렇다, 두 번째 가스는 가연성.

입구에서 안쪽으로 흘러들어온 그 기체는…… [지르콘 레이저(풍신자석지섬광)]가 날린 광선으로 인해 인화되어 대폭발을 일으켰다.

밀폐된 공간에서는 폭발로 인해 발생한 힘이 **빠져나갈** 곳이 없었다. 좁은 공간 안에 응축되었고, 그것이 터널 형태였기에 앞쪽과 뒤쪽 공간으로 맹렬한 폭압이 되어 해방되었다.

흘러 들어온 가스가 일으킨 폭발은 아직 숨이 붙어 있었던 〈마스터〉를 모두 해치우고 방어하러 나와 있었던 황옥병까지 분쇄했다.

인형의 피해는 내부에 있던 자들을 도망치지 못하게끔 **덮개** 삼아 배치하여 버림말로 쓴 인형뿐이었다.

『확인 완료. 페이즈 3로 이행.』

인형의 시야로 확인한 정보를 머릿속에서 처리한 뒤, 원수는 그렇게 중얼거렸다.

왕국의 〈마스터〉가 전멸한 〈유적〉의 내부로 새로운 인형 부대를 돌입시켰다.

가스 폭발로 인해 사람이 남지 않은 통로를 몇 개 소대에 해당되는 인형들이 달려갔다.

그것들은 디자인이 통일된 목제 인형이었지만, 선두에 있던 한 대만은 다른 모습이었다.

선두에 있던 인형은 붉은색 신화급 금속…… [히히이로카네]로 만들어져 있었다.

신화급 금속이라는 이름대로 장비 스킬을 제외한 성능은 신화급 무구와 동등하게 만들어낼 수 있다.

하지만 가공이 매우 힘들어서 무기로 가공할 수 있는 대장장이는 대장장이 대국인 천지에도 다섯 명도 안 된다. 게다가 1킬로그램당 1000만 릴이 넘는 초 희귀 소재이기도 하다.

그 인형은 엄청나게 뛰어난 강도를 지니고, 엄청나게 가격이 비싼 [히히이로카네]를 인간 크기 분량으로 사용하여 만들어졌다.

물론 그렇게 만든 것은 원수의 신화급 무구 [무명군모 에델바르사]다.

장비 스킬 중 하나, 《마리오넷 솔저 크리에이션》으로 조금씩 [히히이로카네]를 인형으로 가공한 것이다. [에델바르사]의 인형이 지니는 강도는 소재에 의존하며, [히히이로카네]로 만든 그 인형은 그 점에서 최강이라 할 수 있었다.

붉은색 인형의 이름은 [팔드리드]라고 한다. 예전에 [충신] 로나우드 바르바로스와 함께 갓난아이였던 에밀리오를 구했던 [성염기]의 가문 이름을 최강의 인형에 붙인 것이다.

소대 규모로 작성해서 1회용으로 써먹는 것이 기본인 다른 인형들과는 달리 원수가 항상 가지고 다니며 가장 신뢰하는 인형이다.

인형이 침공하자 황옥병이 길을 막아섰지만, 아무리 포화와 레이저를 퍼부어도 [팔드리드]는 휘어지지도 않고 오른팔과 일체화된 초 강도 블레이드를 휘둘러 황옥병을 해치웠다. 단독으로도 END 특화 초급 직업과 동등하거나 그 이상의 성능을 자랑하는 [팔드리드]에게 다른 인형의 화력 지원이 더해지자 황옥병 정도로는 짐승을 막아낼 수가 없었다.

그것도 원수가 상정하고 있던 범위 안에 들어 있었다. 어떠한 비장의 수를 지니고 있을지 모르는 〈마스터〉 상대로 정면승부를 벌일 경우에는 [팔드리드]조차 파괴될 우려가 있다.

하지만 성능이 규격화되어 있는 황옥병이라면 이미 전력은 파악이 끝난 상황이다.

공격을 수천 발 맞는다고 해도 [팔드리드]가 손상될 일은 없다고 확신했다.

『여기까지는 작전대로인가.』

남은 우려는 세 가지.

첫 번째는 결전병기 [아크라 바스타]를 지키고 있는 최심부의 방어 시스템.

두 번째는 결전병기 [아크라 바스타] 그 자체.

그리고 세 번째는…….

『……있군.』

인형을 통해 원수가 본 것은 남자 일곱 명의 모습.

그들은 모두 다 똑같이 생겼고, 들고 있던 무기 말고는 체격에도 차이가 없었다.

일곱 명 모두가…… [묘신(더 링크스)] 톰 캣.

그렇다, 길을 가로막은 것은 필살 스킬로 만들어낸 톰 캣의 현신이었다.

왕국의 결투왕이었던 톰 캣의 힘은 원수도 파악하고 있었다.

그렇기 때문에 앞서간 톰 캣이 뒤쪽에서 추격하는 원수의 인형을 눈치채고 돌아서서 공격을 가하거나 현신을 남겨두고 있으리라는 것도 예상하고 있었다.

하지만 뜻밖이기도 했다.

『……여기에, **일곱 명?**』

왕국 측인 톰 캣의 목적은 황옥병 플랜트를 정지시키고 결전병기를 확보하는 것.

그렇기 때문에 주된 목적은 〈유적〉 최심부의 제압이고, 그쪽에 전력을 중점적으로 배치하는 것이 자연스럽다.

인형을 묶어두는데 두 명, 제압하는데 여섯 명. 최대한 나누더라도 반반씩 나눠야 할 것이다.

그런데도 불구하고 최심부로 향한 것은 한 명뿐, 나머지는 전부 여기에 있다. 이래선 마치 〈유적〉을 제압하는 것보다도 '그 누구도 따라오지 못하게 하는 것'이 주된 목적인 것 같다.

『기묘하지만…… 지금은 그 움직임에 대한 고찰을 할 때가 아니지.』

이미 톰 캣 일곱 명은 움직이기 시작했다. 저것들은 전부 다 AGI 특화 초급 직업과 동등한 스테이터스, 숫자는 인형이 더 많긴 해도 결코 쉽사리 이길 수 있는 상대가 아니다.

『할 수밖에 없지.』

원수는 가장 내구도가 뛰어난 [팔드리드]를 돌진하게 하고, 그와 동시에 100대 이상의 인형에게 지원사격으로 통로를 가득 메우게 했다.

그에 맞서는 톰 캣의 움직임은 매우 알아보기 쉬웠다.

그것은 일렬종대. 톰 캣 일곱 명이 한 줄로 서서 탄막 속을 직진했다.

물론 선두에 선 한 명은 벌집이 되었다. 무기를 겨누고 있긴 했지만 전부 다 막아낼 수 있는 밀도가 아니었다.

하지만 그 한 명의 몸을 방패 삼아 나머지 여섯 명이 돌진했다. 선두가 한계에 도달하자 고양이로 변해 '야옹'이라고 운 뒤 사라지자 이번에는 두 번째가 벽이 되었다.

선두에 서서 돌격한 [팔드리드]와 교차했을 무렵에는 세 번째가 줄에서 뛰쳐나와 그 몸으로 [팔드리드]의 움직임을 한순간 막아냈다.

세 번째는 곧바로 총에 맞아 벌집이 되었고, [팔드리드]가 날린 참격에 의해 두 동강 난 채 사라졌지만, 그동안 톰 캣들은 [팔드리드]를 돌파했다.

두 번째 총알받이가 사라졌을 무렵에 나머지 네 명은 뒤쪽에 있던 인형들 속으로 뛰어들고 있었다.

아니, 네 명이 아니었다. 정신을 차리고 보니 일곱 명…… 원래 숫자로 회복되어 있었다.

『……그런 방식인가.』

톰 캣의 움직임이 어떤 의미였는지, 원수는 이해했다.

톰 캣은 AGI형 초급 직업 일곱 명으로서 인형 군단에게 맞선

것이 아니었다.

자기 자신을 얼마든지 대체할 수 있는 졸개로 삼아 물량으로 밀어붙이며 정면으로 돌격한 것이다.

『이래서 〈마스터〉는 상식이 통하지 않는다니까.』

톰 캣은 전투 방식도 이상했다. 자신의 분신이 부서지는 것을 아랑곳하지 않았지만, 그러면서도 반드시 둘 정도는 안전한 곳에 두었다.

인형에게 쓰러져서 숫자가 줄어든다 해도 곧바로 증식해서 계속 전투를 벌였다.

완전히 잡아둘 목적으로 전멸하는 것을 피하면서 지지 않는 전투만 벌이고 있었다. 보내지 않겠다는 의지가 느껴지는 것과 동시에 '[에델바르사]의 능력을 알고 있는' 전투 방식이었다.

원수는 인형이 파괴되더라도 대기시켜둔 인형을 차례차례 보내고 있었고, [에델바르사]로 새로운 인형도 계속 만들고 있었다. 중간에 MP를 회복시키기도 했지만, 원수는 이 정도라면 산에 있는 나무가 전부 사라지지 않는 한, 영원히 전력을 보낼 수 있다.

그 사실을 알고 있다는 듯이 톰 캣도 계속 자신들의 증식 페이스를 유지하면서 잡아두기만 했다.

『……골치 아픈 상대로군.』

원수는 쓸쓸한 마음을 사념에 담아 증산한 인형을 〈유적〉에 돌입시켰다.

그렇게 원수는 톰 캣과 일대일 물량전에 돌입했다.

◇ ◆ ◇

증식한 톰 캣 여덟 명 중 마지막 한 명은 〈유적〉의 최심부에 노착해 있었다.

이미 막아서는 황옥병은 없었고, 목적지인 공장도 문 하나만 남겨두고 있는 거리였다.

문 너머에서 남아 있던 황옥병이 기다리고 있으리라 예측하며 톰 캣은 왠지 모르겠지만 쓴웃음을 지었다.

"여기서 나와 [에델바르사]의 인형이 싸우다니, 아이러니하기 도 하지……."

그것은 다른 장소에서 발생한 원수의 인형과 톰 캣 일곱 명의 전투에 대한 감상.

원수의 인형이 그런 것처럼, 톰 캣도 다른 일곱 명의 움직임을 파악하고 있었다.

그리고 그 전투의 상황을 일곱 명의 시각으로 관전하면서.

"정말…… 여기에는 나와 인연이 있는 것이 잘도 모였단 말 이지."

그런 말을 중얼거렸다.

그 말고는 이해할 수 없는 말이었지만, 지금 그가 품은 감상 그 자체였다.

그렇게 자신의 마음속을 드러내면서 톰 캣은 최심부로 이어지 는 문에 손을 댔다.

□■〈유적〉황옥병 플랜트

[지르콘 리더(풍신자석지통솔자)]는 2000년 이상 그저 자신의 직무를 다해왔다.

황옥병의 지휘관기, 그리고 관리자로서 만들어진 이후로 그(생체 파츠가 없는 기계이기에 성별도 없지만 편의상 '그'라고 부른다)는 〈유적〉 밖으로 나간 적이 없다.

그에게 먼저 설정된 임무는 시설의 감독과 방어였지만, 침입자가 2000년 동안 한 번도 나타나지 않았기에 그가 하는 작업은 감독뿐이었다.

지상으로 에너지가 새어나가지 않을 정도로만 가동되는 황옥병 플랜트를 감독하면서 또 하나의 생산 병기인 [아크라 바스타]의 느릿느릿하고 진도가 잘 나가지 않는 개발 상황을 지켜보기만 하는 2000년.

인간이었다면…… 아니, 생물이었다면 미쳐 버릴 만한 세월이었을 것이다.

하지만 순수한 기계인 그의 사고방식은 일그러지지 않고, 미치지도 않고 그저 자신이 받은 임무를 계속 수행하게 만들었다.

다른 사람이 보기에는 그가 너무나도 가여웠겠지만, 그 자신은 그 감독 작업을 힘들다고 생각하지 않았다.

그리고 그는 맡은 임무가 영원히 계속되리라 생각하지 않았다.

기계인 그에게 '미래를 꿈꾸는 것' 같은 생각은 없다.

그저 처음부터 정해진 예정에 따라…… 언젠가 '적과 싸우는 것'을 상정하고 있었다.

황옥병을 지휘하고, '짐승의 화신'이라는 적과 싸우고, 인류와 세계를 지킨다. 그가 만들어진 순간부터 정해진 최종 목표였고, 그는 그것을 위해 2000년 이상 기다렸다.

변화가 없었던 2000년에 변화가 생겨난 것은 불과 얼마 전이다.

갑작스럽게 지면이 흔들렸다.

국지적인 흔들림이었고, 〈유적〉이 있는 산기슭에 위치한 카르티에 라탱에는 피해가 없었지만…… 마치 노린 듯이 지반이 무너져 〈유적〉의 통로가 지상으로 드러난 것이다.

그 현상에서 누군가의 의도를 느낄 수 있을 정도로, 그의 인공지능이 기능을 유지하고 있었다.

하지만 그에게는 그것을 알아내기보다도 우선시할 사항, 시설의 은폐라는 작업이 있었다.

입구를 다시 막고 은폐해야 하지만, 다른 황옥병은 동력원 없이 〈유적〉 밖으로 나갈 수 없기 때문에 황옥인과 마찬가지로 동력로를 지닌 그가 직접 움직일 수밖에 없었다.

그렇게 그는 처음으로 〈유적〉 밖으로 나왔다.

그 사실에 대해 기계의 지성은 아무런 느낌도 없었지만, 깨달은 것도 있었다.

지상에는 그가 알고 있던 풍경── 입력된 데이터와 일치하는 것이 아무것도 없었다.

나무들의 생태, 지형, 몬스터도 그가 알고 있는 것과는 달랐다.

그리고 리스트에 있는 인종은…… **인간은 한 명도 없었다.**

[지르콘 리더]는 황옥병의 지휘관기. 특제이긴 하지만 그 인공지성은 오리지널인 황옥인보다는 떨어지고, 유연함도 부족하다.

그는 지금 시대의 티안이 '인간과 비슷하지만 다른 생물'이라고 판단할 수밖에 없었다.

그리고 그가 위기를 느낄 만한 정보도 있었다.

선선대 문명의 적이었던 '화신'과 비슷한 반응이 이곳저곳에 있었기 때문이다.

에너지는 약하지만 다종다양했고, 근본이 '화신'과 마찬가지인…… 그런 반응이.

결과적으로 그는 시설을 은폐하는 것이 아니라 바깥 세계의 조사를 우선시했다.

생물을 포획하고 황옥병의 동력원으로 삼아 다른 황옥병들을 차례차례 가동시켰다.

새로운 황옥병을 가동시키기 위해 동력원을 확보하고, 바깥 세계의 환경을 조사하기 위해 황옥병을 내보냈다.

이 지역에서 무슨 일이 일어나고 있다. 그 변화의 이유를 알아내고 시설을 지키기 위해서.

하지만 그가 황옥병을 내보낸 것과 동시에 바깥 세계에서 시설 안으로 '화신'과 비슷한 반응이 대량으로 침입했다. 방어용 센트리 건이나 황옥병으로 요격했지만, 침입자들은 아랑곳하지 않고 시설을 공격한 뒤 수탈해갔다.

그러던 와중에 시설 절반이 제압되었다. 제압된 곳은 황옥병 플랜트가 아니라 예비 자재 창고와 예전에 건설을 맡았던 인간 기술자들의 거주 구역이었다.

점령된 에리어는 가장 중요한 곳이 아니긴 하지만, 시설의 감독과 방어라는 임무를 맡고 있는 [지르콘 리더]에게는 비상 사태였다.

모든 황옥병을 방어전 장비로 가동시키는 절대 방어태세를 발령하는 것도 검토했지만, 최종 목적인 '짐승의 화신' 섬멸을 위해 전력을 아껴두어야 하기 때문에 그럴 수는 없었다.

하지만 오늘 아침에 그가 발령할 수밖에 없겠다고 판단하는 사태가 발생했다.

계기는 두 가지.

첫 번째는 침입자가 가장 중요한 에리어인 플랜트로 돌진하기 시작한 것.

두 번째는 조사하기 위해 내보낸 황옥병들이 주변 지역에 설치했던 센서에 지금까지와는 비교도 되지 않을 정도로 강한 '화신'과 비슷한 에너지 반응을 보이는 개체가 나타난 것.

그것은 인간과 매우 유사한 생명체였지만, 내포하고 있는 에너지량이 분명히 달랐다.

그리고 '악마를 거느린 그 개체'는 분명히 침략 의도를 가지고 있었다.

[지르콘 리더]는 판단했다.

바로 지금이 2000년의 세월을 거쳐 '화신'과 전투를 벌일 때라고.

그렇게 [지르콘 리더]는 절대 방어태세 발령을 결정했다. 그리고 자신도 2000년 동안 대기하며 처음 사용하는 전투용 장비로 플랜트에 다가오는 침입자를 요격하기 위해 움직이기 시작했다.

〈유적〉의 가장 중요한 블록인 [아크라 바스타]의 격납고로 이어지는 황옥병 플랜트에 [지르콘 리더]가 진을 치고 있었다.

그는 일반적인 황옥병보다 두 배 정도 컸고, 기체의 색도 다채로웠다. 이름의 유래가 된 지르콘이 다양한 색을 지닌 보석이어서 그런지 붉은색과 금색, 흰색으로 칠해져 있었다.

그 화려한 색은 개발자인 플래그맨의 의도였다.

개발 당시, 황옥병의 통솔자로서 황옥인을 새로 만들 시간이 없었기에 시험 제작형인 대형 황옥병 프레임에 이미 '화신'에게 파괴당한 황옥인…… [제트 체이서(흑왕지추적자)]의 오리지널 동력 코어를 이식하고 각종 무장을 넣는 게 한계였다.

이미 있던 것을 급하게 조합하기만 한 기체였지만, 기체의 색만큼은 플래그맨이 그를 위해 남겨주었다.

언젠가 황옥병을 지휘하는 희망이 될 그를 위해 그린 우두머리의 색이다.

『──감지.』

[지르콘 리더]는 헤드 카메라를 플랜트 입구 쪽으로 향했다.

그는 〈유적〉 내부의 정보를 완전히 파악하고 있다.

그렇기 때문에 이 플랜트로 이어지는 문 앞에 침입자가 하나 있다는 것.

그 침입자와 완전히 동일한 반응이 일곱 개, 다른 침입자와 교전을 벌이고 있다는 것도 당연히 파악하고 있었다.

『──요격 준비.』

그의 지시에 따라 이 플랜트 안에 남아 있던 합계 98대의 황옥병이 모든 포문을 입구로 향했다. 아직 몸이 완성되지 않아서 기초 프레임에 무장을 급하게 달기만 한 기체까지 포함하면 숫자가 두 배 이상으로 늘어날 것이다.

어떤 것이 오더라도 문을 열고 모습을 드러낸 직후에 먼지로 만들 것이다.

그렇게 침입자가 사지로 통하는 문을 열었고.

"──『우리의 시대는 다시 빛나는 여명을 맞이한다』. 공격 중지."

침입자는 **선선대 문명의 언어**로 그렇게 말했다.

『──공격 중지.』

『──공격 중지.』

침입자가 말한 **최상급 제어 코드**로 인해 황옥병은 공격 동작을 정지했다.

[지르콘 파이어(풍신자석지포화)]도, [지르콘 레이저]도, 미완성인 기체도, 전부 정지했다.

"아, 누가 손대지 않은 〈유적〉이니까 통할 줄은 알고 있었는데, 효과가 참 좋네~."

침입자── [묘신] 톰 캣은 자신을 향한 채 멈춘 수천 개의 포문 앞에서 그렇게 중얼거렸다.

그가 말한 코드는 선선대 문명이 건재했던 2000년 전에 극히 일부의 연구자나 츠바이어 황국 상층부에서만 알고 있었던 긴급용 코드.

어지간한 〈마스터〉는 알고 있을 리가 없고, 황국 최고의 고고학자 중 한 명인 마리오── 기프티드 바르바로스 원수도 알지 못하는 정보였다.

그가 말한 것처럼 황옥병에게는 효과가 절대적이었다. 오는 도중에…… 다른 〈마스터〉들과 함께 〈유적〉으로 돌입했을 때 사용했다면 간단히 이곳에 도착할 수 있었을 것이다.

하지만 그는 그러지 않았다.

마치 '이런 것을 알고 있다'는 사실을 알리는 걸 피하려는 듯이.

"뭐, 잘 통하지 않는 개체도 있지만. ……지휘관기인가?"

그렇게 말한 톰은 어깨를 으쓱인 다음── 초음속 기동으로 물러났다.

　——그 직후에 톰이 서 있던 위치를 거대한 블레이드가 갈랐다.

『전투 계속.』

　공격을 가한 것…… [지르콘 리더]에게는 톰이 말한 코드가 통하지 않는다.

　그도 최상급 제어 코드를 지니고 있는 기체였기 때문이다.

　그 때문에 톰의 코드를 듣고도 움직임이 정지되지 않았다.

　하지만 [지르콘 리더]의 최상급 제어 코드와 톰의 코드가 모순되었기 때문에 결과적으로 이 공간의 [지르콘 리더]를 제외한 다른 황옥병들은 정지된 상태였다.

　그런 한편, 톰도 여덟 명 중 일곱 명은 인형을 잡아두는데 쓰고 있다.

　그렇기 때문에 지금, 이 전장은 톰과 [지르콘 리더]가 맞대결을 벌이는 전장이다.

　초음속 기동으로 플랜트 안의 바닥이나 벽을 뛰어다니는 톰에 비해 [지르콘 리더]는 백팩에 두 개 설치되어 있던 개틀링포를 조준하여 날렸다.

　끊임없이 날아드는 탄환이 톰을 뒤쫓았지만, 초음속으로 움직이는 톰을 개틀링포의 선회가 따라잡지 못해 탄환을 명중시키지는 못했다.

　그렇다면, 그렇게 말하려는 듯이 오른팔—— 그 팔 앞쪽에 내

장되어 있던 레이저포로 톰을 노렸다.

하지만 그 직전에 움직임을 눈치챈 톰은 급선회하여 광속으로 날아드는 레이저포에서 벗어났다.

그와 동시에 활을 아이템 박스에서 꺼낸 뒤 [지르콘 리더]를 향해 화살을 날렸다.

그 직후——— [지르콘 리더]도 초음속 기동을 실행했다.

거대한 몸을 바람보다 빠르게 움직이며 매우 쉽사리 그 화살을 피했다. 톰보다 약간 느린 정도의 기동력으로 톰을 쫓아가며 냉각을 최소한으로 제한하는 간격으로 레이저를 계속 날려댔다.

"그렇구나. 역시 지휘관기라 그런지 스펙은 황옥인하고 비슷하네. 개변 병장은 없지만 잉여 에너지가 있는 만큼 병장을 마음껏 사용할 수 있다는 거지."

뭔가를 이해했다는 듯이 톰이 고개를 끄덕였다.

"단독 스펙으로는 꽤 불리, 하려나……."

냉정하게 피아 전력을 분석한 뒤 이렇게 말했다.

"저기, 너. 나는 말이지~, 볼 일이 있는 건 이 안에 있는 병기뿐이거든~. 조금만 보여주면 안 될까~? 부술 필요가 없다면 바로 나갈 테니까~. 아, 부술 필요가 있다면 안에 있는 병기를 부수겠지만, 너희 황옥병은 대상이 아니니까 내버려 둘 거고~. ……어이쿠."

톰은 그런 말을——— 받은 퀘스트의 내용과도 모순되는 말을 꺼냈다.

하지만 [지르콘 리더]는 그 말을 듣고도 아랑곳하지 않고 배제

해야 할 침입자로서 톰에게 공격을 계속 날렸다.

"뭐, 알고 있긴 했지만, 힘들겠지. 너희 선선대 문명의 병기는 그런 부분이 정말 고집스럽다고 해야 하나, 기특한 기계니까. 하지만 이쪽도 후속 부대가 오기 전에 끝내고 싶거든. 싸괴해야겠어, 너를."

『전투 계속.』

그리고 톰은 도망쳐다니는 것이 아니라 정면으로 자신보다 뛰어난 [지르콘 리더]와 맞붙기로 결심했다.

자신의 가장 큰 특성인 분신이 아니라 순수한 초급 직업으로서의 역량만으로.

그런 그의 표정은 왠지 즐거워 보였다.

그는 걸리적거린다는 듯이 자신의 두 눈을 가리고 있던 앞머리를 쓸어 올렸다.

"하나만 남은 상황은 오랜만이지만…… 오히려 재미있어졌는데."

그렇게 드러난 두 눈은──마치 고양이과 육식동물 같았다.

'괴물 고양이 저택' 톰 캣.

그의 이름은 왕국 전역에, 티안과 〈마스터〉는 상관없이 널리 알려져 있다.

예전 결투왕이자 현재 제2위.

그리고 왕국에서── **8년 동안**, 결투왕의 자리를 지켜온 남자.

8년이라는 시간이 담고 있는 의미는 크다. 왜냐하면…… 2043년에 〈Infinite Dendrogram〉이 발매되고 나서 현재까지 그 정도로 시간이 지나지 않았기 때문이다.

게다가 그는 내부 시간으로 2년도 전에 피가로에게 패배해서 그 자리에서 물러났다.

척 보기에도 시간 계산이 맞지 않는다.

이 사실은 톰 캣이 일반적인 플레이어가 아니라는 사실을 나타내고 있다.

티안에게 물어보면 '그는 〈마스터〉들이 늘어나기 전부터 활동했던 〈마스터〉이다'라는 대답을 들을 수 있다.

그 때문에 톰 캣은 운영 쪽 플레이어…… 알파 버전 테스터라는 소문이 돌았다.

본인도 플레이어들에게 질문을 받았지만, '노 코멘트야~'라고 대답하기만 했다.

한 때, 그 문제에 대해 각지의 게시판에 '테스터가 결투왕이었는데 문제가 없나'라는 글이 올라오곤 했지만, 이윽고 어떤 가설이 나와서 그 화제는 사그라들었다.

그것은 '테스터인 톰 캣의 〈엠브리오〉는 제6형태까지만 진화하는 것 같다'라는 가설이었다.

톰 캣은 매우 강력한 분신 능력을 지니고 있지만, 그 〈엠브리오〉인 그리말킨은 제6형태에 불과하다.

다른 플레이어들보다 훨씬 오랫동안 활동했는데도 〈초급〉이 될 낌새를 보이지 않았다.

테스터인 그의 〈엠브리오〉에 제한이 걸려있는 게 아니냐는 가설이다.

그리고 그의 레벨이 상급 직업의 500, 그리고 [묘신]의 500, 합계 레벨 1000에서 멈춰있기 때문이기도 했다.

레벨과 〈엠브리오〉 양쪽에 일정한 제한이 걸려 있었다. 그 사실로 인해 '그는 테스터라서 앞서나간 게 아니라 운영 쪽에서 마련한 벽이 아닐까'라는 주장이 나왔다.

언젠가는 뒤따라올 사람들이 넘어설 수 있는 벽으로서 왕국의 결투왕으로 군림하는 운영 쪽에서 마련한 〈마스터〉. 그것이 [묘신] 톰 캣이라고.

그런 가설이 나오자 플레이어 중에는 불만을 터뜨리는 사람들보다 운영 쪽에서 내건 과제를 넘어서겠다며 마음먹은 플레이어가 더 많아졌다.

그렇게 타도 톰 캣을 내걸고 많은 〈마스터〉들이 결투에 참가했다.

지금도 남아 있는 결투 랭커들 중, '가면기병' 라이저나 '염노' 비슈마르는 그때부터 톰 캣에게 도전하던 자들이다.

결과적으로 절차탁마한 랭커들 중에서 피가로가 톰 캣을 쓰러뜨리고 운영 쪽에서 마련한 벽이라던 톰 캣은 왕좌에서 물러났다.

그 뒤로는 2위로 떨어졌는데도 불구하고 피가로에게 다시 도전하지도 않았고, 이번에는 2위로 올라가기 위한 벽이 되었다.

그 무렵에는 톰 캣의 이름이 안팎으로 화제가 되는 경우가 많았다. '검은 까마귀' 줄리엣이나 '유랑금해' 첼시처럼 최근에 왕국의 결투 랭커가 된 자들은 톰 캣에게 그런 일이 있었는지조차 모르는 사람도 많다.

지금은 과거가 된 톰 캣 소동.

그 의혹들은 ──**전부 다 맞다.**

톰 캣은 운영 쪽이고, 정식 서비스가 시작되기 전부터 활동했던 〈마스터〉이며, 〈엠브리오〉의 형태나 레벨에 제한이 걸려 있고, 랭커들을 절차탁마하게 만드는 벽 역할을 맡고 결투왕의 자리를 지키던 존재이다. 전부 다 맞는 말이다.

하지만, 그 가설에는 결정적인 진실이 빠져 있었다.

그리고 지금 왕국의 전 결투왕과는 **전혀 상관이 없는** 여담을 하자면.

〈Infinite Dendrogram〉 시간으로 600년 전. [패왕(킹 오브 킹스)] 과 [용제(드래고닉 엠페러)]라는 절대 강자들이 전면 전쟁을 벌일 위기에 처한 시대.

제3의 절대 강자로서 갑작스럽게 역사에 모습을 드러낸 자가 있었다.

그 이름은 [묘신] 슈뢰딩거 캣.

신기하게도 톰 캣과 같은 초급 직업을 지니고 있던 그 남자. 역사서에 따르면 그는 당시에는 거의 없었던── 〈**마스터**〉였다고 한다.

선대 결투왕과 제3의 절대 강자.

이 두 사람의 연결고리를 나타내는 것은 직업 말고는 아무것도 없다.

◆ ◇

톰 캣과 [지르콘 리더]의 전투는 거의 비등하다고 할 수 없었다.

AGI은 톰이 조금 더 높긴 했지만, 화력을 비롯한 다른 요소는 전부 다 뒤처지는 상태였다.

톰의 레벨이 500 정도 더 높았다면 상황이 달라졌겠지만, 능력에 제한이 걸려 있는 톰은 그런 걸 바랄 수가 없었다.

전투 기능도 마찬가지다. 역전의 강자인 톰에게 [지르콘 리더]도 결코 뒤처지지 않는다.

그 이유는 2000년 동안 황옥병을 생산하고 [아크라 바스타]의 개발을 관리하며 기다리는 세월 동안 그의 프로그램이 시뮬레이션을 게을리하지 않았기 때문이다.

그에게는 첫 실전이었지만, 그의 프로그램은 2000년이라는 세월 동안 초 고난이도의 시뮬레이션대로 전투를 벌이고 있었다.

그렇기 때문에 양쪽 사이에 존재하는 스펙 차이를 뒤엎을 정도의 기량 차이는 없다.

그럼에도 불구하고 톰은 아직 치명상을 한 번도 입지 않았다. 어제 넓은 방에서 벌인 전투와 지금 다른 곳에서 진행되고 있는 인형들과의 난전과 비교해도 그의 움직임은 훨씬 뛰어났다.

　오히려 원수의 인형들과 난전을 벌이고 있는 일곱 명은 어제보다 움직임이 조잡해졌다. 마치 '의식을 이곳에 있는 톰 한 명에게 집중해서 몸을 움직이고 있는 것' 같은 상태다.

　"MEOW!!"

　톰은 마치 고양이처럼 뛰어오르고, 울부짖고, 양손에 든 단검으로 [지르콘 리더]를 베었다. [지르콘 리더]의 장갑에 칼날로 인해 찢어진 상처가 새겨졌지만, 장갑을 뚫고 내부 기구까지 닿을 정도의 대미지는 아니었다.

　『[근접 방어용 전자 방사기구].』

　근접 공격에 대한 카운터로 [지르콘 리더]가 자신의 장갑 틈새를 통해 수십 개의 전극을 뻗어 주위로 전류를 내뿜었다.

　톰은 재빨리 물러나 사정거리에서 벗어났지만, 곧바로 날아든 [지르콘 리더]의 레이저가 왼쪽 어깨를 스쳤다.

　"……너는 무슨 깜짝 상자 같은 거야~?"

　좀 전부터 차례차례 새로운 탑재 무장을 사용해대는 [지르콘 리더]를 보고 톰은 어이가 없었다. 마치 선선대 문명 병기의 박람회 같았다.

　'기체 사이즈를 보니 아무리 그래도 압축 마도식 중입자 가속포 같은 건 없겠지만, 오래 끌다가는 불리해지는 정도가 아니겠는데', 톰은 그렇게 말하면서 더욱 경계했다.

　하지만 그와 동시에 [지르콘 리더]의 프로그램도 톰의 움직임을 경계하고 있었다.

톰의 능력이 위험하기 때문……이 아니었다.

한 번도 직업 스킬을 사용하지 않았기 때문이다.

그렇다, 지금까지 톰은 직업 스킬을 한 번도 사용하지 않았다.

지금 벌이고 있는 [지르콘 리더]와의 전투뿐만이 아니라 어제 넓은 방에서 전투를 벌였을 때, 그리고 그가 해왔던 모든 결투까지 거슬러 올라가도 그는 한 번도 사용하지 않았다.

그렇게 이유를 알 수 없는 **제한**에 대해서는 당시 타도 톰 캣을 내걸고 있던 결투 랭커들 사이에서도 화제가 되었고, 그들이 내린 결론은 '톰 캣의 분신 능력이 가져다주는 디메리트가 액티브 직업 스킬을 사용할 수 없게 만든다'라는 것이었다.

[신]은 스킬 특화 직업이었기에 시너지 효과라고 볼 수 없다는 말도 나왔다. 또는 패시브에 중점을 둔 직업일지도 모르겠다는 주장도 있었다.

하지만 [지르콘 리더]가 우려하는 원인은 그것보다 약간 **앞쪽**에 있었다.

『질문한다. 너는 누구냐.』

"어라, 이제야 이야기를 나눌 생각이 들었어? 나는 [묘신] 톰 캣, 목적은 아까 말했는데."

『거듭 질문한다. [묘신]이란 무엇인가.』

"…………."

[지르콘 리더]의 전투 프로그램이 의문을 품은 것은 톰이 직업

스킬을 사용하지 않았고, 그 직업이 미지수라는 것.

그리고 톰에게 그의 직업을 듣고, [지르콘 리더]가 그 자체에 의문을 품었다.

왜냐하면…….

『그런 직업은── **존재하지 않는다.**』

그의 내부에 있던 2000년 전 직업 리스트에 [묘신]이 존재하지 않았기 때문이다.

모든 직업은 아득히 먼 옛날에 정해졌고, 그 이후로 늘어나지 않았다. 황옥수를 운용하는 것과 관련이 있는 [황기병]이라는 직업조차 플래그맨이 황옥수를 개발하기 전부터 이미 존재하고 있었다.

직업에 대해 파악, 망라되어 있는 리스트에 [묘신]은 존재하지 않았다.

그렇다면 [묘신]이란 무엇인가.

"어~, 그래도 이렇게 내 스테이터스 윈도우에 말이지~."

『**윈도우란 무엇인가.**』

"……업데이트 적용 범위에서 벗어났구나. 뭐, 찾아내지 못한 시점에서 그럴 가능성도 고려하고 있긴 했지만."

[지르콘 리더]의 대답을 듣고 톰은 한숨을 쉬었다.

"그렇다면 역시 너도 부숴야 하는구나. 그래도 이미 사람의 손에 넘어간 황옥인은…… 방치할 수밖에 없겠지. ……아이템 담당(모자 장수)도 일을 참 대충하네."

톰은 어떤 존재의 얼굴을 떠올리면서 약간 짜증 난다는 듯이 그렇게 말했다.

그 직후, [지르콘 리더]를 파괴하기 위해 바닥을 박차고 질주했다. 좀 전까지처럼 안전을 고려하는 움직임이 아니라 자신의 몸을 걸고서라도 상대방의 목숨을 빼앗으려는 짐승과도 같은 움직임.

하지만 [지르콘 리더]는 그 움직임에 대처했다.

왼팔 앞쪽에 있던 커버가 젖혀지고, 그곳으로부터 미사일이 날아올랐다.

톰은 그것을 피하면서 달려드는 식으로 움직임을 바꾸었지만, 미사일도 마찬가지로 톰을 뒤쫓으며 궤도를 바꾸어―― 급가속했다.

"윽?!"

초음속 기동 중인 톰보다 몇 배나 빠른 속도에 도달한 미사일은 정확히 톰의 복부에 착탄, ――폭발하여 몸통을 위아래로 찢어놓았다.

치명상을 입은 톰의 상반신이 고체와 액체가 튀는 소리와 함께 바닥에 떨어졌다.

상반신만 남은 몸은 단면으로부터 대량의 피와 체액을 흘리고 있었다.

"……이거, 대단하네. [제트 체이서]의 옵션, [초초음속 추미탄(클록 킬러)]인가? 생각했던 것보다 대단한 걸 가지고 있었, 어."

치명상을 입은 톰이 입에서 피를 토하며 그렇게 말했다.

척 보기에도 치명상이었지만, 그는 딱히 신경 쓰는 것 같지 않았다.

이 몸도 그에게는 대신할 것이 있었으니까.

"그래도 좀 위험한데. 이대로 가다간 다음에는 인형들하고 난전을 벌이고 있는 쪽에서 증식하게 될 거야. 다시 여기까지 이동하는 것도 그의 인형을 고려하면 좀 위험하, 고~."

그런 말을 중얼거리는 톰을 [지르콘 리더]가 레이저포로 조준했다.

침입자이자 적인 톰에게 공격을 날리는 것을 주저할 이유가 [지르콘 리더]에게는 없었다.

이대로 가다가는 이곳에 있는 톰이 사라지고, 난전을 벌이고 있는 톰이 한 명 늘어나게 될 것이다.

하지만——.

"특기사항 3번, 규정 외 전력에 의한 균형붕괴의 위기대응. 더불어 특기사항 2번, 기밀사항 노출의 위기대응. 두 특기사항의 적용 상태에 따라 본체 사용을 거듭 신청."

톰은 좀 전까지 느긋하게 말하던 것과는 전혀 다르게—— 기계 같은 목소리로 그렇게 말했다.

그렇게 의미도, 의도도 불확실한 말이 들리고 0.5초 뒤.

[──본체 사용, 승인.]

그 문구가 그에게 닿았고, 그와 동시에 [지르콘 리더]의 레이
저가 그의 상반신을 증발시켰다.

□■전설

이 세계에는 신기한 전설이 남아있다. 신화라고도 할 수 있다.

그중 대부분은 세계를 멸망시키지 않을까 할 정도로 무시무시하고 강한 괴물이 나타나는 이야기다.

전설로 전해져 내려오는 강한 괴물이란 레벨이 100 이상인 〈UBM〉……, 〈SUBM〉이나 〈이레귤러〉라 불리는 존재다.

괴물들은 〈Infinite Dendrogram〉의 역사 속에 몇 번이나 나타났다.

〈마스터〉들이 늘어나기 시작한 시기부터는 〈마스터〉에게 쓰러지곤 했지만…… 당연하게도 그 이전에도 출현했다.

세계를 멸망시킬 수 있는 괴물이 있고, 맞설 힘을 지닌 사람은 없는 시대.

하지만 이 세계는 멸망하지 않고 이어져 왔다.

그 이유는 괴물이 어느새 사라져버리기 때문이다.

마치 폭풍이 몰아친 뒤에 보이는 하늘처럼, 괴물의 여운은 세계에 남지 않았다.

무슨 일이 일어난 걸까. 그런 일이 생길 때마다 주변 지역에 살던 티안은 그렇게 고개를 갸웃거렸다.

아무도 답을 알지 못한다.

하지만 매우 희박한 확률로 진실을 목격하는 사람도 있다.

그리고 목격자는 이렇게 말한다.

──괴물이 더욱 무시무시한 **무언가**와 싸우고 있었다고.

하지만 사람들은 그 목격 증언을 믿어주지 않는다. 위협의 한
계에 위치해 있는 괴물보다 더 상한 괴물이 '있을 리가 없다'며
웃어넘긴다.

그런 말을 들은 목격자는 '내가 꿈을 꾼 게 아닐까'라고 생각
한다.

그럼에도 불구하고 자신을 믿은 소수는 그 내용을 서적으로
남겼다.

그렇게 남겨진 꿈인지 현실인지 알 수 없는 책. 여러 시대, 세
계 이곳저곳에서 남겨진 그것들에는 괴물보다 무시무시한 무언
가의 모습이 묘사되어 있다.

──어떠한 생물과도 비슷하면서도 다른 이질적인 생물.

──나라를 짓눌러 버릴 수 있을 정도로 산보다 더 큰 원기둥.

──알 껍질을 연상케하는 고치로 둘러 싸인 아름다운 여자.

──그리고 셀 수 없을 정도로 많은 '짐승'의 군단.

어떤 경우에는 괴물을 없애고, 어떤 경우에는 괴물과 싸워 해
치우는 수수께끼의 존재들.

정체도 알 수 없고, 그저 역할만을 다한 뒤 사라진다.

그것들이 한 행동이 **특기사항 3번**이라는 규칙에 따른 행동이
라는 것은 아무도 알지 못한다.

〈마스터〉가 늘어나기 시작한 이후의 시기를 위해 제어할 수 있는 〈SUBM〉을 회수했던 것.

그리고 제어할 수 없는 〈이레귤러〉를 섬멸했다는 것을⋯⋯ 아무도 알지 못한다.

◆ ◇ ◆

□■〈유적〉 황옥병 플랜트

『전투 종료.』

[지르콘 리더]는 레이저포를 방열시키며 그렇게 선언했다.

최초의 침입자는 배제했다.

하지만 뒤따라온 침입자, 그리고 최초의 침입자와 형태가 같은 일곱 명의 침입자가 언젠가는 도달하게 될 것이다.

그때를 대비해 [지르콘 리더]는 공격 정지 상태로 굳어 있던 황옥병을 다시 가동시켰다. 그와 동시에 방금 보았던 침입자의 데이터를 기록하고 해당되는 상대로부터 코드를 받아들이지 않게끔 각 황옥병에게 전달한 뒤 새겨넣었다.

그렇게 다음 침입자에 대한 대책을 마치자.

"──이 카르티에 라탱 지역에는 나와 인연이 있는 것들이 많았어."

그런 목소리가 공간에 울렸다.

"제일 가까운 인연을 따지자면 레이 군이겠지만, 그보다 오래 전부터 나와 인연이 있었던 것들이 여러 개 있었어."

목소리가 발생한 곳을 찾아보았지만, 그곳에는 아무것도 없었다.

그의 온갖 센서가 아무런 반응노 찾아내시 못한 곳에서……
목소리가 울리고 있었다.

"첫 번째는 [무명군모 에델바르사]. 너희들은 모르겠지만 원래 [에델바르사]는 황옥병보다 더 새로운 형태의 대 '짐승의 화신' 병기였어."

그곳은…… 방금 톰이 소멸한 곳이었다.

하지만 목소리는 톰의 목소리와는 조금 달랐다.

"플랜트도 필요 없고, 마력 간섭을 통해 자연으로부터 자동인형을 생성하는 병기. 하지만 단독으로 움직이는 반 생물병기여서 그런지 〈UBM〉으로 인정되었어. 자아를 지니는 것과 동시에 폭주했고, 제작자인 플래그맨의 손에 의해 땅속에 봉인되었어. 그게 해제된 것이 30년 전."

톰의 목소리로 인해 전해지는 내용. 그것은 어젯밤에 여관에서 30년 전의 [무명군단 에델바르사]에 대해 이야기했던 것과는 의미가 전혀 달랐다.

[에델바르사]가 〈UBM〉으로 인정된 것은…… 거의 2000년 전이니까.

[무명군모 에델바르사]의 소유자이자 고고학자이기도 한 원수조차도 방금 톰 캣이 말한 자세한 탄생 경위에 도달하지는 못했다.

"그 사건 때 [에델바르사]의 힘을 얻어버린 갓난아이와 **내가**, 하필이면 황옥병의 플랜트에서 싸우고 있지. ……얼마나 아이러니한 일이지. 왜냐하면 이 플랜트…… 아니, 너희들도 마찬가지로."

그때 목소리를 낸 자는 뜸을 들인 다음, ──아무것도 없던 공간에서 모습을 드러냈다.

그 모습은── 고양이였다.

마치 어디에나 있을 법한 하얀 고양이 같은 모습. 두 다리로 걸어 다니고 사무원 같은 조끼를 입고 있는 그 모습은 마치 그림책 안에서 튀어나온 것 같았다.

그리고 〈마스터〉들 중 대부분은── 그 고양이를 알고 있다.

그들이 처음 이 세계를 방문했을 때 만났으니까.

그렇다, 그 고양이야말로…….

"나를 쓰러뜨리기 위해서 만들어졌으니까."

〈Infinite Dendrogram〉을 운영하는 열세 관리 AI 중 하나.

──관리 AI 13호, 체셔.

『─────.』

체셔가 모습을 드러낸 순간, [지르콘 리더]의 내부에 생겨난 정보의 거센 물결을 뭐라고 해야 할까.

사람의 솟구치는 감정과 비슷하지만 기계적인 그것.

한마디로 표현하자면 '이거다'라고 할 수밖에 없는 그 거센 물결.

그렇다, '이것'이다. 계속 기다렸던 것, 결코 방치할 수 없는 것. 그리고 [지르콘 리더]와 모든 황옥병이 만들어진 이유는 '이것'이다.

이곳에 있는 모든 병기의 센서가 알리고 있다. 시각 정보를 제외한 모든 것이 일치한다.

지금 눈앞에 있는 하얀 고양이가 바로── 그들이 만들어진 이유.

즉.

『'짐승의 화신'──감지!! 모든 황옥병, 모든 화기 사용 해금!!』

이 하얀 고양이야말로 선선대 문명이 모든 것을 걸고 쓰러뜨리려 했던 존재 중 하나.

그들의 고국인 츠바이어 황국을 멸망시켰던, 땅을 뒤덮는 '짐승의 화신'.

『공격 개시!!』

[지르콘 리더]의 모든 병장이, 황옥병 98대의 포화와 레이저가, 미완성 소체의 화기가, 눈앞에 있는 적성 존재를 티끌 하나도 남김없이 말소시키기 위해 날아갔다.

그것이 착탄되기 직전에.

"자, 춤추자──."

체셔는 자신의 분신인 톰 캣이 행사했던 힘을 다시 선언했다.

"——《묘팔백만색(그리말킨)》."

톰 캣이 사용했던 필살 스킬과 같은 스킬 선언.

하지만 그것은 전혀 다른 것.

1초라는 **긴 시간**도 아니라 순식간에 '짐승'이 생겨나 총알받이가 되었다.

그 숫자는 8이라는 적은 숫자가 아니라 1000이 훨씬 넘었다.

포화와 섬광으로 인해 '짐승'의 몸이 깎이고 사라졌지만, 차례차례 체셔의 주위에 새로운 '짐승'이 넘치기 시작했다.

사자, 호랑이, 표범과도 닮지 않아서 고양이과 괴물이라고 할 수밖에 없는 '짐승'들은 집중포화로 인해 수백, 수천이 사라지고도 숫자가 줄어들지 않았고, ……오히려 계속 늘어나고 있었다.

매우 넓은 플랜트조차 뒤덮으려는 듯이 증식했다.

기능에 제한이 걸려 있었던 톰 캣과는 본체 스테이터스, 최대 숫자, 증식 속도, 모든 것이 비교도 되지 않았다.

그것이야말로 선선대 문명이 꾼 악몽. 팔백만이라는 이름 아래 무한히 넘쳐나는 발톱과 송곳니의 재앙.

"내가 누군지 물었던가? 대답하지."

'짐승'들이 총알받이가 되어 지켜주는 가운데, 체셔는 [지르콘 리더]를 향해 걸어가기 시작했다.

"왕국 결투 랭킹 2위, [묘신] 톰 캣."

그것은 좀 전까지 싸우고 있었던 그의 이름.

〈마스터〉들의 벽이 되기 위해 만들어진 운영측의 〈마스터〉라는 분신(아바타).

"또는 600년 전의 [묘신] 슈뢰딩거 캣."

그것은 〈마스터〉라는 존재를 티안의 역사에 뿌리내리기 위해 만들어낸 이름 중 하나.

그와 동시에 600년 전, 전면 전쟁으로 인한 문명 재붕괴를 피하기 위해 나타난 제3의 절대 강자.

"또는 2000년 전의 '짐승의 화신'."

그것은 선선대 문명과 싸웠던 '이대륙선'의 '화신' 중 하나.

황옥병의 원수이자 수천 만의 짐승으로 증식하여 땅을 뒤덮은 것.

"그리고 관리 AI 13호 체셔……, 아니."

그것은 지금 그의 이름.

수많은 〈마스터〉들을 인도하고 다른 관리 AI를 보조하는 잡일 담당.

허나 그 실체는——.

"TYPE : 인피니트 레기온—— [무한증식 그리말킨]."

그것이야말로 그의 진정한 이름.

지금은 사라진 존재로 인해 초급 너머에 도달한 '무한'의 칭호를 지닌 존재.

제∞형태 도달, 〈무한(인피니트) 엠브리오〉 중 하나.

"그것이 나. 그리고 지금 내 역할은 너희와 안쪽에 있는 병기를 파괴하는 것이다."

이미 플랜트 면적의 절반 이상을 차지하고 있는 '짐승'을 거느리며 체셔는 그렇게 말했다.

『…………』

한편, [지르콘 리더]는 계속 공격을 가하고 있었다.

하지만 체셔가 나타난 이후로 온 힘을 다해 날린 화기의 잔탄이 바닥을 보이고 있었다.

그것은 다른 황옥병도 마찬가지여서 [지르콘 파이어]는 이미 잔탄이 바닥난 개틀링포를 회전시키고 있었고, [지르콘 레이저] 중에는 레이저를 연속으로 날린 반동으로 인해 스스로 부서진 기체도 있었다.

가지고 있는 모든 힘을 쏟아 부었는 데도 체셔── '짐승의 화신'을 없앨 수가 없었다.

탄약은 언젠가 바닥나기 마련이다. 그 사실을 알고 있었기에 플래그맨은 후계기인 [에델바르사]의 인형에 무기를 설정하지 않고 기본적으로 맨손으로 싸우게끔 설정했던 것이다. '짐승의 화신'과 접촉하면 몇 분만에 무기가 **부족해질 것**을 알고 있었기에.

『──전투 계속.』

하지만 화기를 잃어 전투 능력이 절반 이하로 떨어졌는데도……, 그런 상황에서도 [지르콘 리더]는 물러서지 않았다.

『——세계를 위해, 사람들의 미래를 위해, '짐승의 화신'을 섬멸한다.』

승산 같은 게 없다 해도, [지르콘 리더]에게는 후퇴라는 것이 처음부터 없었다.

그저 자신의 창조주가 정했고, 자신의 존재 방식 그 자체이기도 한 목적을 달성한다.

바로 그것이 감정이 없는 기계에 깃든—— 긍지였다.

"세계를 위해, 사람들의 미래를 위해란 말이지. 그건 어느 시대의 세계, 어디 사는 사람인 걸까."

그런 슬프고도 숭고한 병기의 모습을 체셔는 조금 슬픈 듯한 표정으로 바라보았다.

또는 거울을 보는 듯한 표정으로…….

"정말 고집스럽고, 기특하군. ……너희와 우리는 조금 닮았어. 서 있는 장소는 전혀 다르지만."

체셔는 그렇게 말하고 오른손을 조용히 들어 올렸다.

그 행동에 '짐승'들이 반응하며 눈을 금빛으로 반짝였다. 지금까지 총알받이 역할만 하고 있던 '짐승'들이—— 전설급 가드너 무리가 공격 태세에 들어가려 하고 있었다.

수천 마리의 '짐승'들이 공격을 가하기 시작하면, 그 순간에 승부가 난다.

그럼에도 물러서는 황옥병은 한 대도 없었다.

그들은 '짐승의 화신'과 싸우기 위해 만들어졌기 때문이다.

그들은 환경의 변화에 따라 예측했던 미래에서 엇나가버렸다.

그럼에도 불구하고 그들 자신은 한 대도 자신의 존재방식을 굽히지 않았고, 부정하지도 않았다.

"너희는 '화신'과 싸우기 위해 2000년 동안 기다렸겠지. 역할을 다하기 위해 계속 기다렸고, 계속 준비했어. 그건 분명 우리와 마찬가지일 테니까, ……마지막으로 숙원을 이루게 해주지."

체셔는 그렇게 말하고 눈앞에 있던 황옥병을 바라보며── 오른손을 내렸다.

"안녕. 츠바이어 황국의 긍지가 남긴── 기계장치 병사들."

『──전투 계속.』

그것을 신호 삼아 체셔가 이끄는 '짐승'과 [지르콘 리더]가 이끄는 황옥병이 맞붙었다.

……몇 분 뒤, 형태를 유지하고 있는 황옥병은 한 대도 남아 있지 않았다.

──'짐승의 화신', 확인.

──지휘관기 [지르콘 리더] 소실에 따라 대기 명령 자동 해제.

──체크 시퀀스.

──선체 α, 이상 없음.《공간 고정》, 이상 없음.

──선체 β, 이상 없음.《공간 희석》, 이상 없음.

──《상호 보완 수복기능》, 이상 없음.

——주 병장, 부 병장, 미완성. 대체안으로 기존 장비를 탑재.

——에너지 문제 미해결로 인해 압축 마도식 중입자 가속 포탑 탑재 불가능.

——문세, 경비. 사용 가능한 기존 장비를 이용하여 출격 결정.

——출격 시퀀스로 이행.

——대 '화신'용 결전병기 3호, [아크라 바스타].

——출격.

□[황기병] 레이 스탈링

[마장군]과 전투를 마치고 쓰러진 뒤로 시간이 얼마나 지났을까.

삼중 상태 이상에 걸린 것, 그리고 강적과 전투를 벌여서 몸과 마음에 쌓인 피로 때문에 땅바닥에서 등을 떼지 못하고 있다. 하늘을 보고 쓰러진 채 [맹독] 대미지로 인한 데스 페널티를 피하기 위해 [포션]을 먹는 것과 동시에 방금 벌인 전투의 결과를 확인했다.

[마장군]과의 전투를 통해 [황기병]의 레벨이 21로 올랐다. 이렇게 오른 걸 보니 프랭클린과 전투를 벌였던 때가 떠올랐다. 역시 레벨이나 도달형태가 훨씬 높은 적이어서 그런지 한 번에 얻은 경험치가 많았다.

그런 반면, 전투 중에 레벨이 오른 기억은 없는 걸 보니 악마는 경험치를 주지 않은 것 같았다. 원래 그런 거겠지.

"생긴 스킬은…… 《황옥수 강화》하고 《황옥 권한》, 이 두 가지인가?"

이번에 얻은 스킬은 그 두 가지였고, 양쪽 다 레벨은 1. 《황옥수 강화》는 말 그대로 황옥마를 포함한 황옥수의 성능을 강화시키는 스킬이었다. 이동 속도 상승이나 장비 스킬 성능을 강화시키는 것이 주요 내용이고, 지금은 10퍼센트를 강화시켜주고 있었다.

그리고 《황옥 권한》은…… 잘 모르겠다.

설명에는 '일부 황옥수의 세한 기능 해방'이라고 나와 있는데, 구체적인 내용은 없다.

실버의 가려져 있던 스킬과 관련이 있는지도 모르겠지만, 확인하려 해도 실버는 이미 아즈라이트에게 빌려준 뒤다.

"……기다릴까."

네메시스는 전투가 끝난 뒤 바로 회복 아이템을 들고 주위, 특히 고아원의 피해를 확인하러 보냈다. 고아원 아이들의 피난도 부탁했다.

옆에 아무도 없어서 그런지 움직이지 않으니 세계가 매우 조용하게 느껴졌다.

점점 눈꺼풀이 무거워졌다. [맹독]으로 인해 지속적으로 대미지를 입고 있어서 잘 수도 없는데, [쇠약]으로 인해 몸이 무거웠고, [어지러움] 때문에 시야가 일그러져서 눈을 뜨고 있어도 괴로웠다.

그래서 눈을 감은 채 꿈인지 현실인지 알 수 없는 시간을 몇 분 정도 보내고 있자니…….

"…………윽."

희미한 의식 속에서 누군가가 몸을 만지는 느낌이 들었다.

그 누군가는 내 이마와 목에 손을 대보고 깜짝 놀란 모양이었다.

내 입술에 딱딱한 것이 닿은 느낌이 들었고, 어떤 약품 같은 것이 흘러들어왔다.

"……치료가 안 돼, 어째서……!"

들린 것은 아즈라이트의 목소리였다.

보아하니 기사단을 구해준 다음 달려온 모양이었다.

그녀가 돌아왔다면 나도…….

"[쾌유 만능 영약]의 효과가 약해, 마시지 못한 건가……? 그렇다면……."

철컥, 뭔가 벗겨지는 소리가 들렸고, 그 뒤에 얼굴에서 약간의 온기가 느껴졌다.

그 기척을 느끼고 눈을 떠보니…….

"…………."

"…………."

……아즈라이트의 얼굴이 바로 앞에 있었고, 눈이 맞았다. 숨결이 닿을 정도로, 입술이 닿는 거 아닐까 할 정도로 가까운 거리에서…… 그녀의 얼굴을 보았다.

지금 아즈라이트는 가면을 쓰고 있지 않았다.

하지만 눈동자의 색과 얼굴의 윤곽을 보고 그녀라는 것을 알았다.

처음 보는 그녀의 모습…… 나는 순수하게 예쁘다고 생각했다.

"……윽?!"

나와 눈이 마주쳐서 놀랐는지 아즈라이트는 뒤로 물러났고, 입안에 머금고 있던 무언가를 삼켰다.

그녀는 [쾌유 만능 영약] 병을 들고 있었다.

아마도 쓰러져 있던 내게 약을 먹였는데도 완치되지 않는 것을 보고 내가 마시지 못했다고 착각하고는 직접 입으로 먹여주려 했던 것 같다.

꽤 걱정을 많이 끼쳐버린 모양이다.

"고마워, 아즈라이트. 하지만 나는 괜찮아. 그리고 이 상태이상은 스킬의 반동이라서 [쾌유 만능 영약]으로도 치료할 수가 없어."

"그, 그래!"

그녀는 급하게 가면을 다시 쓰면서 그렇게 말했다.

아마 입으로 먹이는데 방해가 되기 때문에 벗었을 것이다.

……일찌감치 눈을 떠서 다행이네.

목숨을 구하기 위해서 그랬겠지만, 아즈라이트는 아직 시집도 안 갔을 테니까 후회할지도 모르고.

"……그런데 레이. 치료되지 않는 상태이상에 걸렸는데 괜찮아?"

"이 상태이상은 시간이 지나면 사라지니까 문제없어."

도로 옆에 있던 시계를 보니 [마장군]과 결판을 내고 나서 15분이 지난 뒤였다.

그렇다면 슬슬 소환이 끝난 뒤 1200초가 지날 테니 디메리트도 풀리겠지.

하지만 [갈드랜더]가 《영식》을 사용했던 [장염수갑]은 지금도 동작이 정상적이지 못했다.

그 《영식》은 오랜 시간 동안 사용 제한이 걸리는 반동과 맞바꾸어 그렇게 강한 위력을 발휘했을 것이다. 다시 《연옥화염》과 《지옥독기》를 쓰려면 당분간 시간이 필요하다.

……그긴 그렇고, 시계를 보고 알았는데 아직 아침 여섯 시밖에 안 되었구나.

동이 틀 무렵부터 전투가 시작되었으니 아직 그런 시간대겠지. 지금도 아직 해가 동쪽 산에서 모습을 다 드러내지 않고 있다.

"아즈라이트, 그쪽은 어땠어?"

"……카르티에 라탱 기사단 구원은 성공했어. 그쪽에 남아 있던 악마들도 대부분 쓰러뜨렸고, ……사라졌으니까."

"그렇구나."

그 녀석이 소환했던 세 번째, 네 번째 [기가 나이트]가 사라진 걸 보고 짐작했지만, 역시 악마를 소환하는 경우에도 소환자가 데스 페널티를 받으면 소환이 해제되는 모양이었다.

그건 나와 [갈드랜더]도 마찬가지일 테니 앞으로 주의할 필요가 있을 것이다.

"늦지 않게 구할 수 있었으니, 실버를 빌려주길 잘했네."

"저기, 레이. ……정말 도움이 되긴 했지만, 앞으로는 황옥마를 남에게 빌려주지 않는 게 나을 거야. ……위험하니까."

"그러도록 할게."

긴급 상황이 되면 또 빌려주겠지만.

"그런데 주민들은 어디로 피했어?"

"악마가 있는 동안에는 어디로 대피할지 혼란스러워했지만,

악마가 사라졌으니까 지금은 다들 도시의 시설로 이동하고 있어. 그쪽은 움직일 수 있는 기사단에게 맡겼고."

그렇구나. 이제 도시 안에는 적이 없으니 안심이 된다.

"그런데 악마가 사라진 이유……, 당신이 [마장군]을 쓰러뜨린 거야?"

"그래."

"……그래."

아즈라이트는 뭔가를 생각하는 듯이 눈을 감았다. 한순간 스승의 원수인 [마장군]을 자신의 손으로 쓰러뜨리고 싶어서 그런가 싶었지만, 아닌 것 같기도 했다.

마치 뭔가 후회하는 것 같기도 한데…….

"아즈라이트?"

"……아니, 아무것도 아니야."

"그 산에 있는 여관 사람들은?"

"이미 대피했어. 겁을 먹은 사람도 많긴 했지만 여관에 남아 있던 숙련자 티안하고 〈마스터〉가 피난 유도를 맡았으니까 걱정할 필요는 없어."

"그렇구나……. 다행이네."

이제 우선 인적 피해에 대한 걱정은 하지 않아도 된다.

"그럼 이제 〈유적〉에서 황옥병 플랜트를 정지시키고 〈유적〉을 노리고 있는 황국을 물리치는 것만 남았구나."

"……레이는 아직 싸울 생각이야?"

아즈라이트는 가면 너머로도 약간 풀죽은 것 같은 표정을 지은 것처럼 보였다.

"상태이상도 금방 사라질 테니까. 〈유적〉 쪽으로도 가 봐야지."

"그 [마장군]하고 싸웠고, 쓰러질 정도로 지쳤는데 더 싸우려고?"

"그래. 이 사건은 [마장군]와 전투를 벌인 것만으로는 끝나지 않아. 그럼 더 해봐야지."

"…………그래. 당신은 더 싸우려는 거구나."

아즈라이트는 왠지 다그치는 것 같은 말투로 말했다.

나를 다그치나 싶었는데, 아닌 것 같은 느낌이 들었다.

그렇다면 그녀는 무엇을…… 누구를 다그치고 있는 걸까.

"방금 벌인 [마장군]과의 전투, 고즈메이즈 산적단 사건, ……그 기데온에서도 어째서 당신은…… 그렇게 상처를 입으면서도 누군가를 위해 싸우려 하는 거야?"

"……아즈라이트?"

"당신이 이 카르티에 라탱이나…… 나를 지키는 것을 선택했다는 말은 어제 들었어. 분명 당신은 지금까지도 그런 선택을 해왔을 테고. 그런데 그건 당신이 그렇게 너덜너덜해진 상태가 되더라도, 자신을 희생해서라도 계속해야만 하는 일이야? 어째서 당신은 몇 번이나 그런 행동을 되풀이하고 있는 거야?"

"…………."

"당신이 〈마스터〉니까, 죽어도 죽지 않는 존재니까……. 자신의 몸을 내던져서라도 항상 누군가를 지키려 하는 거야? 하지만 이 나라에서 사람들을 지켜야만 하는 건……, 그 누구보다도 고

난에 맞서야만 하는 건······."

"아즈라이트, 그게 아니야."

아즈라이트가 한 말은 내용 그 자체가 약간 어긋난 것 같았다.

나 때문에 어긋났다기보다는 나를 보고 떠오른······ 그녀의 마음속에 있는 감정으로 인해 어긋난 부분이 생겨났을 것이다.

하지만 자기 자신이 한 말로 인해 추궁당하고 있는 그녀에게 나는 그녀가 한 말 안에 담겨 있는 나에 대한 착각을 지적했다.

"내가 사건에 고개를 들이밀고 너덜너덜해지는 건, 자신을 희생해서 누군가를 지키려 했기 때문이 아니야."

"······뭐?"

내 이유는 그렇게 대단하지 않다.

"그저······ '뒷맛이 씁쓸하다'고 생각해서 고개를 들이밀었을 뿐이지."

정말, 그게 전부.

언제나 눈앞에서 일어나는 '뒷맛이 씁쓸한 사건'에 고개를 들이밀었을 뿐이다.

"'뒷맛이 씁쓸한 사건'을 그냥 못 본 척하는 건 이 아바타가 상처를 입는 거나 나 자신이 공포를 경험하는 것보다 내게는 훨씬 괴로우니까. 그래서 그렇게 되지 않게끔 하기 위해서 움직였어. 그게 전부고, 아즈라이트가 생각하는 것처럼 고상한 자기희생 같은 게 아니야."

자신을 희생해서라도 누군가를 구하려는 성인군자가 아니다.

내가 아직 약해서 항상 너덜너덜해지기 때문에 결과적으로 그렇게 보일 뿐이다.

"아즈라이트가 생각하는 것 같은 성인군자 같은 이유 때문이 아니야. 나는 그저 개인적인 감정으로 움직였을 뿐이라고. [마장군]하고 싸웠던 것도, 고스메이스 산적단에게서 아이들을 구해내기 위해 갔던 것도, 그 기데온에서 프랭클린에게 싸움을 걸었던 것도…… 전부 다."

"……어제 말했던 '자유' 말이지."

"그래. 그러니까, 내가 말했잖아? 왕국의 위기에 맞서는 것도, 너를 받쳐주고 싶다고 생각한 것도, 내 자유고 고집이라고."

나는 그저 고집스러운 일개 플레이어……, 〈마스터〉에 불과하다.

"요즘에는 무대극에서도 들을 수 없을 것 같은 말을 하는데 《진위판정》에도 전혀 반응이 없다니……. 당신, 사람이 너무 좋잖아……. 후훗."

뭐가 우스운지 아즈라이트는 어제처럼 또 눈물을 흘리며 웃고 있었다.

"하지만…… 그런 당신이니까."

아즈라이트는 무슨 말을 하려고 하다가 입밖으로 꺼내지 못하고 우물거렸다.

하지만 잠시 침묵한 뒤…… 무언가를 결심한 듯이 그녀는 가면을 벗었다.

"……레이, 당신이 들어줬으면 해. 나는, 진짜 나는……."

그렇게 그녀가 맨얼굴로 무언가를 말하려 했을 때.

"──윽!"

지면이 흔들렸다.

그것은 불과 얼마 전에 토르네 마을에서 체감했던 지진과는 성질이 달랐다.

마치 거대한 무언가가 움직여서 지면이 덩달아 흔들리는 것 같았다.

"레이, 저기⋯⋯!"

아즈라이트가 그렇게 말하고 손가락으로 가리킨 곳은 〈유적〉이 있는 산.

하지만 그 풍경은 완전히 변해있었다.

방금까지는 땅속에 〈유적〉이 있다는 것 말고는 흔한 산이었는데, 지금은⋯⋯.

"갈라졌, 어?"

산꼭대기부터 두 쪽으로 갈라져서 내부에 있던 〈유적〉이 드러나 있었다.

산──으로 위장된 〈유적〉의 개방으로 인해 생겨난 진동이 이 지진의 정체.

비현실적인 광경이었지만, 변화는 그것으로 그치지 않았다.

두 쪽으로 갈라진 산에서 무언가가 기어 나왔다.

──그것은 성채만큼 거대했고.

──유선형 등껍질 아래에 가시 같은 수십 개의 다리가 달려 있었고.

──몸 전체가 자연계에는 존재하지 않을 것 같은 금속의 광택으로 감싸져 있었다.

"……저게, 뭐야."

단적으로 말하자면 고래가 투구게에 머리를 들이박은 형태의 로봇이라고 할 만한 존재.

구체적으로 말하자면 고대어 프테리크티오데스에 삼엽충의 다리가 난 것에 가까웠다.

거대하고 기괴한 존재였지만, 〈유적〉에서 나왔다는 사실이 그것의 정체를 나타내고 있었다.

"저게 〈유적〉에 잠들어 있던 병기……!"

무슨 계기인지는 모르겠지만 그 병기가 기동되어버렸다.

하지만 상상했던 것보다…… 훨씬 거대하다.

"레이! 아즈라이트!"

"네메시스!"

고아원 쪽 대피를 맡겼던 네메시스가 이쪽으로 돌아왔다.

숨을 헐떡이면서도 거대병기를 바라보며 내게 물었다.

"레이, 저건……!"

"그래. 어제 아즈라이트가 했던 말이 맞았어. 마리오 선생님이 움직인 건 역시 저 〈유적〉에 황옥병보다 위험한 병기가 있었기 때문인 것 같아."

그리고 아즈라이트는 이미 가면을 다시 쓰고 있었다. 무슨 말을 하려고 했던 건지는 모르겠지만, 그녀도 지금은 그럴 상황이 아니라고 판단했기 때문일 것이다.

"어떻게 할 건가? 레이?"

"아무튼, 지금은 저게 어떤 병기인지 알아야…….'"

보아하니 황옥병 같은 것들과 마찬가지로 기동병기 같긴 한데, 만약 저렇게 생겼는데도 이동식 폭탄이라면 최악이다.

저 크기, 그리고 선선대 문명의 병기라는 것을 감안하면 이 카르티에 라탱이 사라져버릴 우려가 있다.

"우선 실버로 공중에서……!"

그때, 멀리서 그 병기를 바라보며 눈치챘다.

누군가가 그 병기에 공격을 가하고 있었다.

그것은 똑같이 생긴 사람 몇 명과, 총기를 든 목제 인형.

──여덟 명의 톰 씨와 마리오 선생님의 인형으로 추측되는 것들이 거대병기와 싸우고 있었다.

□■〈유적〉황옥병 플랜트

시간은 산속에서 병기가 나타나기 몇 분 전으로 거슬러 올라간다.

"이제 끝났군."

'짐승'으로 [지르콘 리더]를 비롯한 가동 중이었던 모든 황옥병을 파괴한 다음, 체셔는 단말기를 조작해서 플랜트의 생산 기능을 정지시켰다.

체셔는 톰 캣으로서 공장의 동작 정지 퀘스트를 받았지만, 그가 〈유적〉에 온 목적은 공장을 정지시키기 위해서가 이니었다.

예상을 넘어서서 균형이 무너지고, 중요한 정보가 노출될지도 모르는 〈유적〉의 병기에 대해 조사하는 것. 〈유적〉 안에 있는 것이 우려하던 것이라면 다른 사람들 눈에 띄기 전에 파괴하는 것이 체셔의 목적이었다.

실제로 중요한 정보를 지니고 있었던 [지르콘 리더]는 경계할 만한 존재였고, 평소에는 봉인하고 있는 체셔의 본체를 사용해서라도 파괴할 필요가 있었다.

하지만 [지르콘 리더]와 안쪽에 있는 병기와는 달리 이 플랜트까지 파괴할 필요는 없었다.

체셔는 플랜트의 자세한 사항도 단말기를 통해 확인했다. 거기에는 [지르콘 리더]가 가지고 있었던 기밀 정보는 없었고, 그저 생산 라인의 프로그램만 남아 있었다.

제조 가능한 병기도 황옥병을 비롯한 '사용해도 운영 쪽에서는 딱히 문제가 없는 병기'밖에 없었기에 플랜트는 파괴하지 않기로 했다.

어찌 됐든 플랜트에 대한 판단은 왕국에 맡기기로 했다.

"뭐, 그러면 왕국도 좀 살아날지 모르지."

전쟁의 승패는 정말 이상한 사태가 벌어지지 않는 한, 관리 AI에게 중요한 요소가 아니다. 그야말로 대륙 전체가 황폐해질 것으로 예상되었던 600년 전의 양대 국가 전쟁은 예외지만.

하진 체셔의 분신인 톰 캣은 왕국의 〈마스터〉다. 그렇기 때문에 받은 퀘스트를 달성하는 정도의 조력은 톰 캣으로서 완수한다.

"그리고 〈초급〉을 늘리는 것을 고려하면 절차탁마하기 편한 상황이 더 바람직하니까~. 자, 이제 안쪽에 있는 것만 남았는데……."

그쪽으로 보낸 '짐승'에게 받은 정보를 확인하고 체셔는 한숨을 쉬었다.

"플래그맨이 2000년에 걸쳐 만든 병기라 그런지 ……엄청나게 골치 아프네."

체셔가 처리한 정보 중에는 지금 이 순간에도 그 전투……라고 할 수 없는 무언가의 정보도 들어오고 있었다.

가장 안쪽—— 결전병기 [아크라 바스타]의 격납고를 가득 메운 '짐승'의 숫자는 1000마리가 훨씬 넘었다. 1000마리 모두가 발톱과 송곳니를 써서 출항 태세에 들어간 [아크라 바스타]를 공격하고 있었다.

'짐승'들은 각각 [기가 나이트] 등의 전설급 몬스터와 비슷한 정도의 전력이다.

전설급 전력이 많이 모이게 되면 위협적이다. 한 마리의 공격이 1만 정도의 대미지를 입힌다고 가정하면 1000마리의 경우 1000만이라는 대미지를 쉽사리 입힐 수 있다.

아무리 거대한 존재라 해도 땅을 뒤덮으면서 계속 증식하는 '짐승'들이 몰려들면 어떻게 해보지도 못하고 사라질 수밖에 없다.

실제로 산맥과도 같았던 〈이레귤러〉도 체셔가 그렇게 해치운 바 있다.

그렇기 때문에 성채 만한 크기인 [아크라 바스타]도 별다른 문제 없이 파괴할 수 있을 거라 생각했는데.

"이건 어떤 원리일까~."

'짐승'은 [아크라 바스타]에게 흠집 하나도 내지 못했다.

전설급에 해당되는 '짐승' 1000마리가 가하는 공격이 단 한 번도 통하지 않았다.

게다가 장갑이 단단해서 그런 것이 아니라 장갑까지 공격이 닿지 않기 때문이었다.

장갑 **앞쪽 공간**에서 모든 공격이 막히고 있었다.

단순한 배리어와는 다르다. 그랬다면 '짐승' 군단의 압력으로 밀어붙일 수 있다.

척 보기에도 근본적으로 공격을 가로막는 힘이 발동되고 있었다.

"……뭐, 이런 것까지 포함해서 나를 고려한 대책이겠지만~. 진짜 플래그맨은 나를 얼마나 눈엣가시처럼 여기는 거야……."

체셔── [무한증식 그리말킨]은 〈초급 엠브리오〉 너머에 있는 존재, 〈엠브리오〉의 최종 도달점이다.

하지만 그렇다고 해서 전지전능하다는 것은 아니다. 〈엠브리오〉인 이상, 그 힘도 선천적으로 지니고 있던 능력 특성에 따라 다르다.

그렇기 때문에 관리 AI는 능력 특성에 맞는 역할을 맡고 있다. 〈엠브리오〉인 이상, 상성 차이는 항상 따라붙곤 한다.

그야말로 눈앞에 있는 결전병기가 [무한증식]과 상성이 최악에 가까운 것처럼.

예를 들자면, 체셔는 대미지가 1만인 공격을 1000번 반복해서 대미지를 1000만 입힐 수 있지만, 만약 공격을 할 때마다 대미지를 1만씩 경감시킬 수 있다면 1000번 반복한다 해도 대미지를 1도 입힐 수 없다.

그리고 저 결계는 예를 든 것보다 훨씬 튼튼하게 대미지를 가로막고 있었다.

무한히 증식하는 전력을 이용한 포화 제압. 지극히 단순한 스타일이기 때문에 이렇게 부조리한 방어 수단에 대해 날릴 결정타가 없다는 것이 체셔의 약점 중 하나였다.

"이 방어 성능…… 규모는 작지만 성질은 레드킹에게 가까운가? ……설마."

체셔는 머릿속을 스쳐 간 기분 나쁜 느낌 때문에 고양이처럼 생긴 얼굴을 찌푸렸다.

그것은 [아크라 바스타]에 대한 어떤 추측.

그것이 정확하다면…….

"어떻게 할까. 내 능력 특성으로는 상성이 안 좋은데. 하지만 이 녀석에게 대처할 수 있을 만한 험프티나 재버워크, 그리고 레드킹 본인을 부를 시간도 없고. 이대로 가다간 몇 분 안에 지상으로 나가버릴 테니까⋯⋯."

체셔는 그때 생각하는 것과 동시에 중얼거리던 혼잣말을 멈추었다.

이 플랜트의 문밖, 통로에서 집단이 걸어오는 소리가 들렸기 때문이다.

그것이 무슨 발소리인지, 체셔는 굳이 생각할 필요도 없었다.

다가오고 있는 것은 [에델바르사]의 인형이었다. 톰 캣 일곱 명과 교전을 벌이고 있었지만, 체셔가 본체를 꺼내들었기에 톰의 아바타는 대기 상태로 돌아가 있었다.

"잡아둘 사람도 없어지니 여기까지 편하게 왔겠지. 어쩔 수 없어, 시간이 다 됐다."

체셔는 자신의 본체를 돌려보내고, 그 대신 톰 캣 아바타를 불러들였다.

톰 캣의 정체를, 그리고 체셔가 활동하고 있다는 것을 다른 사람에게 알릴 수는 없기 때문이다.

'목격자는 없앤다' 같은 방법은 여러 가지 이유 때문에 실행할 수 없다.

그리고 [아크라 바스타]가 지상으로 나가려 하고 있다는 점까지 포함해서 생각하자면, 이제 본체로 싸울 기회는 없다.

이 시점에서 체셔는 자신의 손으로 [아크라 바스타]를 격파할 생각이 없었다.

"뭐, **그나마 다행**인 건 보아하니 아무도 저걸 제어하지 않는 것 같다는 점이려나~. 그렇다면 강력한 〈UBM〉이 날뛰는 거나 마찬가지지."

배경 때문에 〈UBM〉으로 인정되지는 않겠지만, 지금 [아크라 바스타]는 병기가 아니라 몬스터에 가깝다. 어떤 국가가 소유한 것이 아니기에 체셔는 굳이 움직일 필요가 없었다.

몬스터처럼 날뛴다면 언젠가는 상성이 좋은 〈초급〉에게 쓰러지게 될 것이다.

"……어이쿠, 룸펠슈틸츠헨의 [마장군]은 레이 군이 쓰러뜨렸구나. 그렇다면 〈초급〉이 한 사람도 없는 카르티에 라탱은 오늘 멸망할지도 모르겠네."

[아크라 바스타]는 아직 공격 수단을 보여주지 않았지만, 상성 문제가 있다 해도 '짐승' 군단의 총공격을 흠집 한 번 나지 않고 견뎌낸 방어 능력은 차원이 다르다.

그것만으로도 고대전설급에 해당된다. 그밖에도 뭔가 특이한 능력을 지니고 있다면 신화급에 해당되더라도 이상하지는 않다.

방어 능력의 비밀이 체셔가 추측했던 대로일 경우, 테나가 아시나가의 [시해선], 신우라면 쉽사리 [아크라 바스타]를 격파할 수 있을 것이다.

아니면 [파괴왕(킹 오브 디스트로이)] 슈우 스탈링이라면, '짐승'의 공격을 가로막은 방어조차도 파괴할 수 있을지 모르겠다.

하지만 둘 중 누구라 해도 도착하기 전까지 피해가 계속 확대될 것이다.

그리고 왕도나 기데온에 있는 〈초급〉이 오려면 도시 하나가 멸망할 정도의 시간이 걸린다.

카르티에 라탱의 붕괴는 반쯤 확정된 미래다.

"…………뭐."

자신의 연산 능력을 이용해 높은 확률로 찾아오게 될 미래에 대해 생각하면서 체셔…… 톰은 한숨을 내쉬고.

"이 톰 캣은 왕국의 〈마스터〉니까, 이 아바타로 할 수 있는 만큼은 마지막까지 해보도록 할까. ──자, 춤추자, 《묘팔색(그리말킨)》."

여덟 명으로 분신해서 좀 전에 '짐승' 군단이 그랬듯이 공격을 가했다.

무적인 것 같은 방어 능력 중 어딘가에 약점이 있는지 찾으면서.

◇◆

『……이 상황은 대체 뭐지?』

〈유적〉의 최심부에 도착한 [팔드리드] 시야 너머로 원수는 그 광경을 보고 있었다.

플랜트로 보이는 공간에는 수많은 황옥병들의 파편이 흩어져 있었다.

플랜트 안쪽에는 더욱 거대한 공간이 있었고, 그곳에서는 갑각류인 것 같기도 하고, 물고기인 것 같기도 한 거대한 병기가 움직이기 시작하고 있었다.

그리고 좀 전까지 그와 싸우고 있었던 톰 캣——지금은 일곱 명이 아니라 여덟 명——이 그 거대병기와 싸우고 있었다.

『…………』

원수는 냉정하게 상황을 판단했다.

우선, 이 플랜트에서 가동 중이었던 황옥병을 쓰러뜨린 것은 톰 캣일 것이다.

전투 중에 갑작스럽게 일곱 명이 사라졌는데, 원수는 톰 캣이 황옥병과 싸우기 위해 되돌렸을 것이라 추측했다. (수단은 다르지만 이유는 맞다.)

그리고 황옥병을 쓰러뜨린 뒤, 거대병기—— 아마도 그 결전 병기 [아크라 바스타]를 발견했지만 병기가 폭주. 교전 상태에 들어갔을 것이라 추측했다.

『……확보는 불가능하겠군.』

이미 가동되어 폭주하고 있는 병기를 보고 탈취를 단념했다.

단념한 데는 이유가 한 가지 더 있었다.

원수 본인은 지상에 있기 때문에 카르티에 라탱에서 벌어진 전투를 대충 확인할 수 있었다. 그렇기 때문에 악마가 소멸한 것도 확인했다.

소환된 악마가 사라진다, 그 사실은 로건이 패배했다는 것을 나타내고 있었다.

원수는 그렇게 했을 가능성이 큰 사람을 머릿속에 떠올리면서 앞으로 어떻게 행동할지 생각했다.

결전병기가 폭주했고, 두 명밖에 없는 황국측 전력 중 한쪽이 사라졌기 때문에 병기의 탈취, 황국에게 가장 좋은 결과는 이미 이루어낼 수 없게 되었다.

그렇기 때문에 할 수 있는 선택은 세 가지.

첫 번째, 만에 하나라도 왕국이 병기를 입수할 수 없게끔 톰 캣을 격파한다.

두 번째, 병기가 폭주했기에 이미 목적을 달성한 것으로 판단하고 즉시 철수한다.

세 번째, 폭주한 병기를…….

『……생각할 필요도 없지.』

원수가 조작하는 인형들이 총기를 겨누었다.

총구가 향한 곳에 있던 것은 톰 캣.

그리고 방아쇠가 당겨졌고.

총탄은 톰 캣을── 스쳐 [아크라 바스타]의 주변 공간에 박혔다.

『공격의 효과를 확인하지 못함. 공격 속행.』

그 의지에 따라 [팔드리드]를 비롯한 원수의 인형들은 모두 [아크라 바스타]를 공격하기 시작했다.

이 선택은 생각할 필요도 없다. 앞서갔던 왕국의 톰 캣이 응전하고 있는 것까지 포함해서 [아크라 바스타]가 폭주 상태라는 것은 확정적이다.

[아크라 바스타]를 내버려 두면, 그리고 만약 지상으로 나간 뒤에 북쪽으로 향하면 이번에는 황국이…… 바르바로스 변경백 영지가 습격을 받게 된다.

그리고 그렇게 되지 않더라도 지금 저 폭주 병기가 날뛰려 하고 있는 곳은…… 이 카르티에 라탱이니까.

그렇기 때문에 그의 선택은 이미 정해져 있었다.

망설임이나 딜레마 같은 것은 없었다.

지키고 싶은 것이 일치했다. 요 며칠 동안 가장 마음이 편한 선택.

그렇다, 그 선택은── '세 번째, 폭주한 병기를 파괴한다'이다.

『돕겠다. 이걸 파괴해도 상관없겠지?』

"부술 수 있다면 부숴도 돼!"

『알겠다. 온 힘을 다해 무력을 행사한다.』

[묘신] 톰 캣과 [무장군(제로 제네럴)] 기프티드 바르바로스는 공동전선을 펼치며 [아크라 바스타]를 요격하러 나섰다.

그렇게 그들의 전투가 벌어지는 와중에 산── [아크라 바스타]의 발진구가 열리고 전장은 지상으로 이동했다.

■[아크라 바스타]

──'짐승의 화신', 반응 로스트.

발진구로 나아가던 [아크라 바스타]는 '짐승의 화신'이 소실되었다는 것을 알게 되었다.

주변을 탐색했지만, '짐승의 화신'의 에너지는 확인할 수 없었다.

그리고 자신이 기동된 요인 중 하나였던 슈페리얼 클래스의 '화신'이 누군가에게 격파되었다는 것도 확인했다.

주변에는 '화신'과 비슷한 에너지 반응이 남아 있긴 했지만, 전부 다 비교도 되지 않을 정도로 반응이 약했다.

그렇다면 현재 시설 안에 존재하는 침입자를 구축하면 절대 방어태세를 유지할 필요도 없어진다⋯⋯ **이렇게** [아크라 바스타]는 **판단하지 않았다.**

──새로운 슈페리얼 클래스 반응을 복수 감지.

결전병기인 [아크라 바스타]의 색적 능력은 황옥병이나 기존 병기와는 비교가 되지 않았다.

[아크라 바스타]는 이곳으로부터 아득히 먼 남쪽── 왕도와 기데온에 있는 슈페리얼 클래스의 '화신' 반응⋯⋯ 〈초급 엠브리오〉를 감지했다.

그렇기에 [아크라 바스타]는 방침을 전환했다.

그것은 남쪽으로 전진하는 것. 그저 남쪽을 향해 나아가며 맞닥뜨리는 〈초급 엠브리오〉를 모두 구축한다.

물론 진로에 있는 그 누구도 고려하지 않았다.

하지만 [아크라 바스타]는 티안을 인간으로 인식하지 못했던 황옥병과는 달랐다.

──다수의 생명반응을 탐지.
──인종 리스트에 없는 인간형 생물 반응.
──획득한 정보를 통해 리스트를 수정.
──인간형 생물군을 인간 범주 생물로 판단.

황옥병보다 뛰어난 [아크라 바스타]의 인공지능은 티안이 인간 범주 생물이라는 것을 인정했다. '2000년 전 때와는 변화가 있긴 하지만 그래도 인간이다'라고 황옥병들과는 다른 판단을 내린 것이다.

──'화신' 섬멸을 최우선.
──인적 피해, 불문.

그런데도…… [아크라 바스타]는 **희생을 아랑곳하지 않았다.**

──인류의 미래를 위하여.
──우리를 만들어낸 세계를 위하여.
──어떤 대가를 치르더라도 '화신'을 섬멸한다.

그렇게 강철의 의지와 몸을 지닌 결전병기는 남쪽으로 전진하기 위해 카르티에 라탱을 가로지르려 하고 있었다.

◇ ◇ ◇

□[황기병] 레이 스탈링

산속에서 나타난 거대병기와 톰 씨, 그리고 마리오 선생님의 인형으로 보이는 것들의 전투.

여덟 명의 톰 씨와 수많은 인형들이 연계하여 끊임없이 공격을 퍼붓고 있었다.

왕국 쪽인 톰 씨와 황국 쪽인 마리오 선생님의 인형들은 척 보기에도 함께 싸우고 있었다.

함께 싸우게 된 이유는 몇 가지를 들 수 있겠지만, 저 거대병기가 위험하다고 판단하고 파괴하기 위해 힘을 합치기로 했다는 것이 가장 그럴싸할 것 같다.

그런 한편, 거대병기는 그저 일직선으로 남쪽…… 카르티에 라탱 쪽으로 향하고 있었다.

집중포화를 맞고 있는데도 전혀 아랑곳하지 않고, 흠집도 나지 않은 채 삼엽충 같은 다리를 움직여 계속 앞으로 나아갔다.

카르티에 라탱에 와서 두 번 마주친 황옥병처럼 무장을 꺼내 요격할 낌새도 보이지 않았다. 그저 전진만 하고 있었다.

두 사람이 가하고 있는 온갖 공격에 흠집도 나지 않았지만, 두 사람의 피해도 아래쪽에 있던 인형이 밟혀서 박살 난 것 정도에 불과했다.

방어력이 뛰어나긴 하지만 형의 발드르처럼 근접 화기가 탑재되어 있지 않은 건가?

"그래도 이대로 가다간 저 병기가 카르티에 라탱을 들이받을 거야. 그러기 전에 어떻게든 쓰러뜨려야 하는데……."

저 병기는 척 보기에도 엄청난 방어력을 지니고 있다.

하지만 네메시스의 《복수는 나의 것》이라면 상대방의 방어력은 상관이 없다.

……우리들이라면 해낼 수 있을지도 모른다.

반동으로 걸린 삼중 상태 이상은…… 사라졌구나.

"네메시스, 아즈라이트. 우리도 요격하러……?"

실버에 올라타서 두 사람을 부르려 하다가…… 상황이 변했다는 것을 눈치챘다.

거대병기가 움직임을 멈추고 있었다.

거대병기가 스스로 멈춘 것이 아니라 수많은 인형들에게 막힌 상태였다.

막아내고 있는 인형 중에는 인간 크기의 목제 인형뿐만이 아니라 10배는 되어 보이는 거대한 석제 인형도 섞여 있었다.

마리오 선생님은 1000대는 될 것 같은 인형들의 물량으로 거대병기의 침공을 억지로 막아버렸다.

"그렇구나, 저렇게 하면……."

장갑이나 스킬 덕분에 방어력이 높다 해도 구속시킬 수는 있다. 저 거대병기는 화기를 사용하지 않으니 그렇게 만들기도 편하다.

아무튼 이제 대처할 수 있다. 움직임이 억눌려 있는 동안 저 다리에 부딪히거나 해서 회복 가능한 범위로 대미지를 축적시킨다.

그길 반복해서 《복수는 니의 것》으로 부술 수 있는 대미지를 축적시킨다.

『……왠지 자해공갈단 같은 수법이로구나.』

나도 그런 생각이 좀 들긴 했는데, 그런 말 하지 마.

그리고 긴급 사태니까 수법을 따지고 있을 수는 없고.

"우리도 어서 가자."

『으음.』

"그래."

대검으로 변한 네메시스를 오른손에 쥐고, 어제 그랬듯이 아스라이트를 실버 뒤쪽에 태운 뒤 우리는 거대병기와 전투를 벌이러 나섰다.

거대병기는 잔뜩 달린 다리를 움직여서 전진하려 하고 있었지만, 짓밟혀서 박살 났는데도 곧바로 새로 나타나는 인형 때문에 그러지 못하고 있었다.

그리고 톰 씨가 어떤 [젬]을 사용하는 모습도 보였다. 거대병기가 약간이나마 지면으로 가라앉은 걸 보니 지면을 부드럽게 만드는 마법 [젬]인지도 모르겠다.

보아하니 두 사람은 거대병기를 파괴하는 것보다는 완전히 구속시키는 것을 우선시하는 모양이었다.

아마도 그게 정답일 것이다. 나뿐만이 아니라 튼튼한 상대에게 상성이 좋은 〈마스터〉가 올 때까지 움직이지 못하게 잡아두기만 하면 어떻게든 된다.

나는 조금이라도 빨리 합류해야 한다고 생각하며 실버를 전속력으로 달리게 했다.

"내가 타고 다니던 때보다 빨라진 것 같네. 원래 주인이 타고 있어서 그런가?"

뒤에 있던 아즈라이트가 그렇게 말하자 나는 [황기병]의 스킬에 대해 떠올렸다.

속도가 빨라진 것은 《황옥수 강화》의 효과 덕분일 것이다.

그리고 또 하나, 《황옥 권한》도 있다.

나는 네메시스를 들고 있던 오른손으로 윈도우를 조작해서 실버의 스킬을 확인했다. 전장에 도착하면 바로 전투에 돌입할 예정이라 볼 틈도 없을 테니까.

"그런데…… 안 되겠네."

실버의 세 번째 장비 스킬은 여전히 가려져 있었다.

《황옥 권한》이 개방조건일 거라 생각했는데, 아니었던 모양이다.

그 장비 스킬의 자세한 내용을 띄우려 해도 아무것도…….

"……어?"

선택하자 예상치 못한 일이 벌어졌다.

스킬 설명에 다음과 같은 문구가 추가되어 있었던 것이다.

『'화신'이 출현한 이후의 세계에서 [제피로스 실버(백은지풍)]를 입수하고 권한을 획득한 자에게.』

『레벨 1 권한으로는 이 기능의 자세한 내용을 열람하는 것을 허가할 수 없다.』

『히지만 한정적으로 [제피로스 실버]의 자기 판단에 따라 사용을 가능하게 한다.』

『자세한 내용의 열람, 그리고 기능을 완전 해방시키려면 레벨 3 이상의 권한을 획득하라.』

『——[제피로스 실버] 개발자 플래그맨.』

"무슨 소리지……?"

일반적인 설명 문구나 알림과는 전혀 달랐다.

굳이 말하자면…… 메시지. 개발자라는 플래그맨이 언젠가 실버를 손에 넣고 [황옥병] 직업을 얻은 누군가—— 내게 남긴 것이다.

아마도 이 메시지를 읽은 사람은 내가 처음일 것이다.《황옥권한》을 얻을 수 있는 [황기병] 직업 자체가 로스트 잡이었으니까.

다른 황옥마에도 이런 메시지가 있는 건가?

아니면 마리오 선생님이 말했던 것처럼 실버가 시험제작기, 또는 실험기였기 때문에 이런 메시지가 남겨져 있는 건가?

어찌 됐든 플래그맨이라는 사람이 장비 스킬의 설명 창에 이런 메시지를 남겨둘 정도로 뛰어난 기술을 지니고 있었다는 것은 분명하다.

그리고 이 메시지의 내용 자체가 왠지 마음에 걸리는데…….

『고찰하려는 마음은 이해가 된다만, 그럴 상황이 아닌 모양이다! 레이!』

"레이! 저 거대병기의 모습이……!"

두 사람의 말을 듣고 나서 생각을 그만두고 거대병기를 보았다.

여전히 인형들에게 붙잡혀 있었지만…… 너무나도 극적인 변화가 생겨나 있었다.

"등이, 갈라졌어?"

거대병기의 위쪽 부분…… 투구게의 등껍질로 보이는 부분이 두 쪽으로 갈라져서 위쪽으로 열렸다.

톰 씨와 마리오 선생님의 공격에 대미지를 입었나 싶었지만, 아니었다.

왜냐하면 그렇게 갈라진 등껍질에서…… 무언가가 떠오르고 있었기 때문이다.

그것은 거대병기의 뒷부분…… 고래를 연상케하는 부분.

투구게 안에서 격납되어 있었던 것 같은 머리 부분까지 함께 떠오르고 있었다.

그렇게 지느러미가 여러 개 달린 거대한 기계 고래라고밖에 할 수 없는 것이 투구게로부터 분리되어 하늘 위로 떠오르기 시작했다.

그와 동시에 투구게 쪽에서도 인형들을 향해 거세게 날뛰기

시작했다. 방금까지 완전히 막아내고 있었던 인형들이 그 힘에
오히려 밀려나고 있었다.

투구게는 마치 '이제야 온 힘을 다할 수 있겠다'고 하는 듯이
힘차게 움직이고 있있다.

"……설마, 저 병기."

나는 문득 든 생각 때문에 등골이 오싹해졌다.

하지만 그 추측은 거의 확정적이다.

저 병기는…….

◆ ◆ ◆

■[아크라 바스타]

[아크라 바스타]는 수많은 인형에게 붙잡힌 채, 주변의 데이터
를 수집하고 있었다.

[아크라 바스타]가 미약한 '화신' 반응을 감지한 인간 범주 생
물은 주위에 [젬]을 던지며 지반을 진흙으로 만들고 있었다.

인형들이 막아내는 것과 동시에 쓰러뜨릴 수 없다면 막아버리
자는 생각이었다.

하지만 그런 적의 움직임은 [아크라 바스타]에게 딱히 중요하
지 않았다.

중요한 것은…… 지금 진흙으로 변하고 있는 지면이었다.

현재 [아크라 바스타]는 진흙으로 변한 지면에 가라앉고 있는

데, 그 이유는 지하에 〈유적〉이 없는 단순한 지면이기 때문이었다.

발진구에서도 멀리 떨어져 있기에 이미 지하에는 〈유적〉이 묻혀 있지 않았다.

그것이 [아크라 바스타]에게는 무엇보다 중요했다.

──발진구, 폐쇄.
──시설내 중요 블록의 대폭, 대충격 기구 작동을 확인.

모두가 도시로 향하던 [아크라 바스타]에게 의식이 쏠려 있었기에 출격한 뒤에 닫힌 발진구에 대해서는 별로 신경 쓰지 않았다.

그것이 마지막 스위치였다.

──분리기구, 작동.
──선체 α, [아크라] 상부 전개.
──선체 β, [바스타] 부상 개시.

대 '화신'용 결전병기 3호, [아크라 바스타]의 이름은 지금도 사용되는 언어……, 즉 〈마스터〉들에게 자동적으로 번역되는 언어가 아니었다.

제작자인 플래그맨이 오래된 언어…… 츠바이어 황국의 고어로 지은 이름이다.

고어로 아크라는 '껍질', 바스타는 '하늘'이다.

[아크라 바스타]는 '껍질과 하늘'이라는 의미이며.

다각 전차와 공중 전함, **두 대가 한 쌍**인 거대 진투벙기이다.

다각 전차 [아크라]의 고유 스킬은 《공간 고정》.

외부로부터 내부로 향하는 모든 공격을 고정된 공간으로 가로막아서 톰과 인형, 그리고 '짐승'들의 맹공조차 흠집 하나 나지 않고 막아낼 정도로 엄청나게 견고한 방어 능력이다.

그리고 다른 쪽, 공중 전함 [바스타]의 고유 스킬은 《공간 희석》.

그 능력은──.

◇ ◆

다각 전차 [아크라]에서 분리되어 하늘 위로 떠오른 공중 전함 [바스타].

그걸 그냥 내버려 둘 톰과 원수가 아니었다.

톰은 화살, 그리고 투척 공격을 가했고 원수의 인형은 지상에서 총격을 가했다.

반쯤 견제하려는 공격이었지만, 두 사람이 생각했던 것과는 다른 결과를 보였다.

합체되어 있었을 때는 통하지 않았던 공격이 공중 전함에는 당연하다는 듯이 통했다.

명중하니 장갑에 흠집이 났고, 관통되어 폭염을 내뿜었다. 마찬가지로 공격하고 있었던 다각 전차는 여전히 흠집이 나지 않았지만, 공중 전함은 간단히 파괴되고 있었다.

하지만…….

『대미지가 서서히 회복되고 있나?』

금속으로 만들어진 기계임에도 불구하고 선체에 난 흠집이 조금씩 수복되고 있었다.

장갑과 기계의 금속이 파도치면서 흠집을 메꾸려는 듯이 움직이고 있었던 것이다.

지금은 대미지량이 회복량보다 높지만, 이대로 하늘 위로 도망쳐서 공격 수단이 줄어들면 역전될 것이다.

"그렇게 두진 않을 거야~."

『초 중화기, 사용 해금.《마리오넷 스쿼드론 크리에이션》.』

톰은 지상에서 뛰어오른 뒤 증식한 자기 자신을 발판으로 삼아 연속으로 도약하여 공중 전함에 달라붙었다.

만에 하나를 대비하여 지상에서 대기하고 있는 한 명을 제외하고 공중 전함 위에서 일곱 명으로 증식했다.

그 뒤를 이어 원수의 인형도 [팔드리드]가 가지고 있던 무기용 아이템 박스에서 성채 방어용 대공포를 꺼냈고, 새로운 인형——《마리오넷 스쿼드론 크리에이션》으로 만들어낸 비행 인형 소대(스쿼드론)도 날아올랐다.

톰 일곱 명이 공중 전함의 장갑을 베었고, 대구경 대공포가 선체를 뚫었다.

그리고 [팔드리드]가 대공포화를 가하자 비행 인형도 휴대 화기를 겨누고 측면에서 공격을 가하기 시작했다.

순식간에 공중 전함이 구멍 투성이로 변해갔다.

『——요격.』

공중 전함의 장갑 곳곳이 약간 젖혀졌고, 내부에서 〈유적〉 안에서도 자주 보았던 레이저포 렌즈가 나타났다.

발사된 레이저가 주변을 날아다니던 비행 인형을 격추하기 시작했지만, 원수가 곧바로 보충시켰다.

그리고 공중 전함을 파괴하면서 달리는 톰은 어떻게 해볼 수가 없었고, 왠지 모르겠지만 아래쪽에는 레이저포 렌즈가 없어서 바로 아래에 있는 대공포를 파괴할 수도 없었다.

공중 전함은 톰과 원수의 공격에 맞서지 못하고 있었다.

레이저포도, 센서도, 사람이 없는 브릿지도, 전부 파괴되기 시작했다.

그리고 기어코 중요한 파츠…… 대형 동력로와 메인 인공지능까지 파괴되었다.

공중 전함은 너무나도 쉽사리 생명선이 끊어졌다.

손맛을 느낀 원수는 격파했다고 확신했다.

『해냈나! ……윽?!』

——하지만, [아크라 바스타]는 당연하다는 듯이 수복되기 시작했다.

"……아니, 아니. 코어가 박살 났으니까 부서져야지~."

두 사람은 깜짝 놀라면서도 계속 파괴했지만, 공중 전함의 회복은 멈추지 않았다.

인간으로 따지자면 뇌와 심장, 폐가 박살 난 것이나 마찬가지인데도 불구하고 수복하며 계속 떠오르고 있다. 너무나도 기분 나쁜 현상이었다.

그렇게 할 수 있었던 것은 [아크라 바스타]의 기능 중 하나. 《상호 보완 수복기능》.

[아크라]에는 [바스타]를, [바스타]에는 [아크라]를 수복시키는 시스템이 탑재되어 있다. 한쪽이 아무리 파괴된다 해도 그 시스템으로 기체를 구성하고 있는 금속 입자를 조작하여 원래 형태로 복원시킬 수 있다.

당연하지만 계속 파괴당하게 되면 수복할 금속 입자도 부족하게 된다.

그것을 고려하여 양쪽 기체에는 가장 파괴되기 힘든 블록에 금속 입자가 가득 차 있는 아이템 박스가 격납되어 있다.

금속 입자는 2000년에 걸쳐 땅속에서 채굴, 추출, 생성, 저장된 것이다.

300번 정도는 완전히 파괴되더라도 수복이 가능할 정도로 많은 금속 입자를 양쪽 기체가 저장해두고 있다.

『어떻게, 된 거지?』

"이쪽이 본체가 아니라 아래에 있는 녀석의 일부인 건가? 아니, 그렇다고 해도…… 설마 《상호 보완 수복기능》?"

『……! 드라이프의 〈유적〉에서도 이론으로만 발견된 그건가. ……잠깐, 네가 어떻게 그걸.』

[바스타]의 이상할 징도로 뛰어난 수복 능력을 보고 두 사람의 의문을 품었고, 답에 거의 다가갔을 무렵, 공중 전함의 고도가 거의 지상 1000메텔에 도달했다.

아래쪽에 〈유적〉이 없는 상황이 될 때까지 기다린 것처럼, [아크라 바스타]는 자신의 반신이 그 고도에 도달할 때를 기다리고 있었다.

――《공간 희석》.

그리고 공중 전함은 고유 스킬을 발동했고…… 주위의 공간이 변했다.

《공간 희석》은 동시에 여러 가지 변화를 일으켰지만, 그 변화를 눈치챈 사람은 각각 달랐다.

『……뭐라고?』

첫 번째 변화를 눈치챈 사람은 원수였다.

순식간에 비행 소대와의 링크가 끊어졌다.

인형의 원격 조작 유효 범위는 약 10만 메텔.

지하라 해도, 어떤 결계 안에 있다 해도, 범위 안에 있다면 계속 컨트롤할 수 있다.

하지만 비행 소대로부터 돌아온 반응은 '컨트롤 유효 범위 바

끝'이라는 것이었다.

지상에서도 보이는 비행 소대로부터 거리가 너무 멀다는 반응이 돌아왔다.

컨트롤을 잃은 비행 소대가 레이저로 인해 격추되기 시작했다.

그와 동시에 원수는 다른 이상을 느끼고 있었다.

방금까지 공중 전함에 큰 타격을 입히고 있었던 대공포.

하지만 지금은 아무리 쏴도 전혀…… **닿지 않았다.**

아직 유효 사정거리 안에 있는데도 불구하고 포탄은 공중 전함에 닿기 전에 속도를 잃고 포물선을 그리며 지상으로 떨어졌다.

원수는 보이는 것과 공중 전함의 주위에서 일어나고 있는 현상의 차이를 느끼고 등골이 오싹해졌다.

"…………!"

두 번째 변화를 눈치챈 사람은 톰.

그가 느낀 이상은 목소리를 내도 들리지 않고, 호흡도 할 수 없다는 점이었다.

본체가 증식하는 '짐승'이라면 모를까, 이 톰은 인간 범주 생물인 아바타다.

호흡하지 않고도 살 수 있을 정도로 인간을 벗어나지는 않았다.

그리고 일곱 명의 눈이 주위의 광경을 보았다.

방금까지 공중 전함 위에서도 카르티에 라탱의 거리가 선명하게 보이고 있었다. 고도가 1000메텔 정도였기 때문에 당연하다.

하지만, ——지금은 콩알 크기로도 보이지 않았다.

마치 구름 위…… 아니, 그보다 높은 곳에서 내려다보고 있는 것처럼.

게다가 올려다봐도—— 하늘이 너무나도 밀었다.

동쪽에 보이던 햇빛조차도 너무나도 작았다.

마치 엄청나게 넓은 이공간에 갑자기 내던져진 것 같았다.

(이건, 《공간 희석》과 그 부작용……, 진공 상태! 이 녀석, 역시 레드킹…… [무한공간]의 공간 조작 능력 중 몇 가지를 모방해서……!)

톰을 움직이던 체셔가 그 현상의 정체를 눈치채고 [바스타]를 파괴해서 막기 위해 공격을 가했지만, 수복 때문에 의미가 없었다.

잠시 후, 톰 일곱 명은 진공의 세계에서 안구와 혈관이 내부로부터 파열되어 숨이 끊어졌다.

마지막 변화를 눈치챈 것은 전투가 벌어지고 있는 산으로 다가가려 하고 있었던 레이 일행이었다.

그들이 본 것은 낙하하는 물체.

고래와 비슷하게 생긴 고래 전함에 달려 있던 여러 개의 지느러미.

그것들 중 몇 개가…… 분리되어 낙하한 것이다.

"떨어지……지 않네?"

그리고 곧바로 지면에 닿을 거라 예상했던 그것이 떨어지지 않았다.

분리된 뒤 바로 정지…… 아니, 정말 느린 속도로 떨어지고 있었다.

공기를 불어 넣은 풍선을 떨어뜨렸을 때보다 더 천천히…… 지느러미는 지상으로 떨어지고 있었다.

조금씩 가속하고 있긴 했지만, 그래도 느렸고 그대로 천천히 지면에 착지하는 게 아닐까 하는 생각이 들 정도였다.

"──다들 얼른 피해!! 안 그러면 죽을 거야!!"

지상에 있던 톰이 평소에는 절대로 그러지 않았는데도 불구하고 소리를 지르고 있었다.

레이 일행은 알 리가 없지만, 그것은 체셔로서 본성을 드러냈을 때조차 좀처럼 내지 않는 목소리── 정말 위험한 사태에 직면했기에 낸 경고하는 목소리.

"윽! 네!"

레이 일행은 곧바로 실버의 방향을 바꾸어 낙하 코스에서 조금이라도 멀리 벗어나려 했다.

원수도 톰의 목소리를 듣고 새로운 비행 소대를 만들어 올라타고 거리를 벌리려 했다.

경고한 톰도 다시 증식하면서 조금이라도 생존 확률을 높이기 위해 제각각 다른 방향으로 뛰어가기 시작했다.

톰의 경고는 정확했다. 저 지느러미…… **평범한 중금속 덩어리**야말로 [아크라 바스타] 최대의 무기이기 때문이다.

◆

《공간 희석》.

그것은 공중 전함 [바스타]의 주위를 **넓히는** 스킬.

구체적으로는 반경 1000메텔을 반경 30만 메텔…… 300배로 **희석**시킨다.

실제로 세계를 그렇게 변화시키는 것이 아니라 반경 1000메텔의 결계 공간 내부에만 한정적으로 일어나는 변화.

이것은 반경 1000메텔 이내에 자신 이외의 질량이 큰 물체——지반 같은 것들이 있으면 사용할 수 없는 한정적인 능력이고, 하늘로 떠오른 이유도 그것 때문이다.

레이 일행과 원수가 보았던 것처럼,《공간 희석》결계 바깥에서는 아무것도 변한 것이 없는 것처럼 보일 것이다.

하지만 톰이 보았던 것처럼 내부는 그렇지 않다. 반경 1000메텔의 결계 내부는 공간이 300배로 넓어진 상태다.

그렇기 때문에 대공포는 닿지 않는다. 외부에서는 사정거리 안에 들어 있는 것처럼 보일지 몰라도 실제로는 300배의 거리가 있으니까.

그리고 부피가 2700만 배로 넓어진 공간 안이라 해도 기체 분자의 총량은 변함이 없어서 공기의 밀도는 2700만분의 1이 된다.

결계로 인해 바깥에서 공기가 들어오지도 않는다.

거의 진공이라 할 수도 있는 그 세계에서 생물들은 생존할 수 없고, 톰처럼 숨이 끊어지게 된다.

하지만 그 대기 상태는 또 하나의 무시무시한 성질을 지니고 있다.

일반적으로 대기가 있는 별에서는 물체의 낙하 속도에 한계가 있다. 대기의 공기 저항이 있기 때문이다. 공기가 없는 대기권 밖에서 가속해서 들어온 물체도 대기권에 돌입할 때는 크게 감속하거나 공기 압축으로 인해 발생되는 플라즈마로 인해 타버리게 된다.

그렇게 대기에서 낙하하게 되면 강하게 브레이크가 걸리게 된다.

하지만 만약……

공기 저항이 2700만 분의 1이고.

낙하 거리가 30만 메텔이며.

중력 가속도도 정상적으로 작용하는 공간이 있다면.

낙하 물체가 지상에 충돌하기 전까지 얻게 되는 운동 에너지는── 어느 정도나 될까?

◇

《공간 희석》 결계에서 낙하하며 음속의 약 일곱 배까지 가속한 지느러미는 지상에 충돌한다.

그것은 마치 운석.

대지에 접촉하는 것과 동시에 수백 메텔 크기의 크레이터를 생성했고, 물체를 순식간에 분쇄하는 강력한 충격파를 그 몇 배나 되는 거리까지 흩뿌리자 유리가 깨질 정도의 가벼운 충격파가 카르티에 라텡 전역으로 퍼졌다.

착탄 지점—— 다각 전차 [아크라] 주변에 존재하고 있던 인형들은 대부분 증발했다. 유일하게 버텨낸 [팔드리드]도 낙하의 폭압으로 인해 팔다리가 일그러진 채 수백 메텔이나 날아갔다.

그리고 폭심지에 있던 [아크라]는《공간 고정》을 통해 그 충격파에 흠집도 나지 않았다.

[아크라 바스타]는 처음부터 이런 방식으로 운용할 수 있게끔 만들어진 병기이다.

[바스타]의 폭격을 맞아도 [아크라]는 부서지지 않는다.

만약 부서진다 해도 [바스타]가 존재하는 이상 곧바로 수복된다.

서로 다른 공간 조작 능력을 지닌 기체가 서로 존재하는 한 파괴된다 해도 계속 수복된다.

두 기체의《상호 보완 수복기능》시스템을 양쪽 다 파괴하지 않는 한, 수복은 멈추지 않는다.

반대로 말하자면 양쪽 시스템을 동시에 파괴하면 격파할 수 있지만…… 그건 매우 힘들다.

부술 수 없는 [아크라(껍질)]와 닿지 않는 [바스타(하늘)]을 동시에 공략해야만 하기 때문이다.

어지간한 방법으로는 불가능하다. 싸우면 그 누구도 맞설 수 없고, 그저 주위에 있는 적들만이 [바스타]의 운동 에너지 폭격에 사라지게 된다.

아무리 '짐승의 화신'이라 해도 이 [아크라 바스타]를 부술 수는 없다.

그것이야말로 플래그맨이 생각한 [아크라 바스타]의 원래 컨셉이었다.

보다 화력을 높여서 다른 '화신'에게도 대처할 수 있는 방안까지 포함해서 따진 완성도는 37퍼센트였지만, 대 '짐승의 화신' 병기로 따지면 100퍼센트라 해도 과언이 아니다.

선선대 문명…… 명공 플래그맨이 '화신'에 엄청난 살의와 미래에 대한 희망을 맡긴 최강병기 중 하나인 [아크라 바스타]는 그 성능을 완전히 발휘하고 있었다.

선선대 문명의 살의가 만들어낸 운동 에너지 폭격은 직격에서 벗어난 자들까지 덮쳤다.

톰 여덟 명 중 여섯 명은 충격파에 휘말려서 소멸되었다.

"윽?! 실버어어어어어어!!"

레이 일행도 처음부터 멀리 떨어진 위치에 있었기에 치명적인 충격파 범위 바깥에 있었지만, 그럼에도 불구하고 강력한 충격파를 맞게 되었다. 충격파가 밀려들자 재빨리 최대 규모로 전개한 《바람발굽》과 검은 원형 방패로 변형시킨 네메시스, 2단 방어로 아슬아슬하게 버텨냈다.

그리고 원수는.

"————."

공중에서 충격파에 휘말려 비행 소대가 부서졌다.

그 직후, 그도 충격파에 튕겨져나가 ……온몸의 뼈가 부서진
채로 수백 메텔 높이에서 지상으로 낙하했다.

□[묘신] 톰 캣

"허억, 허억…… 플래그맨 이 녀석. 열화되긴 했지만 레드킹의 능력을 병기로 만들다니, 엉망진창이잖아……."

질량 폭격의 폭심지로부터 조금 떨어진 산속에서 그는 거친 숨을 내쉬며 [아크라 바스타]의 제작자인 플래그맨의 험담을 내뱉었다.

그 녀석의 병기 때문에 고생한 게 이번이 몇 번째일까.

……대부분은 내가 피해를 입는단 말이지~. 그 녀석들도 좀 마주치면 좋을 텐데.

"600년 전에 부순 녀석하고는 완성도가 전혀 다른데. 역시 자동 개발 병기는 방치하면 안 되겠어~. ……저게 〈UBM〉이 된다면 재버워크가 어느 정도 방향성을 부여할 수 있을 것 같기도 한데. 그러지도 못할 테니까."

[아크라 바스타]는 〈UBM〉이 될 수 없다. 마찬가지로 플래그맨의 병기였던 [에델바르사]는 과거에 〈UBM〉이 되었지만, 이번에는 사정이 다르다.

단독으로 사람의 지시를 받지 않고 활동하는 것이 전제였던 반 생체병기인 [에델바르사]와는 달리 [아크라 바스타]는 다각 전차와 공중 전함.

원래는 사람이 탑승해서 움직이는 병기가 **정상적으로**, 자동으로 가동되고 있을 뿐이다.

아마 전용 코드만 있으면 [아크라 바스타]가 금방 사람에게 복종하는 병기로 돌아올 것이다. 뭐, 그 코드는 플래그맨의 머릿속에만 존재하겠지만.

그렇기 때문에 사람의 소유물이 되지 않으면 움직이지 않는 황옥인과 마찬가지로 여전히 사람이 다루는 기계인 [아크라 바스타]는 〈UBM〉…… 몬스터로 인정되지 않는다.

다른 사람의 소유물을 **진화**시켜서는 안 된다. 재버워크의 〈마스터〉가 그에게 건 안전 장치이기 때문에 어떻게 해볼 수도 없다.

"이제 어떻게 해야 하나~……."

기본적인 방침은 〈유적〉 안에서 생각했던 대로 언젠가 상성이 좋은 〈초급〉에게 격파하게 만드는 것이다.

실제로 《공간 고정》이나 《공간 희석》은 상성이 좋은 〈초급〉이 두 명 있으면, ……아니, 공간 도약 공격이 가능한 신우라면 단독으로도 대처할 수 있다.

하지만 좀 전과는 [아크라 바스타]의 전력 평가가 크게 바뀌었다.

이대로 질량 폭격을 계속 가하며 남쪽으로 나아가게 되면 왕국의 지도가 바뀌어져 버린다.

"……뭐, 레드킹의 공격 능력까지는 모방하지 않아서 다행이라고 해야 하나~. 정말 다행이지…… 방어 능력만 모방해서."

그쪽을 모방했다면 지도가 바뀌는 정도가 아니었을 테니

까…… 진심으로 안심하며 숨을 내쉬었다.

"〈초급〉이 올 때까지 기다리다가는 왕국 북부가 괴멸당하겠지. 하지만 지금 상황에서 써먹을 방법도…… 한 가지 있긴 한가?"

나는 공간 조작의 오리지널을 알고 있기에 대처하는 방법도 짐작이 갔다.

그리고 이 카르티에 라탱에 그 방법을 실행할 수 있는 힘이 있다는 것도 알고 있다.

기적적으로 〈초급〉이 아니면서도 저 [아크라 바스타]와 맞설 수 있는 존재.

가능성은 한없이 낮긴 하지만, [아크라]의 절대 방어와 [바스타]의 매우 넓은 진공을 돌파하여 파괴할 수 있는 **자들**은 있다.

"실제로 해낼 수 있는 가능성은 거의 없는 거나 마찬가지지만, 방법은 있어. 그러기 위해서라도 그들하고 합류해야 하는데……. 그런데 어떻게 알려주어야 하지~?"

그들이 지니고 있는 힘이 [아크라 바스타]에게 대처할 수 있다는 사실을 나는 알고 있다.

그들의 힘도, [아크라 바스타]의 힘도, 나는 파악하고 있으니까.

하지만 파악하고 있어선 안 된다.

"내가 그걸 알고 있으면 너무 부자연스럽잖아. 아까 경고했던 것도 아슬아슬했는데."

질량 폭격이 시작되었을 때, 나는 그 공격이 《공간 희석》을 이용한 공격이라는 것을 짐작했다.

그것만이라면 결계 내부에 있었던 것, 그리고 8년 동안 결투왕이었던 '경험'이라며 둘러댈 수 있다. 하지만 [아크라 바스타]의 자세한 능력이나 그들의…… 그녀의 능력까지 파악하고 있다는 건 이상히다. 프랭클린 때문에 능력이 널리 알려진 그와는 달리 **그녀**의 힘은 국가 기밀 수준이 아니니까.

"……그들이 스스로 저 녀석의 능력을 눈치채고 대처할 수 있다는 걸 알아주면 제일 좋겠지만."

"그건 힘들겠지~", 나는 그렇게 말하며 망설였다.

◇ ◇ ◇

□[황기병] 레이 스탈링

"내가 추측하기로는, 고래 쪽은 거리…… 공간을 보이는 것보다 더 넓게 만드는 능력인 것 같아."

충격파를 견뎌낸 뒤, 우리는 거리를 두며 그 공격의 정체에 대해 알아내기 위해 의논하고 있었다.

아무것도 모르는 상황에서 함부로 다가가면 고래가 다시 지느러미를 떨어뜨릴지도 모르기 때문이다.

우리보다 폭심지에서 가까운 곳에 있었던 톰 씨와 도망칠 때 공중에 있었던 것이 보였던 마리오 선생님이 걱정되긴 한다.

하지만 저것의 정체를 알아내고 대책을 세우지 못하면 카르티에 라탱 전체가 크레이터로 변할지도 모르고, 그건 너무나도…… 뒷맛이 씁쓸하다.

그래서 나는 지혜를 쥐어짜내 직접 보고 들은 정보로부터……
그 지느러미의 정체를 추측했다.

"……거리와, 공간?"

"무슨 소리지?"

하지만 네메시스와 아즈라이트에게는 잘 전달되지 않은 모양
이었다.

"왜 그렇게 생각한 거야?"

"이유는 몇 가지 있어. 첫 번째는 대공포가 닿지 않게 된 것.
멀리서 보긴 했지만 자연스럽게 포물선을 그리면서 떨어지더라
고. 포탄이 무언가에 부딪혀서 탄두가 뭉개지지도 않았으니까
벽에 부딪히거나 다른 에너지의 간섭을 받은 것도 아니야. 그건
진짜로 닿지 않았던 거지. 그렇다면 이 시점에서 고려해볼 수
있는 건 대공포의 유효 사정거리가 짧아졌거나 고래가 닿지 않
을 정도로 상승했거나, 둘 중 하나지."

얼마 전 [모노크롬]과 벌였던 전투를 떠올렸다.

그때도 지상에 있던 〈마스터〉들의 공격 중에서 닿지 않고 떨
어졌던 것들은 그런 느낌이었다.

"그밖에는?"

"그 지느러미가 낙하한 모습. 그건 우리가 보기에 매우 천천
히 떨어졌어. 하지만 위력이 그렇게 강했잖아. 만약 그 지느러
미가 수십 톤, 수백 톤이라 해도 그런 속도로 그렇게 강력한 충
격파를 일으킬 수 있는 운동 에너지를 내지는 못할 거야."

"그렇다면 폭약 같은 걸 탑재하고 있었던 것 아닌가?"

"그럴지도 모르겠지만 폭염도 보이지 않았고, 들렸던 소리도 폭발음이 아니었어. 아, 그래도 그런 마법의 폭탄일 경우도 있으려나……."

충격만을 흩뿌리는 폭탄이 있을지도 모르겠다.

기본적으로 판타지니까, 지구의 물리 법칙이 들어맞지 않을 수도 있겠지.

"아니, 지금은 레이의 추측을 계속 말해줘."

"알았어. 그것에 대해 하나 더 알아낸 건 낙하음도 전혀 들리지 않았다는 거야."

"들리지 않았는가? 콰앙 하고."

"그건 지면에 격돌했을 때 난 소리잖아? 내가 말한 건 낙하하는 도중에 난 소리야. 지느러미 같은 모양이고 크기도 나름대로 꽤 되는데 낙하하는 동안 소리가 들리지 않았어. 바람을 가르는 소리조차 전혀. 앞서 추측했던 대로 보기보다 거리가 멀리 떨어져 있기 때문일지도 모르고, ……진공 상태였기 때문일지도 몰라."

"진공……."

진공 상태였다면 하나 더 납득할 수 있는 게 있다.

"진공 상태였다면 저게 낙하하던 도중에 가열되지 않았던 것도 납득이 되거든."

"가열?"

"그래, 물체가 대기권에서 고속으로 이동하면 공기와 마찰이 생겨. 그게 한도를 넘어서면 공기의 분자가 압축되어서 플라즈마로 변하지. ……이해돼?"

"……초초음속 기동하는 금속 계열 몬스터의 빛, 이라면 나도 비슷한 걸 알고 있어."

"그거라도 상관없어. 하지만 저게 내가 추측한 대로 그렇게 강한 파괴력을 흩뿌릴 수 있는 속도까지 가속했다면 마찰로 인해 가열되어 빛났을 거야. 그렇지 않았던 걸 감안하면 저 녀석 주위가 진공 상태였을 가능성이 커."

"진공 상태라면 뭐가 다른 게지?"

"일반적인 자유 낙하의 경우 공기 저항이 있으니까 그렇게 빠른 속도까지 가속할 수는 없어. 하지만 진공 상태라면 다르지. 가속 한도가 없으니까."

공기 저항이 없고 중력 가속도가 존재하는 상황에서의 자유 낙하.

그런 실험 영상을 예전에 학교 수업 때 본 적이 있다. 공기를 빼내고 진공 상태로 만든 통 안에서 쇠공을 낙하시키는 실험이었고, 쇠공의 낙하 속도는 공기 안에서 떨어지는 것보다 빨랐다.

"그리고 저 녀석이 진공 상태를 만들었다는 점에 대해서는 근거가 하나 더 있어."

"그게 뭐지?"

"레이저야. 저 녀석, 날아다니는 인형을 요격하는데 레이저만 사용했어. 황옥병을 보면 미사일이나 개틀링 같은 무장이 얼마든지 있는데도 레이저만 사용했다고. 하지만 거리를 넓히는 능

력과 진공 상태를 만들어내는 능력을 전제로 두고 생각하면 납
득이 되지."

매우 넓은 진공 상태를 전제로 두고 생각하면 레이저 말고는
사용할 의미가 없다.

"레이저는 **거리에 따라 위력이 줄어들지 않으니까.**"

바로 그것이 빛의 특성이기 때문이다.

"레이저는 통과하는 분자에 따라서만 위력이 감소하게 돼. 그
러니까 만약 수백 킬로미터, 수천 킬로미터 떨어진 거리라 해
도…… 그곳이 진공 상태라면 위력이 감소하지 않거든."

[모노크롬]의 사정 거리는 15000미터 정도였다.

하지만 그것은 공기 분자가 가득 차 있는 대기 안이었기 때문
이다.

만약 진공 상태라면 그 레이저는 한없이 먼 곳에도 닿았을 것
이다.

"그리고 레이저는 광속이니까. 거리가 넓어져도 목표를 놓치
지 않을 테고."

광속. 즉 1초당 3억 미터에 해당되는 이동 거리.

상대방과의 거리가 100미터 떨어져 있다 해도, 1만 미터 떨어
져 있다 해도 별다른 차이가 없다.

다시 말해 레이저야말로 매우 넓은 진공 상태를 만들기 전과
그 이후 상황에서 변함없이 사용할 수 있는 유일한 무기.

고래가 레이저와 그 지느러미만 탑재하고 있다는 것이 내 추
측을 보완해주었다.

"다시 말해, 레이가 한 추측을 정리하자면 어떻게 되는 겐가?"

"저 고래는 겉으로 봐선 알 수가 없지만 주위에 꽤 넓은 진공 공간을 만들어내고 있어. 그러니까 공격도 닿지 않고, 저 녀석이 떨어뜨린 것은 막대한 가속이 붙어서 운동 에너지를 지상에 때려 넣는 거지. 그렇게 생각하면 저 녀석이 일으킨 현상을 전부 설명할 수 있어."

꽤 절망적인 능력이다. [모노크롬]과는 종류가 다른 하늘의 패왕이라고도 할 수 있을 것이다.

하지만…….

"그런 상대를 어떻게 해야…….'"

"……아니, 쓰러뜨릴 수 있어."

"어?"

돌아보는 아즈라이트에게 고개를 끄덕이면서 집게손가락을 폈다.

그것은 '한 번'이라는 의사표시.

"아마 나는 **한 번만이라면**…… 저 고래를 쓰러뜨릴 수 있을 거야."

아마 매우 아슬아슬한 상황이 될 것이다.

그것이 내가 생각했던 만큼 위력을 발휘할 것인가.

고래에게 한 번밖에 사용할 수 없는 **그것**을 맞출 수 있을까.

그리고 공격을 마칠 때까지 살아 있을 수 있을까.

도박 같은 요소가 강하지만 **그것**이 그때 보여준 것의 절반 정도만이라도 위력을 유지하고 있다면 톰 씨와 전투를 벌이면서 보여준 고래의 강도로 볼 때 파괴할 수 있을 텐데…….

"한 번 파괴해봤자 소용없지 않은가……?"

"……그래."

그렇다. 네메시스가 말한 것처럼 저 고래는 톰 씨와 마리오 선생님이 보란 듯이 파괴했는데도 아무렇지도 않다는 듯이 수복되어 하늘로 떠올랐다.

지상에 있는 투구게의 방어력과 마찬가지로 초 수복 능력을 갖추고 있는지도 모른다.

내가 파괴하더라도 곧바로 부활할 가능성이…….

"아니, 그렇지는 않아~."

"톰 씨!"

왠지 너덜너덜해진 것 같은 톰 씨는 옆쪽 골목에서 나타나서 실버와 나란히 달리기 시작했다.

"무사하셨군요!"

"여덟 명 중 여섯 명은 당해버렸지만 말이야~. 그래도 이렇게 이야기하고 있으니 괜찮아. 지금도 한 명은 저 녀석 옆에서 감시하고 있어."

……정말 생존 능력이 뛰어난 〈엠브리오〉다.

톰 씨를 계속 달리게 할 수는 없었기에 우리는 그늘로 이동한 뒤 실버에서 내렸다.

"저기, 마리오 선생님은……?"

"마리오…… 아, 인형을 쓰던 사람은 잘 모르겠어. 살아 있는지, 죽었는지."

"그런, 가요……."

……살아 있을 거라고 믿자.

그 사람도 특무병이라면 스테이터스…… 생존 능력이 뛰어날 것이다.

"방금 그렇지는 않다는 말은 무슨 뜻이죠?"

"저 녀석의 수복 능력 말이야. 저건 《상호 보완 수복능력》이라고 하는데. 가끔 〈유적〉에 있는 기계가 지니고 있거든."

"《상호 보완 수복기능》……?"

"간단히 말하자면 두 기계가 서로 수복시키는 기능이야. 한쪽이 남아 있으면 다른 한쪽이 산산조각나더라도 회복되어버려. 다시 말해 두 기체를 동시에 쓰러뜨리면 수복되지 못하지."

"그런 기능이군요. …………잠깐만요."

저 투구게와 고래에 그런 기능이 있다면…….

"……쓰러뜨릴 수가 없지 않나?"

내게는 고래를 아슬아슬하게나마 쓰러뜨릴 수 있는 방법이 있다.

하지만 투구게를 동시에 쓰러뜨릴 수 있는 방법이 없다. 《복수는 나의 것》이 통한다면 투구게를 쓰러뜨릴 수 있겠지만 ……지상에서는 고래에게 그것을 맞출 수가 없다. 거리가 눈으로 보이는 대로 존재하는 것이 아니기 때문에 1센티미터만 빗나가더라도 전혀 다른 방향으로 날아가게 될 것이다.

그래서 고래를 쓰러뜨리려 해도, 투구게를 쓰러뜨리려 해도 접근할 필요가 있기에…… 내가 쓰러뜨릴 수 있다 해도 한쪽뿐이다.

"참고로 저 다각 전차에는 네 스킬이 통하지 않을 거야."

"네?"

"아~, 그 사건 중계를 보고 나도 네 카운터 공격 스킬을 알고 있는데 말이지. 저 다각 전차는 애초에 접촉할 수가 없어. 전차에 접촉하기 전에 앞쪽 공간에 가로막혀버리거든."

"그럴 수가……."

접촉할 수가 없다면 네메시스의 《복수는 나의 것》을 사용할 수가 없다.

톰 씨와 마리오 선생님이 투구게를 쓰러뜨리지 못한다는 사실은 좀 전까지 벌어진 전투를 통해 알고 있다.

그리고 투구게가 남아 있는 한, 고래는 불사신.

……끝장이다.

"이보게, 곰 형님 같은 사람들에게 원군을 요청하면 되는 거 아닌가? 으음! 워프 공격이 가능한 신우를 부르면……."

"어떻게 연락할 건데? 형하고는 연락이 안 되고, 신우의 연락처는 몰라. 게다가 두 사람을 부른다 해도 오기 전에……."

이 카르티에 라탱은 괴멸당한다.

……그런 결말은 사양한다.

"다른 방법은 없는 겐가……? 저 투구게에 대처할 만한 왕국의 다른 〈마스터〉는 남지 않은 게야?"

"〈유적〉으로 들어갔던 왕국의 〈마스터〉는 나 말고 모두 전멸했어. 그리고 다른 〈마스터〉들도 어젯밤에 쓰러졌고."

이제 다 틀렸다.

나는 모든 것을 걸고 저 고래를 쓰러뜨리기 위해 도전할 수 있다.

하지만 그것만으로는 부족하다.

적어도 한 명만 더…… 저 투구게를 쓰러뜨릴 수 있는 가능성을 지닌 누군가가 있다면……!

"톰 캣. 한 가지 묻고 싶은 게 있는데."

원하는 가능성의 소수점 아래의 숫자가 늘어나는 것을 느끼며 고민하고 있던 내 귀에…… 이제 자주 들어서 익숙해진 목소리가 들렸다.

그 목소리는…… 아즈라이트의 목소리였다.

"뭐지? 가면 쓴 아가씨."

"지상에 있는 병기의 방어 수단은 공간으로 가로막는다, 이게 맞지?"

"그래. 하지만 우리의 집중공격으로도 뚫지 못했어. 그리고 고래의 폭격에도 무사했으니 단순한 공격으로는 절대로 넘어설 수 없는 방어일 거야."

"그래."

절망적인 톰 씨의 대답을 듣고 아즈라이트는 고개를 끄덕인 뒤.

"──그렇다면 내가 저걸 쓰러뜨리겠어."

당연하다는 듯이 그렇게 말했다.

"뭐?! 아즈라이트, 그대…… 제정신인가?!"

"제정신이야. 내가 지상의 병기를 해치우겠어."

아즈라이트는 그렇게 말하고 내 눈을 보았다.

그 눈에는 망설임이 전혀 없었고, 그저 서로의 생각을 주고받는 듯한 시선의 교차만이 있었다.

"레이, 당신은 한 번만이라면 하늘에 있는 병기를 해치울 수 있지?"

"……그래, 반드시 쓰러뜨리겠어."

"거짓말을 하지 않는 당신을 믿을게. 그러니까……."

아즈라이트는 그렇게 말하고 왼손으로 허리에 차고 있던 푸른 검을 쥐면서…… 말했다.

"당신도 믿어. 내가—— 반드시 지상에 있는 병기를 벨 거라고."

그 눈에는 강한 의지, 자신감, 각오, 그리고 내가 고래를 쓰러뜨릴 거라는 신뢰가 있었다.

그녀는 진짜로 저 투구게를 쓰러뜨릴 방법을 가지고 있을 것이다. 아마 나와 마찬가지로 아슬아슬할지도 모르지만, 그녀는 내가 그걸 해낼 것이라 믿고 있다.

그렇다면 내가 할 대답도 이미 정해져 있다.

"그래—— 아즈라이트를 믿을게."

아즈라이트의 결의와 선택을 받아들인다.

그녀가 티안이라 해서 다가가지 않는다는 선택은 하지 않는다.

그것은 그녀를 받쳐주고 싶다고 생각한 내가 할 선택이 아니다.

그녀가 투구게를 해치울 거라 믿고 나도 내 모든 것을 다해 고래를 해치운다.

그것이 지금 여기서 그녀를 빛쳐주는 행동이 될 것이다.

"해내자, 레이. 〈유적〉과 연관된 이 사건…… 나와 당신이 막을 내리는 거야."

그렇게 선언한 다음, 아즈라이트는 가면을 벗고 미소지었다.

그 미소를 보고 나도 함께 웃었다.

"——그래!"

그렇게 하늘과 땅에 있는 병기를 쓰러뜨리기 위한…… 최종 라운드가 시작되었다.

◆ ◆ ◆

■어떤 명공에 대해

명공 플래그맨.

지금도 선선대 문명의 물품 중 대부분에 남겨져 있는 그의 이름은 선선대 문명이 번창했던 무렵에는 대륙 전투에 널리 알려져 있었다.

그의 지식과 발상은 탁월했다. 선대 문명…… '화신'들과 접촉하기 직전의 선선대 문명 말기의 발전은 기술 혁명을 일으킨 플래그맨이 있었기에 가능했던 것이라 한다.

마치 다른 세계에서 갑작스럽게 가져온 듯한 그의 기술을 모든 나라가 욕심냈지만, 그는 한 나라의 밑으로 들어가지 않았다.

대가를 받고 만드는 것도 아니었고, 부탁을 받고 만드는 것도 아니었다. 그는 '자신이 연구하고 싶은 것'에 자금과 자재, 노동력을 제공해주는 나라에 그때마다 연구의 성과를 제공했다.

전쟁이 벌어지면 그의 병기들끼리 싸우는 경우도 자주 발생했다.

각 나라는 그런 그를 독점, 또는 더 이상 새로운 병기를 만들기 전에 암살하려고 생각하기도 했지만, 그럴 수가 없었다.

오히려 츠바이어 황국을 비롯한 '그에게 호의적으로 대한 나라'에는 그가 만들고 싶은 것이 아니라 '그 나라에 필요하다고 여겨지는 것'을 연구해서 제공했다. 그가 병기뿐만이 아니라 환경 개선 설비를 만들었던 것도 츠바이어 황국이 처음이었다.

그렇기 때문에 속마음은 다르다 해도 각 나라는 그를 적대시하지 않는 방향으로 대하기로 결정했다.

그렇게 플래그맨을 중심으로 대륙이 돌아가기 시작한 지 25년, 선대 문명의 '이대륙선'과 열세 마리의 '화신'이 나타났다.

접촉한 각 나라는 플래그맨의 병기를 이용해 선제공격을 가했다.

하지만 그들의 문명 최대의 병기로도 '화신'에게는 맞서지 못했다.

급격하게 바뀐 대륙의 정세를 본 플래그맨은 지금까지와는 전혀 다른 병기들을 개발하기로 결심했고, 각 나라는 남아 있던 모든 힘을 사용해 그것들을 제조하는데 착수했다.

그가 결심한 이유는 대륙이 위기에 처했기 때문이기도 했지만, 주로 순수한 대항심 때문이었다.

그 누구보다도 뛰어난 기술을 지니고 개발을 계속해온 자신.

그런 자신이 만든 병기를 쉽사리 해치우는 존재에게 '승리하고 싶다'라고 생각한 것이다.

그렇게 만들어진 것이 황옥룡이나 옥좌 같은 선선대 문명 최후의 병기들. 그것들은 분명히 최강이었고, '화신'들과 전투를 벌이기 전에 만들어졌다면 역사를 크게 바꾸었을 것이다.

하지만 그럼에도 불구하고 '화신'들을 당해낼 수는 없었다. 황옥룡은 '화신'과 전투를 벌이다 패했고, 옥좌는 에너지 라인이 끊어져 기동시킬 수 없는 문제로 인해 가동되지 않았다.

그렇게 선선대 문명은 '화신'과의 싸움에서 멸망을 맞이하게 된다.

하지만 최후의 병기가 패한 뒤…… 문명이 사라진 뒤에도 계속 만들어진 병기가 존재한다.

그것이 대 '화신'용 결전병기. 컨셉에 따라 '화신'의 능력을 해석하고 재현, 탑재함으로써 '화신'에게 맞서는 병기이다.

이것들은 기초 설계를 플래그맨이 맡긴 했지만, 그 뒤로는 자동적으로 개발되었다.

왜냐하면 '화신'의 맹공을 앞두고 플래그맨도 죽을 것을 각오했기 때문이다.

그렇기 때문에 자신이 죽은 뒤에도 개발을 계속 진행할 수 있는 병기를 남겼다.

　언젠가 '화신'을 쓰러뜨리기 위해서.

　전 츠바이어 황국의 영토에 잠든 결전병기 3호, [아크라 바스타]도 그중 하나.

　기초 설계와 컨셉, 중간까지 진행된 해석, 그리고 이름을 지어주는 작업은 플래그맨이 맡았고, 시설 건조는 살아남은 기술자들이 맡았고, 그 이후로는 [아크라 바스타]가 자동으로 개발을 진행했다.

　거기까지는 다른 결전병기와 마찬가지지만, [아크라 바스타]만의 특징도 있다.

　그것은 어떤 특정한 '화신'에 대한 대책에 특화되어 설계되었다는 것.

　대상은―― '짐승의 화신'.

　이단아…… 세계의 이물질이라 해도 과언이 아닌 플래그맨을 챙겨주고, 대륙의 국가 중에서 그 누구보다 재능을 인정해주고, 그를 진심으로, 가족처럼 대해준 가장 친한 친구…… 볼프강 황왕의 원수인 '화신'.

　그렇기에 츠바이어의 영토에서 건조될 [아크라 바스타]만은 '화신'에 대한 대항심과 미래의 희망뿐만이 아니라 인간 플래그맨의 감정이 담겨 있었다.

◇◆

　산에서 내려온 [아크라]는 지금 일반적인 이동 속도로 남쪽을 향해 나아가고 있었다.

　하늘 위에서는 [아크라]의 반신인 [바스타]가 따라오고 있었다.

　이동 속도만 놓고 보면 공중 전함인 [바스타]가 훨씬 빠르겠지만, 두 기체의 이동 속도는 거의 비슷했다.

　두 기체가 한 쌍이라는 성질 때문에 [바스타]가 걸음걸이를 맞춰주고 있었기 때문이다.

　그리고 300배로 확대된 공간을 이동하고 있기에 [바스타]도 300배를 이동해야 하느냐 하면, 그렇지도 않다.

　《공간 희석》은 [바스타]를 중심으로 이루어지고 있었기에 [바스타]가 이동하는 거리는 《공간 희석》을 사용한 이후로도 변함이 없었다.

　또한 평시에는 산속에서 출격했을 때와는 정반대되는 합체 형태, [바스타]가 이동을 담당하고 [아크라]가 거기에 달라붙는 형태로 먼 거리까지 이동한다.

　하지만 지금은 작긴 하지만 '화신'의 반응이 많이 있었기에 《공간 희석》을 해제할 수도 없어서 전투시 포메이션을 유지하며 이동하고 있었다.

　『──'화신' 반응, 감지..』

　그때, [바스타]가 자신에게 접근하는 '화신' 반응을 포착했다.

　카르티에 라탱에서 기데온까지, 그렇게 넓은 범위도 손쉽게

251

탐색하는 [바스타]의 색적 능력은 30만 메텔의 《공간 희석》을 사용하고 있어도 상대방을 탐지할 수 있었다.

애초에 그러지 못한다면 레이저포를 요격 병기로 사용할 수가 없다. 뛰어난 색적 능력은 운용하는 데 필수였다.

그런 반면, 레이저포와 색적 장치, 그리고 《상호 보완 수복 기능》과 《공간 희석》에 출력과 적재량을 거의 모두 할당했기에 레이저포를 제외한 병기는 탑재하지 못했고, 본체의 방어 성능도 그리 뛰어나지 않다. 그 문제는 커버하기 위한 병장도 개발 중이어서 탑재하지 못했다.

단독 공중 전함으로 따지면 강도가 부족한 결함기이긴 하지만, 문제는 없다.

아무리 파괴된다 해도 [아크라]가 존재하는 한, [바스타]도 불멸의 존재이기 때문이다.

『──목표, 고속으로 접근.』

[바스타]의 색적 시스템은 정확하게 접근하는 적의 위치를 포착해냈다.

그 적이 습격해 온 방향은──.

◇ ◇ ◇

□10분 전 [황기병] 레이 스탈링

지상에 있는 투구게를 아즈라이트가, 공중에 있는 고래를 내가 맡아서 쓰러뜨리자고 맹세한 뒤, 우리는 헤어졌다.

톰 씨도 아즈라이트를 보조하려는 모양이었기에 지금 남아있는 건 나와 네메시스, 그리고 실버뿐이었다.

"그런데 레이. 그대가 생각하고 있는 쓰러뜨릴 수단이라는 게 [흑천투]의 그 스킬인가?"

"그래."

네메시스가 한 질문에 고개를 끄덕인 다음 나는 [흑천투]를 펄럭였다.

[흑천투]는《빛 흡수》스킬로 빛을 빨아들여 그 에너지를 축적시킨다.

이 장비가 빛을 모아두었다가 날리는 스킬은 십중팔구 원본인 〈UBM〉, [흑천공망 모노크롬]이 사용했던 그 스킬…… 엄청나게 커다란 레이저 광선일 것이다.

그것이라면 아마도 고래를 격추시킬 수 있을 것이다.

"흐음, 상성이 좋긴 하겠구나. 부족한 만큼은 저 레이저를 맞고 흡수해서 모으면 되겠지. 그리고 그대가 말했듯이 레이저는 거리 때문에 위력이 감소하지 않을 터이니 저 녀석이 아무리 먼 거리에 있다 해도 문제가 없다는 게로구나."

"그건 아니지. 저 녀석에게 다가갈 필요가 있어."

"뭐라고?"

나는 네메시스가 한 말 중에 가장 중요한 부분을 정정했다.

"저 녀석과 거리가 무시무시하게 떨어져 있잖아. 조금이라도 빗나가면 전혀 다른 방향으로 날아가 버릴 거야. 그러니까……

적어도 저 녀석이 보이는 위치까지는 다가가야지."

직접 체험했던 톰 씨의 이야기를 들어보니 고래 주위가 이공간처럼 변해서 지상을 봐도, 하늘을 봐도, 아득히 멀리 떨어져 있다고 했다.

톰 씨가 대충 계산한 결과로도 수십만 미터나 되는 거리.

거리가 이상하게 변한 공간에서 레이저를 명중시키기 위해 저 녀석에게 접근하는 것이 최초의 과제다.

"진공은 미리 실버의 《바람발굽》으로 공기를 압축시켜서 대처할 거야. [자원주갑]의 MP가 별로 남지 않았지만 어느 정도 공기를 압축시킬 수는 있어."

말하자면 우주복 같은 것이다.

"진공보다 오히려 레이저를 [흑천투]와 검은 원형 방패로 전부 커버할 수 있을지가 문제인데."

"그렇긴 하다만. 레이, 그대가 말한 방법에는 단점이 있다."

"단점?"

"미리 실버에게 공기를 압축시켜 둔다고 하는데, 그래도 한도가 있다. 이동할 때 사용하면 곧바로 바닥나 버릴 테지. 진공 상태라면 실버의 공중 주행 기능이 제대로 작동하지 않을 테니 말이다. [모노크롬] 때도 중간에 달리지 못하게 되지 않았는고?"

"그래. 그러니까 달리지 않을 거야."

"으음?"

내 생각을 듣고 네메시스가 의아해하는 표정을 지었다.

"알겠어? 네메시스. 이번에는 [모노크롬]과 전투를 벌였을 때처럼 초음속으로 계속 상승하는 상대를 쫓아갈 필요가 없어."

그때 장애물은 상대방이 아득히 높은 곳까지 계속 이동했다는 것.

하지만 저 고래는?

"저 녀석과 이쪽 사이에 수십만 미터의 진공이 있을지도 모르지. 하지만 저 녀석은 **1000미터 정도 높이에 있잖아.**"

"수십만 미터가 1000미터라고?"

"거리가 이상하게 변한 건 저 녀석 주위의 결계뿐이고, 그 바깥에는 영향이 없어."

일반적인 법칙으로는 이해하기 힘든 상태지만 저 녀석의 고도는 수십만 미터인 것과 동시에 1000미터에 불과하다.

그렇기 때문에 [모노크롬] 때는 써먹지 못했던 방법을 써먹을 수 있다.

"……레이, 그대 무슨 짓을 할 셈인가?"

반쯤 답을 짐작한 것 같은 네메시스의 딱딱해진 미소를 보고 나도 미소를 지었다.

그렇다. 답은 간단하다. 매우 단순한 방법. 실버가 이동하는 데 공기를 소모하지 않으면서도 그렇게 하는 것보다 훨씬 빠르게 고래에게 다가갈 수 있다.

그 방법이란──.

"──저 녀석 위에서 수십만 미터를 **자유 낙하**하면 돼."

고래의 공격 수단과 완전히 똑같으니까.

◆ ◇ ◆

□■카르티에 라탱 도시 가장자리 상공

『──적, **위쪽에서 급강하.**』

[바스타]의 색적 시스템, 그리고 광학 센서는 위쪽에서 낙하하는 까만 덩어리── 레이와 실버를 포착하고 있었다.

『──요격.』

진공 상태에서 자유 낙하함에 따라 서서히 가속하는 레이 일행에게 [바스타]는 위쪽 레이저포를 기동하여 발사했다.

색적 시스템으로 완전히 위치를 포착당한 레이 일행은 피할 수가 없었다.

『──효과, 확인하지 못함.』

하지만 모든 레이저는 검은색── 실버를 뒤덮고 있던 [흑천투]에 빨려들어 갔다.

수십 개의 레이저가 아무런 위력도 발휘하지 못하고 흡수되고 있었다.

[바스타]의 위쪽을 노린다는 것도 당연히 사각으로 상정된 바 있었다. 원래는 부 병장으로 그 사각을 커버할 예정이었지만······ 공교롭게도 개발 시간이 부족했다.

하지만 그러지 않더라도 일반적으로는 레이저 집중포화로 격추할 수 있어야 했다.

문제는 지금처럼 레이저가 통하지 않았을 경우.

실제로 발생해버린 케이스에 대처하기 위해 [바스타]의 인공지능이 연산을 개시했을 때…….

──석, 출현.

지상에 있던 [아크라]가 그런 정보를 공유했다.

◇◆

『──적, 출현.』

남쪽으로 나아가고 있던 [아크라] 앞에 사람 아홉 명이 서 있었다.

"정말 혼자서 하려고? 그리고 가면까지 벗어도 괜찮아?"

"……그래. 그리고 당신은 이 얼굴을 눈치채고 있었잖아?"

"그야 그렇지~. ……아니, 눈치채지 못한 레이 군이 이상한 거 아냐?"

"후훗, 그건 정말 그렇긴 하지."

그중 여덟 명은 [아크라]도 이미 교전한 경험이 있는 톰.

그들은 톰이 아닌 한 명을 남겨두고 제각각 흩어졌다.

그리고 남은 마지막 한 사람은 [아크라]의 로그에 데이터가 없었다.

『──'화신' 반응, 없음.』

마지막 한 사람은 화신이 아니었지만, [아크라 바스타]는 이미 인적 피해를 아랑곳하지 않고 '화신'을 쓰러뜨린다는 결정을 내린 바 있다.

그렇기 때문에 인간이라 해도 상관없다. 전진하는 것을 가로막는다면 해치우는 것 말고 다른 선택지는 없었다.

『──속도를 유지한 채로 전진..』

그저 나아간다. 바로 그것이 [아크라]의 유일하면서도 절대적인 무기. 《공간 고정》으로 얻은 절대 방어력은 말 그대로 '부딪혀도 결코 부서지지 않는 몸'이라는 뜻이기도 하다.

어떤 것이라 해도 이 강도를 넘어설 수는 없다.

죽음을 부르는 [아크라]의 돌진 앞에서 아즈라이트는 한 발짝도 움직이지 않았다.

그저 손바닥 안에 있던 [잡 크리스탈]을 쥐고.

"잡 체인지── [■■■]."

그렇게 말하는 것과 동시에 수정을 부수었다.

하지만 [아크라]는 그런 동작도 아랑곳하지 않고 뒤틀린 가시와도 같은 다리로 땅을 달렸다.

그리고 진로에 있던 아즈라이트의 가녀린 몸을 수많은 다리로 휩쓸어서 찢어발──.

"《발검(릴리즈)》."

──긴 줄 알았다.

『──?』

[아크라]의 거대한 몸이 지나간 뒤에도 아즈라이트는 계속 서 있었다.

방금 절대적인 강도를 지닌 다리에 휩쓸렸는데도 불구하고 머리카락조차 흐트러지지 않았다.

그녀가 달라진 건 단 한 가지.

들고 있던 푸른 검이── 빛나고 있었다.

『──재공격, ……에러.』

자신의 공격이 실패했다는 것을 깨달은 [아크라]가 궤도를 변경하여 아즈라이트를 돌아보았다.

하지만 그것은 이루어지지 못했다.

돌아서려 한순간에…… 다리 몇 개가 단면을 드러내며 몸에서 떨어져 나갔기 때문이다.

『──손상 확인, 수복 개시.』

기계인 [아크라]는 '절대로 뚫리지 않는' 방어가 뚫렸다는 것에도 동요하지 않았다.

그저 기계적으로 《상호 보완 수복기능》으로 다리를 회복시킬 뿐이었다.

하지만 그것은…….

『──수복, **불가능.**』

두 번 다시 이루어질 수 없는 것이었다.

"그 상처는 '시작'."

《공간 고정》으로 보호하여 파괴하는 것이 불가능할 다리가 잘렸고, 완전히 수복시킬 수 있는 수복 기능이 작동하지 않는 [아크라]에게 등을 돌린 채, 아즈라이트는 조용히 말했다.

"당신이 잘린 게 아니라, 다리가 잘린 당신이 바로 '시작'의 당신이 **되었어**."

그래서 이제 회복되지 않는다고.

수복 기능은 [아크라]가 아니라 [바스타]에게 있을 텐데, 그것조차도 초월하여 상처를 새긴다…… 아니, "'시작'을 다시 새겼다"고 아즈라이트가 말했다.

"이 푸른 칼날로 벨 수 없는 것은 존재하지 않아. 그 상처를 치유할 수 있는 것은 존재하지 않아. 바로 이것이 불가피한 '시작'을 새기는 칼날, ……그래."

아즈라이트가 그렇게 말하며 검을 휘두르자 그 궤도를 따라 아무것도 없던 공간이 갈라지기 시작했다. 그렇게 상식을 초월한 예리함이 바로 아즈라이트가 지닌 칼날의 정체.

즉.

"──[원시성검 알터]는 당신의 모든 것을 **베고 새긴다**."

알터 왕국의 으뜸가는 비보이자 규격에서 벗어난 유물.
알터 왕국의 초대 국왕이 휘둘렀다고 하는 건국 전설의 최강검.
검이자── 〈**이레귤러**〉.
『──[원시성검 알터], 데이터 존재함. ──사용자, 데이터 존

재하지 않음.』

선선대 문명으로부터 이어받은 데이터 베이스에는 [알터]의 기록이 존재했다.

하지만 당연하게도 현재 사용자 데이터는 존재하지 않는다.

그렇기 때문에 [아크라]가 의문을 품은 듯한 목소리를 듣고 아즈라이트가 대답했다.

"나는 [알터]를 들고 그들과 함께 선두에 서서 왕국을 위협하는 힘에 맞서는 자."

그 말은 그녀의 의지와 결의의 표명.

그 뒤에 이어진 말은 그녀가 이 지상에서 유일하게 [알터]를 휘두를 수 있는 존재라는 증명.

"나는 알터 왕국 제1왕녀── [성검희(세이크리드 프린세스)] 알티미어 A(아즈라이트) 알터."

그것은 바로 [알터]를── 그 이름에서 따온 알터 왕국을 이어받은 자의 이름.

아즈라이트── [성검희] 알티미어는 가면으로 숨겼던 두 눈으로 [아크라]를 보았다.

남은 다리로 일어선 [아크라]를 바라보며 말했다.

"이 이름과 책무, 내 의지는 왕국의 백성을 상처입히는 것을 용서하지 않는다."

푸른 칼날 끄트머리를 [아크라]에게 들이대며── 그녀는 시원스러운 미소와 함께 선언했다.

"——각오는 되셨는지?"

□[원시성검 알터]에 대해

[원시성검 알터].

그것은 전설로 전해져 내려오는 선선대 문명……보다도 **더 과거**부터 전해져온 푸른 검.

엄청나게 강한 힘을 지니고 있어 벨 수 없는 것이 존재하지 않는다고도 하는 초월의 검.

2000년 전의 선선대 문명 말기 동란 속에서 역사로부터 자취를 감춘 그 검이 다시 나타난 것은…… 지금으로부터 500하고도 수십 년 전이다.

당시, 대륙 서쪽은 현재의 천지 같은 전국시대를 맞이하고 있었다.

[용제], [패왕], [묘신] 같은 절대 강자들의 시대가 종언을 맞이한 뒤.

[용제]는 천수를 다했고, [패왕]은 [천신(디 아트모스)], [지신], [해신(디 오션)], 이 삼신에게 봉인되고, [묘신]은 어딘가로 사라졌다.

예전에 [패왕]이 다스렸고, 이미 공백이 된 넓은 지배 영역 서쪽. 비옥한 토지가 있는 서쪽에서는 작은 국가들이 난립하고 있었다.

조금이라도 식량을 얻으려는 자, 예전에 [패왕]이 이루어낸 위업을 이어나가려 하는 자, 그저 자신의 주위를 지키고 싶어 하는 자.

이유는 제각각 달랐지만, 대륙 서부는 혼돈스러웠다.

그럼에도 불구하고 수명이 긴 종족이 다스리고 있는 남쪽이나 선선대 문명 신봉자들이 모인 북쪽은 안정되어 있었다.

하지만 서쪽 중앙은 그러지 못했고, 각각 다른 사상으로 움직이는 작은 나라들로 인한 전란이 오랫동안 지속되고 있었다. [사신(邪神, 디 이빌)]의 출현으로 인해 전란에 박차가 가해지기도 했다.

하지만 어느 때, 그 전란에서 모든 작은 국가들을 평정하고 하나의 나라로 만든 자가 나타났다.

그의 이름은 **아즈라이트**.

원래 일개 목동이었던 그는 그 전국시대를 우려하고 있었다.

그러던 그가 땅속에서 우연히 발견한 것이 [원시성검 알터]였다.

그는 [알터]에게 선택받아 [성검왕(킹 오브 세이크리드)]이 되었고, [알터]를 들고 싸운 끝에 드디어 동료들과 함께 당시 최대의 위협이었던 [사신]을 쓰러뜨리고 서쪽 중앙부를 평정했다.

그가 바로 알터 왕국의 초대 국왕 아즈라이트 알터이다.

'[알터]에게 선택받고 [성검왕]이 되었다'는 말은 있는 그대로 그렇게 되었다는 뜻이다.

[원시성검 알터]는 선선대 문명 붕괴 이후 소유자를 잃고 오랜 시간 동안 〈UBM〉으로 변했지만 그럼에도 불구하고 원래 기능과 역할을 잃은 것은 아니었다.

그 역할이란 자신을 다룰 수 있는 적성을 지닌 자를 선별하여 [성검왕], 또는 [성검희]라는 특수 초급 직업을 부여하는 것이었다.

초대 국왕 아즈라이트도 마찬가지로 그 적성을 지니고 있었기에 [성검왕]이 되었고, [알터]의 힘을 휘두를 수 있었다.

초급 직업에는 크게 두 가지 타입이 존재한다.

그것은 노력과 재능을 통해 도달할 수 있는 타입과 그것만으로는 절대로 도달할 수 없는 타입이다.

[교황(하이어로펜트)]과 [성녀(세인트)]라는 초급 직업을 예로 들어보자.

양쪽 다 회복 마법이 특기인 초급 직업이지만 이 두 가지에는 큰 차이가 있다.

우선 [교황]의 전직 조건.

첫 번째, [사제(프리스트)]와 [교회기사(템플 나이트)], [승병(몽크)] 등 성직자로 분류되는 직업으로 500레벨을 채울 것.

두 번째, [사제]를 최대 레벨까지 올린 1000명으로부터 자신의 이름과 함께 '[교황]으로 추대한다'라는 서명을 모으고 서명을 소지한 상태로 사제 계통의 크리스탈에 접촉할 것.

세 번째, 전직하기 위해 특별한 퀘스트를 달성할 것, ……이렇게 세 가지 조건이 있다.

하지만 이런 조건은 전부 다 노력과 재능이 있으면 달성할 수 있는 조건이다.

힌편, [성녀]의 조건은 무엇일까.

그것은 어떤 특정한 가문의 피…… 유전자 정보를 지닌 여성이 어떤 특별한 퀘스트를 달성함으로써 전직할 수 있다는 것이다.

[성녀]로 전직하려면 노력이나 재능보다는 핏줄이 중요하다.

이렇게 초급 직업에는 노력과 재능을 통해 될 수 있는 일반적인 초급 직업과 노력이나 재능과는 다른 적성 등의 특별한 요인이 있어야 될 수 있는 특수 초급 직업이 있다.

즉, [성검왕], 그리고 [성검희]란 [원시성검 알터]의 적성을 지닌 사람만이 지닐 수 있는…… **지니게 되는** 특수 초급 직업인 것이다.

초대 아즈라이트는 자신의 검의 이름인 알터를 나라 이름으로 삼아 알터 왕국을 건국했다.

알터 왕가는 대대로 [원시성검 알터]도 계속 계승하고 있다.

그리고 [알터]의 적성이 있었던 초대 국왕 아즈라이트의 핏줄이기 때문에 알터 왕가에는 [알터]의 적성을 지닌 자가 태어났다.

하지만 그것도 모두가 그런 것이 아니라 몇 대에 한 명 정도의 페이스였고, 실제로 전 국왕인 엘도르 제오 알터에게는 적성이 없었다.

하지만 그의 딸…… 알티미어에게는 그것이 있었다.

알티미어가 태어났을 때, 아버지와 어머니가 양쪽 다 금발이었는데도 불구하고 그녀의 머리카락은 남색이었다.

그것은 결코 불륜 등으로 인해 생긴 것이 아니라 격세유전 같은 이유였다.

초대 국왕 아즈라이트도 머리카락이 남색이었기 때문에 왕가에는 때때로 머리카락이 남색인 아이가 태어난다.

그것 자체는 경사였기에 머리카락이 남색인 아이에게는 미들네임으로 초대 국왕의 이름인 '아즈라이트'를 붙여주는 관습이 있었다.

하지만 알티미어는 지금까지 머리카락 색만 닮았던 선조와는 달리…… [알터]의 적성까지 초대 국왕과 닮았다.

그것은 그녀가 태어난 직후에 보물고에 있던 [알터]가 푸르게 빛나 갓난아이였던 알티미어가 [성검희]가 되었다는 것이 증명되었다.

어찌 됐든, 그런 사정으로 인해 그녀가 [알터]를 이어받은 [성검희]라는 것을 아버지인 엘도르도 곧바로 알게 되었다.

하지만 그는 이렇게 생각했다.

──딸이 [성검희]라 해서 싸우는 삶을 강요해서는 안된다.

엘도르는 나중에 〈마스터〉에 대해서도 비슷한 생각을 하게 되는데, 그때는 〈마스터〉들보다 더 간절히 그렇게 생각했는지도 모르겠다.

이제 막 태어난 아기인데도 불구하고 옛 시대로부터 이어받은 힘에 선택받아버렸다는 이유 때문에 필연적으로 삶의 방식이 정해져 버렸다는 것을…… 그는 용납할 수가 없었다.

그렇기 때문에 그는 알티미어가 [성검희]라는 사실을 공표하지 않고 보물고에서 일어난 일과 알티미어의 직업에 대해서도 은폐했다.

공표하면 다른 나라에 써먹을 수 있는 카드가 되기도 하고 민중의 지지에도 영향을 미치겠지만, 그는 그러기보다 딸의 평온한 삶을 선택했다.

하지만 왕족인 이상, 그리고 이 세계에서 살아가는 이상, 싸움과 완전히 멀어질 수는 없었다.

무엇보다 가지고 있기만 해도 위험한 힘이 그녀 자신을 다치게 만들지 않게끔 해주고 싶다는 생각도 들었다.

그래서 엘도르는 자신의 친구인 [천기사] 랑그레이와 자신의 선생이기도 했던 [대현자]에게는 진실을 털어놓고 협력을 요청했다.

랑그레이는 알티미어에게 검을 가르쳤고, [대현자]는 그녀에게 이치를 가르쳤다. 그 덕분에 알티미어는 자신의 [성검희]로서의 힘을 올바르게 쓸 수 있게끔 성장했다.

하지만 오산이 하나 있었다.

랑그레이에게 검을 배운 알티미어는 그저 [성검희]의 자격을 지니고 있었던 것뿐만이 아니라── 순수하게 뛰어난 검술의 재능을 지니고 있었던 것이다.

그 재능은…… 스승인 랑그레이조차 뛰어넘는 것이었다.

그렇다, 그녀는 검만 놓고 보면 기술, 그리고 다루는 검까지…… 왕국 최강이었다.

◇◆◇

□카르티에 라탱 도시 가장자리

"──후우."

[아크라]가 돌진하며 다가왔지만, 알티미어는 피하지 않았다.

짧게 숨을 내쉬는 것과 동시에 땅에 박힌 수십 개의 가시와도 같은 다리들 한가운데로 뛰어들어 전부 다 종이 한 장 차이로 피하면서── [알터]의 푸른 칼날을 날렸다.

모든 것을 베고 새기는 [알터]는 [아크라]의 주위에 고정된 공간도, 그리고 [아크라]의 장갑조차도 쉽사리 베어 나갔다.

전혀 저항이 없어서 평범한 사람이라면 오히려 다루기 까다로울 그 검을…… 알티미어는 매우 자연스럽게 다루었다.

그리고 그녀의 움직임은 빨랐다. 정체를 숨기기 위해 사용하던 [검성(소드 마스터)] 직업에서 [성검희]로 전환함으로써 [성검희]의 패시브 스킬이 발동되어 지금 그녀의 스테이터스는 비교가 되지 않을 정도로 상승한 상태였다.

패시브 스킬, 《성검의 계승자》는 [원시성검 알터]를 사용할 때

한정으로 모든 스테이터스를 **10배로 만든다.**

특수 초급 직업 [성검희]가 [성검희]인 이유였기에, [아크라]의 다리는 5만이 넘는 그녀의 속도를 따라잡지 못했다.

음속이 다섯 배가 넘는 그녀의 속도로 인해《공간 고정》과《상호 보완 수복기능》에 리소스를 할당한 [아크라]는 대처할 수가 없었던 것이다.

그렇다, [아크라 바스타]의 기능은 엄청나게 강력하지만 그것에 모든 리소스를 사용하고 있다.

그렇기 때문에 [원시성검 알터]처럼── 기능이 전혀 의미가 없는 **천적**과 마주쳤을 때, 그 우위성은 모조리 사라지게 되는 것이다.

『──원호, 요청.』

그리고 천적과 마주친 [아크라]의 판단은 빨랐다.

곧바로 하늘 위에 있던 [바스타]에게 운동 에너지 폭격 사용을 요청했다.

[바스타]도 교전 중이었지만, 그 요청에 즉각 응하여 지느러미 중 하나를 [아크라]의 위로 낙하시켰다.

"……! 왔어! 왕녀님! 위에서 지느러미 하나!"

[바스타]와 주위 감시를 맡고 있던 톰이 그 상황을 알티미어에게 전했다.

아무리 특수 초급 직업이라 해도 알티미어는 그 운동 에너지 폭격을 제대로 맞고 버텨낼 수 있을 정도로 튼튼하지는 않다.

그렇기 때문에 폭격이 날아들면 곧바로 이탈할 수 있게끔 톰이 [바스타]를 감시하고 있었던 것인데…….

"하나지? ……그렇다면 물러날 필요는 없어."

"뭐?"

알티미어가 한 말을 톰은 제대로 이해하지 못했다.

"더 이상 떨어뜨려서 카르티에 라탱을 망가뜨리게 만들고 싶지는 않으니까. 그리고 이곳은 이미 도시 지역이야. 이번에는 피해자가 생길지도 몰라."

"아니, 그래도 이미 떨어지고 있으니까……?!"

톰이 여덟 명 중 일곱 명을 도망치게 하면서 그렇게 말하는 동안에도 지느러미는 가속하고 있었다.

좀 전에 첫 번째 공격이 그랬듯이 음속의 일곱 배 가까운 속도로 지상으로 낙하했고——.

"나보다 조금 빠른 정도 속도라면 ——**맞출 수 있어.**"

——지느러미가 낙하할 지점을 꿰뚫어 보고 있었던 알티미어가 그곳에 서 있었다.

그것은 단순히 AGI에만 의존하지 않는 그녀의 동체시력.

아음속 스테이터스를 지니고 있으면서도 초음속으로 움직이는 톰을 정확하게 포착한 그녀의 힘.

그것은 음속의 일곱 배로 떨어지는 지느러미가 자신의 간격으로 들어오는 타이밍까지 정확하게 파악했고.

"──《컷》."

──지느러미를 푸른 칼날로 뚫게 만들었다.

그 직후에 일어난 현상을 뭐라고 표현하면 될까.

두 동강 난 거대한 지느러미가…… **천천히** 지면에 낙하한 것
이다.

그곳에는 진공 상태의 자유 낙하로 인한 초음속 따윈 존재하
지 않았다.

"……뭐한 거야? 방금."

딱딱한 표정으로 묻는 톰에게.

"운동 에너지를 베었을 뿐이야."

아무렇지도 않게 말한 그것은…… 결코 **베도 되는 것**이 아니다.

하지만 [알터]라면 베어버린다.

왜냐하면 [알터]야말로 온갖 물질, 공간, 그리고 에너지까지
벨 수 있는 칼날.

형태가 없는 것을 베는 것조차도 [알터]라면 쉽사리 해낼 수
있다.

그렇기 때문에 그 사실을 알고 있던 톰이 깜짝 놀란 이유는 오
히려 음속의 일곱 배에 타이밍을 맞춰 벤 알티미어의 기량이었다.

레이와 처음 맞섰을 때는 [알터]를 봉인하고 재기불능 상태로
만들기 위해…… 죽이지 않기 위해 힘을 조절하고 있었다.

하지만 [알터]와 [성검희]의 힘을 해방하고 베는 것을 주저하
지 않게 된 그녀는…… 확실하게 개인 전투형 상위 〈초급〉에 필

273

적하는 힘을 발휘하고 있었다.

"…………."

그렇다, 알티미어에게는 차원이 다른 힘이 있다.

그 전쟁에 참가했다면 로건을 쓰러뜨리고 스승을 지킬 수 있었을지도 모른다.

또는 아버지인 엘도르를 프랭클린으로부터 지켜낼 수 있었을지도 모른다.

그때, 왕국의 티안 중에서 가장 강한 힘을 지닌 자신이 선두에 섰다면, 알티미어는 그런 마음과 후회를 지금도 품고 있다.

하지만 전쟁이 일어나기 전에 참전하려 했던 알티미어를 말렸던 것은 아버지, 엘도르가 한 말이었다.

——그리고 말이다, 알티미어.

——나는…… 싸울 힘이 있다는 이유만으로 싸워달라고 하는 짓은.

——결코 하고 싶지 않단다.

——그러니까, 알티미어…….

——너는 싸우지 않아도 된단다.

그것은 자상한 말이었다. 딸에 대한 애정으로 넘쳐나는 말이기도 했다.

하지만 지금 알티미어라면 고개를 끄덕이는 것뿐만이 아니라 다른 대답을 할 수 있다.

"아버님. 힘을 지니고 있다 해도 그 이유때문에 싸우러 나서지 않아도 된다, 당신께서는 그렇게 말씀해주셨죠. 그 자상함에, 사랑에, 저는 진심으로 감사드립니다. 하지만……."

[아크라]의 장갑과 다리를 베면서 아스라이트는 하늘나라로 간 아버지에게 말했다.

"저는 지금 제 의지로, 〈마스터(그들)〉와 나란히 서서 싸우러 나서겠습니다."

그것이 지금 그녀가 선택한 길.

"아버님께서 원하셨던 싸우지 않는 제가 아니라, 〈마스터〉들을 꺼리면서 전부 혼자서 떠안으려 했던 예전의 저도 아니에요."

알티미어는 한 〈마스터〉의 얼굴을 떠올렸다.

──모든 〈마스터〉는 자신의 의지로 자신이 어떻게 존재할지를 자유롭게 선택하지.

──나라는 〈마스터〉가 지금 선택하는 건.

──아스라이트와 이 카르티에 라탱을 지키는 거야.

그것은 어젯밤에 레이가 알티미어에게 했던 말.

그 자신의 자유로운 선택.

지금은 그 말이 알티미어의 가슴 속에 있기에, 알티미어도 마찬가지로 선택했다.

"저는 레이 같은 사람들과 함께 선두에 서겠어요. 그리고 이

나라를 위협하는 존재와 맞서겠어요."

그가 선택했듯이, 알티미어도 마찬가지로 선택한 것이다.

"아버님. 부디 높은 하늘에서 지켜봐 주세요. 제가 선택한……
싸움을."

그렇게 말하고 [아크라]의 몸통을 두 동강 낸 알티미어는 하늘
을 올려다보았다.

하늘은 높았고, 하늘을 가로지르는 섬광이 그녀의 전우도 마
찬가지로 싸우고 있다는 것을 알려주고 있었다.

□[황기병] 레이 스탈링

뛰어든 고래의 결계는 기묘한 공간이었다.

들어간 순간, 좀 전까지 보이던 카르티에 라탱 거리가 보이지
않게 되었다. 결계로 들어와서 거리가 넓어졌기 때문에 광학적
으로 멀어진 모양이었다.

나는 위쪽에서 수직 자유 낙하하며 가속하고 있을 것이다.

그런데 주위에 공기가 없기 때문에 바람을 느끼지도 못했고──
압축 공기 배리어로 바람을 막고 있긴 했지만 그것 너머로도 아
무런 저항을 느끼지 못했다──주위에는 하늘만 있을 뿐, 거리
의 기준으로 삼을 것이 아무것도 없었기에 속도를 느끼지도 못
했다.

구름조차 없는 하늘——진공 상태이기 때문에 엄밀하게 따지면 하늘이 맞는지도 모른다——에서 떨어지기만 할 뿐.

나는 지금까지 하늘에서 세 번 떨어진 적이 있다.

첫 번째는 누나에게 속아 넘어가 남미 정글에서 스카이 다이빙을 했다.

두 번째는 덴드로에 처음 로그인했을 때, 체셔가 왕도로 떨어뜨렸다.

세 번째는 불과 얼마 전, [모노크롬]을 따라잡지 못하고 도망치듯이 급강하했다.

그런 경험들과 비교하자면 이번 낙하는 매우 조용했다.

소리 없는 공간에서 그저 떨어지기만 한다.

그것은 마치 하늘에서 떨어지는 것이 아니라 해저로 가라앉는 것 같은 감각.

하늘에서 스며드는 빛도 멀어졌고, 그저 끝이 보이지 않는 하강만을 계속했다.

하지만 단 하나, 보이는 것이 있었다.

『또 온다! 레이저다!!』

아래쪽…… 지금은 아직 제대로 보이지도 않는 거리에서 수십 줄기의 레이저가 우리를 향해 날아들었다. 거의 대부분 실버의 앞쪽에 두른 [흑천투]에 흡수되었지만, 발사지점이 다른 일부 레이저는 내 몸을 스쳤다.

역시 대공 방어가 튼튼하다. 고래도 위쪽에서 낙하하는 것이 자신의 약점이라는 것을 알고 있을 것이다.

저 녀석 위에서 아이템 박스 안에 들어 있던 무거운 물체를 꺼내 떨어뜨리면 그 지느러미의 낙하와 똑같은 일이 저 녀석의 몸에 일어날 테니까.

레이저는 그런 상황을 막기 위한 병장이기도 하다. 레이저로 약간이나마 궤도를 바꾸면 낙하하는 동안 크게 엇나가 고래에 맞지 않게 될 것이다.

고래가 있는 곳에서 엇나가 도시에 떨어질 가능성을 생각하면 그 방법은 사용할 수가 없다. 게다가 거리를 감안하면 맞출 확률은 희박할 것이다.

하지만 우리와 실버가 직접 낙하하면 그렇지 않다. 레이저는 [흑천투]로 흡수할 수 있다. 다소 궤도가 바뀌긴 하겠지만 저 녀석이 움직인다 해도 실버라면 궤도를 수정할 수 있다.

『그리고 이 레이저는 저 녀석의 위치를 알려주기도 하지.』

"그래."

레이저는 직선이니 고래는 분명히 날아온 방향에 있을 것이다. 그곳을 향해 떨어지기만 하면 된다.

실제로 매우 작은 점 같긴 하지만 고래의 모습이 보이기 시작하고 있었다.

하지만 아직 이쪽에서는 공격할 수가 없다. 《샤이닝 디스페어》가 내가 생각하는 스킬이라면 위에서는 결코 쏠 수 없다. 도시에 엄청난 피해를 입히게 된다.

저 녀석을 눈으로 확인하고 저 녀석과 수평, 또는 아래쪽에서 정확히 날릴 필요가 있다.

『그런데…… 버틸 수 있는고?』

"버틸 수밖에 없지."

[흑천투]를 사용한 레이저 대책은 진공 상태에 대처하기 위해 《바람발굽》을 사용하는 실버를 가장 우선적으로 지키고 있다.

그렇기 때문에 그쪽으로 돌린 만큼 [흑천투]로 내 몸을 완전히 지킬 수는 없다. 검은 원형 방패로 막고 있긴 하지만 그중에는 내 몸을 스치고── 헤집고 가는 궤도로 날아오는 레이저도 있었다.

게가다 [흑천투]의 《빛 흡수》로도 열을 전부 흡수할 수는 없다. 잔뜩 날아드는 레이저는 조금씩 나와 실버를 가열시키고 있었다. 이미 내 피부에는 [화상], 그리고 [열상]이 생겨나기 시작하고 있었다.

하지만 이미 우리는 녀석과 떨어져 있던 거리 중 3분의 1정도를 낙하한 상태였다.

퇴로는 없어서 급소에 명중하지 않기를 기도하며 계속 낙하하는 것밖에 방법이 없었다.

"윽!"

『레이?! 크윽, 다 막아내지 못하는 궤도가 늘어나기 시작했다……!』

고래 쪽으로 다가가자 레이저의 입사각이 넓어졌다.

이대로 가다간……, 아니, 아직 멀었어!

"이대로 고래가 있는 곳까지 간다!"

아즈라이트는 분명 지금도 아래쪽에서 투구게와 맞서 싸우고 있을 것이다.

그렇다면 내가 포기할 수는 없지……!

『……! 레이! 위에서 뭔가 온다!!』

"위?! 고래는 아래에 있잖아. 그런데 어째서 위에서……!"

그렇게 생각하고 뒤쪽(위)을 본 나는…… 깜짝 놀랐다.

"저건……!"

하늘 위에서 내려온 것은——.

□[무장군] 기프티드 바르바로스

——에밀리오도 함께 간다니 저도 함께 가는 게 나을까요?

——미나는 용차를 별로 좋아하지 않잖아요우?

——게다가 백작 가문에서 처리할 일도 있을 테고요우.

그것이 주마등이라는 것을 바로 이해했다.

죽을 위기에 처한 뇌는 몽롱해진 의식으로 과거를 회상하며 띄웠다.

그것은 내가 몇 번이나 거쳐온 길이었다. 당대 [충신]이 어렸을 무렵에 함께 강력한 〈UBM〉과 싸웠을 때. 그리고 황왕 계승전을 벌이며 다른 특무병과 사투를 벌였을 때.

그밖에도 대충 세어봐도 몇 배는 더 죽음의 위기를 겪은 바 있다.

생각해보니 31년 인생 동안 용케도 이렇게 사선을 헤쳐온 것 같다.

——그야 그렇지만……. 계속 묻는 거긴 한데, 위험하지는 않은 거죠?

——물론입니다아. 한 달도 안 걸려서 돌아올 거예요우.

——분명 그때쯤이면 미나의 쿠키가 그리워질 테니까요우.

그렇게 사선을 넘어설 때, 가끔 과거의 꿈을 꾼다. 지금까지 꿨던 꿈은 과거의 기억에 남아있는 광경, 바르바로스 변경백 가문의 생활인 경우가 많았다.

하지만 지금 내 뇌가 보여주고 있는 광경은…….

——에밀리오, 쿠키를 먹고 싶나요우?

——안 돼요, 에밀리오.

——이빨도 다 나지 않았으니까. 쿠키는 아직 일러요.

언제였는지 떠올리려 해도 기억이 희미했다.

하지만 이 주마등은 선명하게 두 사람의 모습을 보여주었다.

——하하하, 에밀리오. 반년 안으로 먹을 수 있게 될 겁니다아.

——아니, 아니, 황국에서 돌아왔을 때쯤이면

──먹을 수 있게 될지도 모르지요우.

거울로 본 자신과 조금 닮은 남자와.

──어머, 그럼 실력을 더 발휘해서 만들어야겠네요.

그의 오른쪽 눈과 똑같은 오른쪽 눈, 그리고 예쁜 녹색 왼쪽 눈으로 자신을 보고 있는, 자상해 보이는…….

──에밀리오.

"……머니."

죽을 위기에 처해 본 환상은 목이 숨소리인지 말인지 알 수 없는 소리를 내자 온데간데없이 사라졌다.

"……아직 살아 있, 군."

자신의 상태를 확인해보니 윈도우에 뜬 HP는 10퍼센트도 되지 않았다.

그리고 [골절]이나 [출혈] 같은 상태이상들이 여러 개 걸려 있어서 몇 분 정도 잠들어 있었다면 돌이킬 수 없게 될 뻔했다.

곧바로 부러진 팔을 움직여 아이템 박스에서 [포션]과 HP를 지속적으로 회복시켜주고 상처 계열 상태이상의 치유를 빠르게 만들어주는 약품을 복용했다.

HP가 계속 줄어들던 것이 멈췄고, 서서히 늘어나기 시작했다.

약으로 회복되기를 기다리면서 무슨 일이 일어났는지 드러누우며 생각하기 시작했다.

자신이 어째서 살아 있는지.

충격파를 맞은 시점에서 중상을 입고 있었다. [브로치]니 초급 직업으로 단련한 스테이터스 덕분에 즉사하지는 않았지만, 그 상태, 그리고 그 높이에서 지면에 떨어졌는데도 불구하고 살아 있는 이유를 알 수가 없었다.

"이 화분…… 때문인가?"

보아하니 엎드려 있던 내가 아래에 깔고 있었던 것은 어떤 정원의 화분이었다.

하지만 그것만이 목숨을 건질 수 있을 정도로 쿠션 역할을 해내지는 못했을 것이다.

다른 어떤 이유가 있었을까, 몸을 틀면서 정보를 파악하자…….

"＿＿＿＿＿＿."

그곳에서 거대한 나무를 보았다.

가지와 나뭇잎이 푸르고 무성하게 자란 그 거대한 나무는 가지 중 몇 개가 부러져 있었다.

마치 하늘에서 떨어진 무언가를 받아낸 것처럼.

그런데 어째선지…… 드러누운 채 그 나무를 올려다보니 강한 데자뷔가 느껴졌다.

마치 예전에도 그랬던 적이 있었던 것처럼…….

"사모님! 실내의 결계로 대피하셔야……!"

"네, 하지만…… 그 사람의 나무 근처에 뭔가……. 잠시 살펴

보고 올 테니 당신들은 대피해 온 분들을 돌봐줘요."

"⋯⋯⋯⋯!"

자신의 기억을 되새기고 있자니 그런 목소리가 들렸다.

목소리 중 한쪽은 낯설었다.

하지만 다른 쪽 목소리는⋯⋯ 왠지 마음을 크게 뒤흔들었다.

그리고 목소리를 통해 이곳이 어디인지도 눈치채버렸다.

이곳은 카르티에 라탱 백작 저택의 정원이다.

공중에서 추락했을 때, 우연히 이 정원에 떨어져버린 것이다.

그렇기 때문에⋯⋯ 목소리를 낸 사람이 누구인지 바로 알 수 있었다.

"움직일 수 있⋯⋯겠지."

자신의 몸이 지속적으로 회복되어 어느 정도는 움직일 수 있 게 되었다는 것을 깨닫고 짓눌린 화분 위에서 필사적으로 몸을 일으켰다.

"당신은⋯⋯."

일어서자 그 사람이 눈치채고 내 뒤에서 말을 걸었지만, 돌아 보지 않고 무시했다.

면목이 있을 리가 없었다. 나는 황국의 원수이고, 이미 과거 에 이 카르티에 라탱으로⋯⋯ 어머니가 기다리는 이 집으로 돌 아오는 길을 부정한 남자다.

그렇기 때문에 여기서 만날 수는 없다.

그리고⋯⋯ 만나봤자 수상한 사람 취급할 것이 뻔하다.

내가 여기 있었던 건 갓난아이때다. 이미 30년이나 지났다.

……유일하게 가족이라는 것을 증명할 수 있는 오드아이는 갓난아이 때 [에델바르사]로 인해 바뀌어버렸다.

지금 나는 그저 상처투성이가 되어 뜰에 떨어진 수상쩍은 남자에 불과하기에 얼굴을 보이면 백삭 부인의 마음고생만 심해질 것이다.

그렇게 생각하고 나는 부러진 오른쪽 다리를 질질 끌면서 바깥으로 나가는 문을 향해 걸어가기 시작했고……

"에밀리오?"

──그 말을 듣고 멈춰 섰다.

"………………어떻게."

알아볼 리가 없다. 얼굴도 보이지 않았다.

키나 체격도 갓난아이였을 무렵과는 너무 많이 변해버렸다.

그녀 곁에 있었던 나는 이렇게 피와 화약 냄새가 몸에 밴 남자가 아니었다.

그런데 어떻게…… 그런 말이 나오는 걸까.

"에밀리오, 구나?"

"…………"

'그렇습니다', 나 '아닙니다'라는 말이 내 입에서는 나오지 않았고, 그저 멈춰 서서 등을 돌린 채 백작 부인의 말을 듣고 있었다.

"……이유는 모르겠지만, 만날 수 있을 것 같았어. 어제부터였나, 예전…… 너나 그 사람이 있었던 시절 생각이 나서."

어제…… 이 백작 저택에 들르긴 했다.

하지만 그렇다고 알 수 있을 리가 없다. 알 수 있을 리가 없을, 텐데…….

"어떤 청년에게 들은 말 덕분일지도 모르지만, 그것뿐만이 아닌 것 같아서."

"…………."

"그리고 오늘…… 꿈속에서 그 사람하고 만났어. '에밀리오가 돌아올 겁니다아'라고 하더구나. 옛날처럼, 그렇게 특이한 억양으로 말해주는 꿈."

그건 마치 내가 마리오를 자칭하며 활동하던 때 같은 말투.

그러고 보니…… 나는 어째서 그런 말투로 말했던 거지……?

"오늘은 아침부터 거리에서 큰일이 벌어져서……. 그런 와중에 그 사람이 심은 나무가 흔들리길래 신경 쓰여서 나와보니…… 너를 만날 수 있었단다. 그 사람이 이끌어준 거겠지."

그렇구나, 그 사람은…… 내 친아버지구나.

……아, 그렇구나.

낯익은 나무다 싶었는데…… 그 나무는 내가 갓난아이였을 때부터 이 정원에 있었구나…….

그 나무가 목숨을 구해주다니, 기묘한 일이 일어나는 날이군…….

그리고 그런 일이 일어나는 날이라면……, 어머니가 나를 에밀리오라고 알아볼 수도 있을 것이다.

"저기, 에밀리오. 얼굴을…… 보여주면 안 될까?"

백작 부인의, ……어머니의 부탁을 듣고 나는…….

"……그럴 수 없습니다."

고개를 저었다.

지금 나는 황국 원수 기프티드 바르바로스.

왕국의 에밀리오 카르티에 라탱이 아니고, 에밀리오로서의 인생도 선택하지 않았다.

게다가 나는 황국을 위해 이 카르티에 라탱이 멸망하는 것조차 아랑곳하지 않았던 남자다.

그런 사람이…… 어떤 염치로 어머니를 마주 볼 수 있지?

적어도…….

"지금은…… 그럴 수 없습니다."

이 사건, 그리고 왕국과 황국의 모든 것에 결판이 나지 않는 한, 내게 어머니를 만날 자격 같은 건 없다.

"……알겠어."

내가 그렇게 제멋대로 대답했는데도 어머니는 다그치지 않고 받아들여 주었다.

"에밀리오가 결심하고 그렇게 말했다는 건 느껴졌으니까……, 무슨 이유가 있어서 그러는 거지?"

"…………네."

"그렇다면 오늘은 네가 살아 있다는 걸 알았다는 것만으로도…… 충분해."

그렇게 말한 어머니의 목소리는 눈물이 섞여 있는지 떨리고 있었다.

돌아보고 싶어지는 충동을 억누르고……, 나는 어떤 약속을 입에 담았다.

"……언젠가, 다시 한 번…… 만나러 오겠습니다."

그 목소리는 어머니와 마찬가지로 눈물로 인해 떨리고 있었지만…… 그래도 계속 말했다.

"……아내와, 딸도 있어요. 언젠가 반드시, 함께…… 만나러 오겠습니다."

"그래, 기다릴게…… 에밀리오."

"네……, 그때까지 부디…… 건강하시길."

나는 그렇게 말하고 멈춰서 있던 다리를 다시 움직여 걸어가기 시작했다.

"다녀오렴, 에밀리오."

"……다녀오겠습니다."

언젠가 이곳으로 돌아오겠다고 어머니에게 맹세한 뒤, 나는 카르티에 라탱 저택을 떠났다.

"전황은…… 교전중인가."

간신히 움직이는 [팔드리드]가 도시 가장자리에서 다각 전차와…… 왕국의 제1왕녀의 전투를 시야에 비추고 있었다.

역시 그 가면을 쓴 인물은 제1왕녀였던 모양이다.

너무 뻔해서 속임수인가 싶었지만, 사용하고 있는 무기가 왕국의 으뜸가는 비보인 [알터]인 이상, 진짜일 것이다.

……이번에 황왕에게 받은 지시는 없다. 그녀는 지금 내 임무

와는 상관없다.

지상의 상황에 이어, 하늘을 바라보았다. 그곳에서는 그 황옥마를 탄 '언브레이커블'이 공중 전함 쪽으로 천천히 내려가고 있는 모습이 보였다.

레이저로 집중 공격당하고 있었지만, 그것을 어떤 수단으로 막아내고 있었다.

"……하지만 저래선 버틸 수가 없겠지."

이대로 가다간 위험해질 것이다. 아마도 지상에 있는 [알터]와 마찬가지로 공중으로 올라간 '언브레이커블'에게도 저 공중 전함을 쓰러뜨릴 방법이 있을 테고.

하지만 이대로 가다간 실현할 수 없게 된다.

"MP와 SP는 얼마 남지 않았고……, 게다가 낙하로 인해 뇌에 입은 대미지는 미지수, 인가."

나는 자신의 상태를 파악하고…….

"문제는, 없다."

──《마리오넷 스쿼드론 크리에이션》을 연속 기동한다.

거리에 많이 있는 나무를 써서 비행 인형을 대량 생산.

그렇지 않아도 뇌의 계산 능력을 많이 사용하는 비행 인형, 그리고 이 컨디션과 생산 숫자.

"……윽."

뇌가 비명을 질렀고, [에델바르사]가 담겨 있는 왼쪽 눈 근처에서 피가 흘러내렸지만…… 상관없다.

이대로 '언브레이커블'이 패배하고 공중 전함이 지느러미를 뿌리면 카르티에 라탱은 끝장이다.

방금 전에 한 맹세가 그런 상황을 용납할 수 없다.

"한계 기동…… 모든 기체, '언브레이커블'을 원호하라……!"

그렇게 100대가 넘는 비행 인형이 하늘로 날아올랐다.

어머니에게 한 맹세를, 미래로 이어질 가능성을 지키기 위해 —— 비상했다.

◇ ◇ ◇

□[황기병] 레이 스탈링

내가 본 것은—— 두 팔을 날개처럼 펼친 수많은 목제 인형.

그것들이 잔뜩, 그저 일직선으로 낙하하고 있었다.

"마리오 선생님의…… 인형!"

마리오 선생님이 타고 있던 것과 똑같은 인형이 수없이 낙하했다. 인형은 자유 낙하하는 것이 아니라 자력으로 가속하며 낙하하고 있는지 차례차례 내 앞으로 나섰다.

그리고—— 고래의 레이저는 내가 아니라 나보다 앞서간 인형에게 꽂혔다.

하지만 꿰뚫려서 타오르면서도…… 뒤따라온 인형들은 계속 앞으로 나섰다.

차례차례, 수십 대가 타올랐는데도 내 앞으로 나서서 내 대신 레이저를 맞고 있었다.

"이건…….."

『길을, 만들고 있는 겐가?』

길. 그렇다, 그것은 그야말로 길이었다.

수많은 인형이 몸을 날려 나를 고래가 있는 곳으로 이끌어주는…… 돌파구.

"마리오, 선생님."

타오르면서도 나를 지켜주고 있는 인형 중 하나의 머리와 눈이 맞았다.

그 순간, 들린 것 같은 기분이 들었다.

──나아가라, 라고.

진공의 세계에서 인형은 말이 없었다.

하지만 그 사람이 내 등을 밀어주고 있다는 것은 충분하고도 남을 정도로 느껴졌다.

그렇다면── 이제 가기만 하면 된다.

"가자! 네메시스! 실버!!"

『물론이다!』

『────!』

■[바스타]

『――접근하는 비상체, 158.』

색적 능력이 뛰어난 [바스타]는 자신에게 다가오는 적의 숫자도 정확하게 파악하고 있었다.

그 모든 것을 자신과 가까운 순서대로 레이저를 날려 요격했다.

그 과정에서 적이 두 종류라는 것도 이해하고 있었다.

대다수를 차지하는 목제 적은 레이저 일격에 격파 가능.

그리고 미약한 '화신' 반응을 내뿜고 있는 적은 레이저를 흡수하며 계속 낙하하고 있었다.

자신을 향해 급강하하고 있는 그것들에게 계속 레이저를 날리면서 [바스타]의 인공지능은 사고했다.

『――선체를 움직여, 적을 회피.』

『――부정. 더 이상 이동하는 것은 [아크라]와의 《상호 보완 수복기능》에 지장을 초래한다.』

[바스타]는 항상 [아크라]의 위쪽에 있는데, 이유가 있기 때문이다.

[아크라]와 [바스타]가 탑재하고 있는 《상호 보완 수복기능》 시스템 때문이다.

이 시스템은 '어디에 있든지 계속 서로 수복시킨다'……라고

할 정도로 편리하지 않았다. **30만 메텔** 정도라는 유효 거리가
설정되어 있다.

그렇다, 《공간 희석》을 사용한 상태에서 결계 범위 아슬아슬
한 거리가 유효 거리의 한계.

그 이상 벗어나면 수복을 실행할 수 없게 된다.

게다가 현재 [아크라]는 다리를 대부분 잃어서 이동 능력이 거
의 없는 거나 마찬가지다. 결과적으로 [바스타]도 움직일 수 없
게 되었다.

애초에 [알터]로 공격당하고 있는 [아크라]는 현재 시점에서
이미 수복할 의미가 없어졌지만.

그래도 지금 문제는 [바스타]다.

지금 [바스타]는 선택해야만 했다.

수복 기능을 버리고 낙하하는 적을 회피할 것인가, 아니면······.

『──적, 측정.』

『──**질량** 계측.』

『바스타』의 센서가 그 전까지는 측정하지 않았던 데이터를 측
정했다.

그리고 결론이 나왔다.

'화신'과 인형, 양쪽 다 자신이 떨어뜨리는 지느러미보다 훨씬
가볍다는 것을.

이 정도면 충돌하더라도 [바스타]의 손상은 경미할 것이며, 바
로 수복할 수 있다.

그렇기 때문에 적이 노리는 것은 자신을 부딪히는 질량 공격

이 아니라 다른 공격수단일 것이라 [바스타]는 판단했다.

『──폭발물 반응, 폭파 계통 마법 반응, 없음.』

폭탄을 떠안고 특공하는 쪽이 아니다── 다시 말해 [바스타]에 뛰어들어서 날리는 근접 공격, 또는 근, 중거리 공격일 것이라 판단하고.

『──대처법을 실시.』

박살 내러 나섰다.

□[황기병] 레이 스탈링

마리오 선생님이 만들어준 돌파구를, 고래를 향해 일직선으로 돌진했다.

우리를 요격하던 레이저의 섬광은 인형, 또는 [흑천투]에 흡수되어 우리들이 있는 곳까지는 닿지 않았다.

그렇게 정신없이 가속하며 계속 낙하했고.

『남은 거리, 약 4만 미터!』

우리는 고래가 있는 곳까지 얼마 남지 않은 거리까지 다가갔다.

그와 동시에 실버에게 조금씩 공기를 이용해 제동을 걸게 만들었다.

이대로 가다가는 단숨에 지나치게 될 것이고, 나도 저 녀석을 노릴 수 없게 된다.

이 [흑천투]의 《샤이닝 디스페어》 충전은 이미 100퍼센트에 도
달한 상태다. 발사 준비는 완벽하다. 이제 카르티에 라탱이 사
선에 들어오지 않게끔 저 녀석의 측면, 또는 레이저가 없는 아
래 쪽에 징지하여 날려야만 한다.

하지만 실버가 급강하할 때 제동을 잘 걸 수 있다는 사실은
[모노크롬]과 전투를 벌이며 이미 알고 있었다.

"이대로 가면——."

——그 순간, 공간이 변했다.

"——어?"
한순간, 무슨 일이 생긴 건지 알 수가 없었다.

그럴 만도 했다. 방금까지, 직전까지 새끼손가락 정도의 크기
로 보이던 고래가.

——눈앞에 거대한 **벽**처럼 존재하고 있었으니까.

"……윽!!"
하지만 다음 순간에는 어떤 말이 머릿속을 맴돌았다.

——**풀었구나** 라는 말이.

자신의 몸을 지키던 거리의 결계를 해제.

그것이 만들어낸 거리의 뒤틀림. 단숨에 줄어든 적과 나 사이의 거리.

아직 멀리 있었던 고래의 선체가 눈앞에 있었다.

실버가 제동을 걸었지만, 그래도 우리는 아직 음속의 영역에 있었다.

잠시 후, 나를 태우고 있는 실버는 선체에 격돌하여 산산조각 날 것이다.

고래도 부분적으로 부서지긴 하겠지만, 저 녀석은 바로 수복할 수 있다.

우리 정도의 중량이 부딪힌다 해도 저 녀석을 분쇄할 수는 없다.

그것까지 염두에 둔 결계의 해제.

그것도 격돌한 직후에 바로 다시 전개하면 아무런 문제도 없다.

고래는 자신과 적의 능력을 파악하고 상황에 맞게 최적의 결단을 내렸다.

마치 그렇게 할 수 있어야 병기라고 하는 듯이.

그런 사고가 기묘할 정도로 느려진 접촉하기 전까지의 시간 속에서 생겨났고.

우리는———.

　지하 셸터 안에서 한 남자가 조용히 도면과 마주하고 있었다.

　누년에 접어든 그 남자는…… 예전에는 명공 플래그맨이라 불렸다.

　나중에 선선대 문명이라 불리게 되는 시대, 대륙 전토에서 기술자의 정점으로 존경받으며, 두려움을 샀던 남자.

　그런 그도 지금은 지하의 셸터에서 조용히 홀로 병기의 도면을 그리고 있었다.

　'화신'의 침공 이후, 그는 계속 병기만을 만들어왔다.

　문명이 멸망한 뒤에도 '화신'에게 들키지 않게끔 은폐에 특화된 지하 셸터에 틀어박힌 채 자신이 고안한 보존 식량과 물만 섭취했다.

　그렇게 밤낮을 가리지 않고 그저 연구만을 계속하고 있었다.

　그 이유는 오직 '화신'을 없애기 위해서.

　선선대 문명이 존재했던 무렵의 기술은 모두 사용했다. 지금쯤 비밀 플랜트에서 그가 관여한 기초 설계를 통해 결전병기가 자동적으로 개발되고 있을 것이다.

　하지만 그는 그것만으로는 부족하다고 생각했다.

　더 새로운, 자신이 아직 가지지 못했던 기술을 넣지 않으면 그 인피니트 클래스 괴물들을 이길 수가 없다. 그 누구보다 그 자신이 그 사실을 **알고 있었다**.

　그렇기 때문에 그는 계속 병기만을 생각하고 있었다.

하지만…… 그 눈에서는 초조함이 보였다.

얼마 전 발생했던 실패가 그 이유다.

대 '짐승의 화신' 병기로 만들어낸 자율형 반 생체병기 [에델바르사]가 하필이면 '화신'의 능력의 영향을 받아 변해버렸다.

그로 인해 [에델바르사]를 봉인할 필요가 있었고, 그와 동시에 그 이후로 진행되는 병기 설계를 근본적으로 재검토할 필요가 생겼다.

무너진 석탑을 다시 쌓는 것 같은 작업을 하다 보니 그도 자신이 지쳤다는 것을 깨달았다.

이대로 모든 것이 헛수고가 되지 않을까 하는 두려움이 그의 손을 떨리게 했다.

그것은 공포인가, 아니면 광기인가.

그저 홀로 병기를 계속 고안해낸 지 수십 년. 평범한 사람이었다면 발광했더라도 이상하지는 않았을 것이다. ……이미 광인의 영역에 발을 내딛었을지도 모른다.

"……기분 전환을 좀 할까."

그런 플래그맨이 갑자기 기분 전환을 하자는 생각을 했다.

그것조차도 수십 년만이다.

그렇게 그는 예전처럼 머리에 떠오르는대로 기체를 설계해보기로 했다.

굳이 병기가 아니어도 된다.

그때…… 그의 친구와 동료들이 있었던 무렵처럼, 그저 자유롭게 발명을 하고 싶어졌다.

"이건……."

그때, 창고 안에서 어떤 것을 발견했다.

그것은 만들던 도중이었던 황옥마의 프레임이었다.

어째서 만들던 도중이었는지, 기억력이 뛰어난 플래그맨은 바로 떠올렸다.

"아, [썬더]의 1호 프레임인가."

예전에 뇌전을 이용하는 것을 주 목적으로 삼은 황옥마를 만들려 했을 때, 처음에는 이 프레임으로 만들 예정이었다.

하지만 제작 과정에서 이 프레임 소재로는 기능을 충분히 발휘할 수 없다는 것이 판명되었기에 다른 소재인 2호 프레임으로 다시 만든 것이다. 그쪽은 [골드 썬더(황금지뇌정)]라는 이름으로 완성되었다.

"……이 녀석을 조립해볼까."

기본 프레임은 그대로 두고 탑재할 기능을 변경하여 완성시킨다.

그저 플래그맨에 생각한 대로, 자유롭게.

그렇게 그는 마음이 가는 대로 작업하기 시작했다.

"이 소재로는 바람을……, 아니, 그러면 [제이드 스톰(비취지대람)]과 겹치지."

"그럼 접근 방식을 통째로 바꿔서…… 이쪽 원리를 시험해볼까?"

"몸통만 만들었으니까. 다른 부분은 기존 파츠를 답습하기보다는 신규 기믹을."

"이거 흥미롭군. 하지만 나는 《승마》나 《기승》을 가지고 있지 않으니 시험해볼 수가 없겠어."

그렇게 작업하는 동안, 그는 예전의 그와 똑같은 표정을 짓고 있었다.

그저 어린애처럼, 자신의 기술을 형태로 나타낼 수 있다는 것을 기뻐하고 있었다.

"좋아, 완성이다. 그런데 ……이름은 어떻게 할까."

세월이 흘러갔고, 어느날 동트기 전에 그는 황옥마 한 대를 완성시켰다.

하지만 기체의 존재방식을 결정할 이름을 정할 수가 없었다.

예전에 바람을 동력으로 삼은 황옥마에게는 [스톰(대람, 폭풍)]이라는 강한 이름을 붙여주었다.

하지만 성능과 사양이 전혀 다른데 같은 이름을 지어주자는 생각은 들지 않았고, 좋은 이름도 생각나지 않았다.

"……바깥 공기라도 쐴까. 너도 오거라."

그날 아침, 플래그맨은 황옥마를 데리고 오랜만에 셸터 밖으로 나왔다.

대기 성분 등의 자연 환경은 인간이 생존 가능한 상태였지만, 그 경치 중에는 그가 만들어낸 것이 아무것도 없었다.

그저 자연뿐. 문명 같은 건 전혀 없었다.

그의 지성에 힘입어 형태를 이루었던 문명은 이미 흔적조차 남지 않았다.

"…………."

그 모습을 보고 천재가 무슨 생각을 했는지…… 조용히 그 풍경을 바라보고 있었다.

"……응?"

그때 문득, 바람이 자신의 곁을 스쳐가는 것을 느꼈다.

서쪽에서 불어온 바람(제피로스)이 동쪽을 향해 간다.

그가 눈에 보이지 않는 바람의 행방을 돌아보자 그곳에는 마침…… 해가 떠오르고 있었다.

"……'바람'."

그때 문득, 하늘의 계시를 받은 것처럼 그의 머릿속에 단어가 떠올랐다.

"이 기체는 '바람'이다."

거창한 단어 같은 건 필요없다.

강한 이름 같은 건 필요없다.

"그저 있는 그대로, 새로운 여명을 향해 부는 바람."

지금까지의 설계 사상과는 다른 기체, 눈앞에 펼쳐진 문명 없는 새로운 세계.

그렇기에 그는 새로운 형태의 이름을 지어주었다.

지금까지 그가 만들었던 모든 황옥수와는 반대되는 이름을.

그 기체의 이름은…….

"[제피로스 실버(백은지풍)]."

플래그맨은 그 이름에 만족하며 황옥마── [제피로스 실버]의 얼굴을 쓰다듬었다.

"[제피로스 실버]여. 네게는 아무런 사명도 주지 않겠다."

스스로 만들어낸 최후의 황옥마에게 플래그맨은 느긋하게 말을 걸었다.

"너는 분명 지금 내가 만든 것들 중에서 가장 자유로운 존재일 게다."

수없이 만들어낸 '화신'을 죽이는 병기가 아니다.

그저 그가 만들고 싶었기에 만들었던, 그의 자유로운 마음의 형태.

"언젠가 네가 주인을 얻었을 때…… 너는 그저 있는 그대로 세계를 달리거라."

그렇게 플래그맨은 바람이 부는 대자연 속에서 해가 뜨는 쪽을 손가락으로 가리키며 이렇게 말했다.

"너는 네 주인과 함께, 자유롭게 바람 속을 걸어가면 된다."

――그러부터 1900년 이상이 지난 뒤.

――창조주가 한 말을, 실버에 탑재된 인공지능은 떠올리고 있었다.

――그리고 생각했다.

――자유롭게 바람 속을 걸어간다.

――지금이 그럴 때다, 라고.

『──《■■■■》.』

◇ ◇ ◇

□[황기병] 레이 스탈링

그 순간 일어난 일을, 우리는 전부 다 이해하지 못했다.

"……윽?"

『…………무슨 일이, 일어난 게지?』

우리는 분명히 다음 순간에 고래와 초음속으로 격돌하여 산산조각 날 상황이었다.

하지만 지금은 그렇게 되지 않았다.

우리는 고래 **바로 아래**에서 정지해 있었다.

그 전까지 붙었던 가속, 눈앞에 있었던 장갑, 일어나리라 생각했던 충돌, 아무것도 없었다.

어째서 그렇게 되었는지 나는 전혀 알 수가 없었다.

하지만 한 가지 알고 있는 건 있다.

──지금밖에 없다.

"네메시이이이이이스!!"

『알겠다!!』

네메시스는 내 목소리에 응답하여 곧바로 대검으로 변형했다.

나는 검은 칼날로 머리 위에 있던 고래의 장갑을 쳤다.

"──《복수는 나의 것》!!"

저 녀석에게 맞은 모든 레이저, [흑천투]가 흡수한 것도, 내 몸을 태웠던 것도, 모든 대미지를 한데 모아 두 배로 만들어 되돌려 주는 공격을 때려 넣었다.

『──하부 장갑, 소실.』

그 일격으로 고래를 쓰러뜨리지는 못했지만, 배의 장갑이 사라졌고, 마치 물고기 블록 장난감처럼 고래가 내장── 기계가 가득 찬 기관부를 드러냈다.

어떤 것이 투구게와 서로 복원시키는 기관인지, 지금 시점에서는 알 수가 없다.

"……보인다!!"

하지만 녀석의 장갑이 수복되기 시작하자, 빛을 내뿜기 시작한 기관이 하나 있었다.

수복과 동시에 움직이기 시작한 기관, 그렇다면 그 정체는 단 하나.

그렇기에 그 한 점만을 노려서 날렸다.

"──모노크로오오오오오옴!!"

내 목소리에 반응하여 실버에 감겨 있던 [흑천투]가 움직였다.

칠흑의 외투가 실버에서 내 팔로 옮겨와 감겼다.

그렇게 천을 뭉쳐서 통 같은 형태를 이루었고── 그 양쪽에서 예전에 [흑천공망]에게 달려 있었던 것 같은 날개가 돋아났다.

지금, 내 왼팔은 날개가 날린 칠흑의 대포로 변했다.

내가 왼팔을 잃었을 때에 얻어서 그렇게 조정된 결과일지도 모르겠다.

그리고 그 형태로 인해 처음 사용하는 상황임에도 어떻게 하면 될지 바로 이해할 수 있었다.

"오오오옷!!"

왼팔의 대포를 머리 위에 있던 고래 쪽으로 향했다.

그 직후, 왼팔의 대포에 막대한 에너지가 집중되는 것이 느껴졌다.

그것은 지금까지 [흑천투]가 긁어모은 모든 빛.

그것을 응축하고, 압축하고, 절대적인 위력을 흩뿌리는 파괴광으로 바꾸는 작업.

마치 자그마한 태양과도 같은 빛이 내 왼팔의 대포 안에 생겨났다.

그와 더불어 남아서 넘쳐나는 빛이 [흑천투]조차도 하얗고 눈부신 빛을 내뿜게 만들었다.

『레이! 아래쪽에서도 결판이 났다!!』

네메시스의 말을 듣고 지상 쪽을 돌아보니 푸른 궤적이 투구게를 수없이 가로지르면서 몸을 산산조각내고 있었다.

미리 '내가 고래를 쓰러뜨릴 때는 강한 빛이 보일 것이다'라고 전해두었다.

그러니 지금 타이밍을 맞춰서 아즈라이트가 저렇게 했을 것이다.

지금이라면 두 대가 한 쌍인 거대병기를 양쪽 다 해치울 수 있다.

『——오른쪽 선회, 레이저 조준.』

고래는 배의 장갑이 부서진 채, 선체를 옆으로 기울이기 시작했다.

아래쪽 사각에 있는 나를 측면의 레이저로 조준해서 해치울 셈일 것이다.

하지만, 이미 늦었다.

"…………."

최후의 일격을 날리기 직전, 나는 어제 마리오 선생님과 나누었던 이야기를 떠올렸다.

선선대 문명은 선대 문명과 싸웠고, 졌고, 멸망했다.

이 고래는 선선대 문명이 남긴 기계다.

이 녀석도, 저 투구게도, ……〈유적〉에 잠들어 있었던 모든 기계는 분명 희망이었을 것이다.

선대 문명과 벌인 전쟁으로 인해 멸망해가던 선선대 문명의 누군가가 후세의 자손에게 맡긴 희망 그 자체.

또는 제작자가 어떻게 해서라도 이루고 싶었던 소원의 형태였는지도 모르겠다.

병기라면 적과 싸우고 사람들을 지키는 것이 진짜 소원이었을

것이다.

하지만 지금, 이 녀석은 일그러진 희망이 되어버렸다.

지키려 했던 사람들의 자손을 멸망시키려 하고 있다.

그런 걸 용납할 수는 없으니까…… 나는 이 스킬을 날린다.

"《샤이닝──.》"

아, 생각해보니…… 이건 정말 아이러니한 이름이다.

"──디스페어어어어어어어어어어어어어》!!"

그것은 일그러진 희망을 태워 없애는, '빛나는 절망(샤이닝 디스
페어)'.

대포 내부에서 날아간 태양과도 같은 빛.

예전에 지상으로 날아가 토르네 마을을 모조리 불태울 뻔 했
던 빛기둥이 이번에는 반대로 하늘을 향해 날아갔다.

[흑천공망 모노크롬]이 날렸던 같은 스킬보다 더욱 커다란 광
량과 열량을 날리며, 빛의 기둥은 고래의 중추를 관통.

──다른 기관까지 휩쓸면서 수복 기관을 완전히 증발시켰다.

■[아크라 비스다]

대 '화신'용 결전병기 3호, [아크라 바스타]에게는 그 몸에 새겨진 시간 중 9할 9푼 9리는 자신을 개발하는 시간이었다.

천재였던 플래그맨의 기초 설계에 따라 몸을 만들고, 그가 해석한 '화신'의 능력의 부족한 부분을 채우면서 그 기능을 모방했다.

그것은 매우 난해한 작업이었기에 《공간 고정》과 《공간 희석》을 모방할 수 있었던 것도 그리 오래 전 일이 아니었다.

시설의 관리자였던 [지르콘 리더]가 그랬듯이, [아크라 바스타]도 마찬가지로 자신의 역할을 다할 날을 위해 2000년을 준비하는데 바쳤다.

하지만 잠깐이나마…… 그러지 않았던 시간도 있었다.

◆

——아버지, 저게 우리를 지켜주는 거야?
——그렇고말고. 이 [아크라 바스타]가 모두를 지켜줄 거야.

[아크라 바스타]의 중추인 인공지능 블록이 만들어진 지 얼마

지나지 않았을 무렵.

시설의 건설하는데 관여했던 기술자 중 한 명과 대피할 겸 거주 시설로 따라왔던 그의 아들이 투명한 벽 너머로 이제 막 만들어졌던 [아크라 바스타]를 보고 있었다.

──정말?
──그래, 이 [아크라 바스타]는 희망이란다.
──분명 그 '화신'을 쓰러뜨리고 세계를 구해줄 거야.

사람들을 지킨다. '화신'을 섬멸한다. 양쪽 다 자신의 내부 깊은 곳에 새겨진 사명이다. 그들의 희망인 [아크라 바스타]는 그 시점에서 그 사실을 자각하고 있었다.

──그럼 어머니하고도 또 만날 수 있어?
──……언젠가, 세계가 평화로워지면.

기술자는 그렇게 말하고 아이의 머리를 쓰다듬어준 뒤, 손을 잡고 떠나갔다.

아버지의 손을 잡고 있지 않았던 쪽 손을 [아크라 바스타]에게 흔들던 아이를 [아크라 바스타]는 센서로 계속 보고 있었다.

그 이후로도 아이는 가끔씩 [아크라 바스타]가 만들어지는 모습을 견학하러 오곤 했다.

하지만 그런 나날이 잠시 이어진 뒤, 시설에 어떤 경보가 울리게 된다.

——['심승의 화신', 접근.]
——[본 시설 은폐를 위해 직원 및 가족은 다른 셸터로 이동을······.]

'화신'이 나타났다.
자신이 싸워야 하는 상대인 '화신'이.
하지만 [아크라 바스타]는 움직일 수가 없었다.
움직이려 해도 아직 인공지능만 완성된 상태였다.
[아크라 바스타]가 완성되려면 아직 오랜 시간이 필요했다.

——[지상을 이동하여 대피하게 됩니다.]
——[모두 함께 무사히 셸터에서 합류할 수 있기를······ 기원합니다.]

시설의 방송설비에서 흘러나오는 목소리를 듣고 [아크라 바스타]의 인공지능은 어떤 계산을 하기 시작했다. 그것은 '화신'에게 제압당하고 있는 지상을 이동하여 가장 가까운 셸터에 무사히 도달할 수 있을 확률.
계산한 결과, 그 확률은······ 지극히 낮았다.

대피하던 도중, [아크라 바스타]는 시설 내부의 카메라 영상을 수신하고 있었다.

왜 그것을 보고 있었는지, [아크라 바스타] 자신도 알 수가 없었다.

하지만 카메라에는 낯익은 아이가 아버지와 함께 이동 차량에 타는 장면이 떠 있었다.

영상 안에서…… 아이는 손을 흔들고 있었다.

얼마간 살았던 이 시설에게 보내는 작별 인사였을지도 모르고, 카메라에 보이지 않는 각도에 아는 사람이 있었을지도 모른다.

혹시나…… 시설에 남게 된 [아크라 바스타]에게 작별 인사를 했을지도 모른다.

『――――――.』

어찌 됐든, 그들은 이 시설을 떠나…… 두 번 다시 돌아오지 않았다.

그로부터 오랜 시간에 걸쳐 [아크라 바스타]는 자신을 완성시켜갔다.

그리고 불완전하게나마 전투가 가능해진 지금, 쓰러뜨려야 할 적인 '화신'이 다시 나타났다.

'화신'의 섬멸을 달성하기 위해, [아크라 바스타]는 다른 무엇보다도 그것을 우선시했다.

그것이 [아크라 바스타]가 만들어진 이유인 이상, 당연한 일이다.

그러기 위해 2000년의 세월에 걸쳐 자신을 계속 개발해왔으니까.

그런데 어째서 '회신'을 없애야만 하는 걸까.

그 이유는…….

□[황기병] 레이 스탈링

"끝났……나."

《샤이닝 디스페어》를 맞은 고래의 몸은 크게 손상된 상태였다.

몸통 한가운데가 소실되었고, 그곳에 있었던 기관은 전부 증발했다.

게다가 몸통이 끊어진 결과, 꼬리지느러미에 해당되는 부분이 지상으로 낙하하고 있었다.

한순간 위험하다는 생각이 들었지만, 이미 그 결계도 없다.

트럭 몇 대 정도의 크기이긴 하지만, 그 운석 같은 결과가 생기지는 않을 것이다.

아래쪽에서 그 투구게를 상대하고 있을 아즈라이트와 톰 씨가 마음에 걸리긴 했지만, 지상 쪽을 보니 이미 피하고 있는 모양이었다.

이윽고 꼬리지느러미는 지상으로 낙하했고, 지상에 있던 투구게의 잔해와 부딪혀서 굉음을 내긴 했지만, 거대한 크레이터와 충격파를 만들어낼 정도는 아니었다.

그런데 기묘한 일이 생겼다.

"저게 뭐지?"

꼬리와 투구게의 잔해에서 흰색 같기도 하고 은색 같기도 한 가루가 뿜어져 나오고 있었다.

대체 무슨 일인가 싶었는데, 그것도 작달막한 산 정도의 양을 뿜어낸 뒤에 멈췄다.

『마치 곰 형님이 실수로 아이템 박스를 망가뜨렸을 때 같구나.』

그러고 보니 예전에 형이 밀가루를 담아 두었던 아이템 박스를 망가뜨렸을 때와 비슷한 모습이었다. 그렇다면 고래와 투구게 안에 있던 아이템 박스가 파손된 건지도 모르겠다.

안에 들어 있던 게 무엇인지는 아직 모르겠지만.

『그건 그렇고, 레이.』

"……그래, 나도 눈치챘어."

지상에 있던 투구게는 산산조각 났고, 고래도 몸통 한가운데가 소실된 상태인 데다 방금 꼬리지느러미도 떨어졌다.

하지만 아직 살아 있다.

"꽤 부수기 힘든 구조네."

내 머리 위에는 아직도 공중에 떠 있는 고래의 **앞쪽 절반**이 있었다.

생각해보니 이 녀석은 톰 씨와 마리오 선생님이 그렇게 파괴해댔는데도 불구하고 계속 공중으로 떠올랐다. 망가지더라도 기능을 유지할 수 있게끔 만들었는지도 모르겠다.

하지만 그것도…… 이미 한계일 것이다. 고래는 앞쪽 절반밖에 남지 않았고, 사라진 부분의 단면으로 드러난 내부 구조에도 무사한 부품은 거의 없었다.

무엇보다, 방금까지 진행되던 수복이 멈춘 상태다.

이미 죽어가는 몸이다.

『레이저도 쏘지 않는구나.』

《샤이닝 디스페어》를 날리기 직전처럼 나를 향해 레이저를 쏘려는 낌새도 없었다. 병장을 잃은 건지, 이미 날릴 에너지가 없는 건지.

어찌 됐든 고래 앞쪽 절반은 공중에 떠 있기만 하는 물체였다.

『추격할 게냐?』

그러는 게 나을지도 모르겠다.

하지만 《샤이닝 디스페어》의 충전량은 0, 네메시스의 축적도 마찬가지다.

게다가 [장염수갑]도 사용할 수 없는 지금 상황에서는 사용할 수 있는 공격 수단이 그냥 베는 것 말고는 없다. 꼬리처럼 낙하해주면 문제가 없겠지만…….

"그러지도 않겠지……."

고래는 천천히 움직이기 시작했다.

어디를 향하고 있는지 모르겠지만, 그 진로는 좀 전과 마찬가지로 남쪽.

하지만 큰 차이가 있다. 지상 쪽에서 나아가던 투구게는 이미 사라졌고, 고래도 이제 결계를 사용할 수 없다.

그러니까 이제 카르티에 라탱이 폭격당하지는, ⋯⋯윽!!

"이봐⋯⋯!"

『고도가, 내려가고 있다만?!』

천천히 남쪽으로 이동하면서, 고래는 조금씩 고도를 낮추기 시작했다.

마치 비행기가 착륙하는 것처럼── 카르티에 라탱 중심으로 추락하는 코스였다.

결계의 운동 에너지 폭격을 사용하지 못한다 해도 고래만큼 거대한 기체가 도시의 중심에 추락하면 그 피해는⋯⋯ 굳이 생각할 필요도 없었다.

"크윽!!"

재빨리 실버를 움직여 고래 앞쪽으로 이동했다.

남아있던 [자원주갑]의 MP로 《바람발굽》의 압축 공기 배리어를 최대한 전개했지만── 고래의 거대한 몸집을 밀어내지 못하고 파열되기 시작했다.

『그렇다면 여기서 떨어뜨려서⋯⋯!』

"안 돼! 이미 지상에 사람이 있는 구역이야!"

내게는 이제 이 녀석을 파괴할 수 있는 화력이 없고, 떨어뜨릴 수 있다 해도 사상자가 대량으로 발생한다!

그렇다면⋯⋯!

『레이!』

나는 실버로 고래의 아래쪽에 달라붙은 뒤 고래를 아래쪽에서 밀어 올리려 했다.

그러자 엄청난 부하가 내 등과 실버에 걸렸다.

이대로 조금이나마 고도를 유지하면서 카르티에 라탱 교외까지⋯⋯!

『무리다!!』

그렇다 해도 손가락을 빨면서 보고만 있을 수는 없다.

보아하니 남아 있던 마리오 선생님의 인형들도 도시 중심부로 고래가 추락하는 것을 막아내기 위해 합세하고 있었다.

하지만 그런 상황에서도 추락은 약간 늦어질 뿐이었다.

고래가 시가지로 접근하는 것을 막아내지 못했고, 그 거대한 기체가 지상에 있는 집으로──.

◆ ◆ ◆

■[바스타]

중대한 대미지를 입었고, 반신인 [아크라]를 잃은 상황에서도 [바스타]는 '화신'의 섬멸을 포기하지 않았다.

조금이나마 자신을 역할을 다하기 위해, 다시 남쪽으로 전진하기 시작했다.

하지만 바로 자신의 기관에 발생한 이상을 깨달았다.

다시 가동시킨 추진 기관이 크게 파손되어 더 이상 움직이면 스스로 붕괴될 것이라 파악되었다.

그렇기 때문에 추진 기관을 정지시킨 다음 관성에 몸을 맡기고 동체 착륙을 감행하기로 했다.

중요한 기관을 잃기는 했지만, 한 번 기능을 멈추고 수복하면 다시 가동시킬 수 있다.

주요 기능이었던 《상호 보완 수복기능》이 없다 해도 다른 플래그맨제 병기와 마찬가지로 자기 정비 기능이 탑재되어 있다.

《상호 보완 수복기능》보다는 수복 속도, 수복 성능이 떨어지긴 하지만, 문제는 없다. 수복할 여지가 없는 [아크라]라면 모를까, [바스타]는 한 달 정도 뒤에 완전 부활이 가능하다.

그렇기 때문에 지금은 자신의 대미지를 최소한으로 만들기 위해 동체 착륙── 카르티에 라탱 시가지에 추락하기로 했다.

좀 전까지 적대시하던 상대가 [바스타]에 접촉했지만, 아랑곳하지 않고 고도를 낮추었다.

이제 동체 착륙을 실행하고 기능을 정지시키면서 접근하는 적을 요격하기 위해 레이저를 최우선으로 수복시키면 된다.

그대로 수복이 완료될 때까지 버틸 수 있을 확률은 높지 않았지만, 그럼에도 불구하고 [바스타]는 자신의 기본 명령인 '화신'의 섬멸을 포기하지 않았다.

그런 계획을 세우고 [바스타]가 동체 착륙에 들어가기 직전.

『──광학 센서, 새로운 동체 반응.』

착륙 지점에 있던 집에서 무언가가 나타났다.

'화신' 반응은 없었고, 에너지도 미약했다.

그저 우연히 광학 센서에 걸린 것뿐인 존재.

[바스타]에 탑재된 센서는 그것이…… 어린아이라는 것을 확인했다.

어린아이는 신기하다는 듯이 하늘에서 떨어지는 [바스타]를 올려다보고 있었다.

추락하기까지 얼마 남지 않은 상황.

그런 위기를 이해하지 못했는지, 그 어린아이는 울지 않았다.

그저 마치 커다란 개를 본 것처럼.

[바스타]에게…… 손을 흔들었다.

『─────.』

그 모습을 본 [바스타]의 인공지능은…… 무언가를 겹쳐보았다.

『──잔존 추진 기관, 전력 가동.』

[바스타]는 정지시켰던 기관을 다시 가동시켰다.

『──고도, 상승.』

추락하기 직전이었던 [바스타]는 함수를 들어 올리고 고도를 급속도로 회복했다.

하지만 망가져가던 추진 기관을 억지로 움직이자 추진 기관의 파손이 가속되었다.

『──기관부, 부하로 인한 붕괴를 확인.』

붕괴는 추진 기관에만 그치지 않았다. 회로를 타고 움직인 에너지가 [바스타] 자신의 내부를 태웠고, 곳곳에서 소규모 폭발과 쇼트가 발생했다.

『——에너지 역류 발생, 폭발 위기.』

이대로 가다가는 [바스타]가 안쪽에서 폭발할 것이다.

그렇게 되면 정비할 여지도 없이 [바스타]가 완전히 파괴된다.

『——전력 가동, 속행.』

그럼에도 불구하고…… [바스타]는 기관을 멈추지 않았다.

『——기관 소모율 합계, 87퍼센트.』

붕괴는 급격하게 진행되었고, [바스타]의 거대한 몸에서 불을 뿜어내기 시작했다.

『——붕괴 회피, 불가능.』

이미 기관을 멈추더라도 늦은 상태가 되었고, 어떻게 하더라도 [바스타]는 부서지게 된다.

『——시가지로부터 이동, 붕괴시 피해 축소.』

그런 상황임에도 불구하고 [바스타]는 기관을 멈추지 않고 계속 이동, 고도를 높였다.

마치 ……바로 그것이 자신의 역할이라는 듯이.

『——기본 명령, 확인.』

한계를 맞이하려는 순간, [바스타]의 인공지능도 지금 자신이 하고 있는 행동에 의문을 품었다.

그래서 자신의 기본 명령을…… 태어난 이유를 다시 확인했다.

『——'화신'의 섬멸.』

그것이야말로 '화신'용 결전병기의 역할.

'화신'의 섬멸이야말로 [아크라 바스타]가 태어난 이유.

하지만 어째서 '화신'을 없애야만 하는 것인가.

그 이유는.

『──사람들을, 지키──.』

◇ ◇ ◇

□[황기병] 레이 스탈링

갑작스럽게 내 등에 걸리던 부하가 가벼워졌다.

보아하니 카르티에 라탱으로 추락하던 기체가 다시 떠오르고 있었다.

마치 마지막 힘을 전부 짜내려는 듯이, 고래 울음소리와도 같은 기관음을 울리며 이동했다.

이윽고 고래는 카르티에 라탱을 벗어나 [마장군]의 악마들이 날아왔던 산 상공에 도달했고.

……그곳에서 커다란 폭발을 일으켰다.

그것은 고래의 거대한 몸집을 산산조각낼 정도의 큰 폭발이었고, 폭연이 사라진 뒤에는 자그마한 파편 같은 잔해와 흰색, 또는 은색의 타고 남은 재 같은 가루만 쏟아지고 있었다.

잠시 후, 우리가 있던 곳까지 희미한 충격파와 폭발음이 닿았다.

그걸로 끝이었다.

2000년 전부터 〈유적〉에 잠들어 있던 초병기는…… 이번에 영원히 잠들게 되었다.

이제 아무런 말도 없다.

왜 폭주했는지, 어째서 추락하기 직전에 고도를 높였는지, 이제 아무도 알 수가 없다.

하지만…….

『레이.』

"……왜? 네메시스."

『어째서, 울고 있는 게냐?』

네메시스가 묻자, 나는 볼에 눈물이 흘러내리고 있다는 것을 깨달았다.

"…………어째서일까."

그게 무슨 생각을 했는지는 이제 아무도 알 수가 없다.

하지만, 그게 마지막으로 무언가를 지켰다는 것만은…… 이해할 수 있었다.

☐[무장군] 기프티드 바르바로스

"…………?"

눈을 뜨고 자신이 기절해 있었다는 것을 깨달았다.

대체 언제부터 기절해 있었을까. 기억이 끊어져서 몽롱하기만
했다.

……아니, 하늘과 땅의 [아크라 바스타]가 그들에게 격파되
고, 공중 전함이 폭발한 순간까지는 기억하고 있었다.

아무래도 그때 의식이 한계를 맞이한 모양이었다.

"여기는……?"

처음에는 왕국 쪽 사람들에게 잡혔나 싶었지만, 아닌 모양이
었다.

희미한 진동을 통해 이곳이 차량…… 그것도 인테리어를 보니
전차 안이라는 것을 깨달았다.

대륙이 넓다 해도 전차형 〈마징기어〉인 [가이스트]를 운용하
고 있는 곳은 황국뿐이다. 그렇기에 바르바로스 영지의 전차부
대에게 회수되었나 싶었지만…… 아니었다.

이 전차는 기존의 전차와는 인테리어가 전혀 달랐고, 너무 넓
었다.

이 전차는 [가이스트]가 아니다. 전혀 다른 것이다.

그렇다면 이건…….

"오오, 정신이 드셨는지? 원수 각하."

의문을 품은 나는 어떤 사람의 목소리를 들었다.

보아하니 선차 안 차상석에 한 남자가 앉아 있었다.

군복, 그리고 마치 사막에서 전쟁을 벌이려는 듯한 망토. 입에는 잎담배를 물었고, 턱선을 따라 일부러 남겨두었다는 듯이 덥수룩한 수염을 길렀다.

나는 그 남자를 알고 있다.

"[차기왕(킹 오브 채리엇)], 머독 마르티네스 **대령**인가? 한 달만이던가?"

"네, 서임 이후로는 처음 뵙지요. 원수 각하."

황국이 최근에 고용한 〈초급〉 중 한 명, [차기왕].

그는 고용될 때 금전 말고도 '황국군의 대령 계급을 주면 안 될까요?'라면서 의도를 알 수 없는 요구를 했다.

황왕이 '군부에는 자리가 많이 남아 있어서 준장이라도 상관없습니다만?'이라며 제안하자 '아뇨, 아뇨, 대령이니까 **폼나는 거**라고요'라며 기묘한 대답을 한 남자다.

"어째서 귀관이 여기에?"

"임무라서요. 아니, 까놓고 말하자면 원수 각하가 실패할 것 같으니까 데리러 가라는 명령을 받았거든요."

"뭐라고?"

"[대교수(프랭클린)]가 [마장군(로건)]이 졌다는 보고를 올려서요. '이대로 가다간 숙부님도 위험하다. 숙부님을 잃을 수는 없으니

데리러 가주세요'라고 황왕 폐하가 직접 의뢰하셨거든요."

"……그렇게 된 거군."

프랭클린이라면 그렇게 빨리 정보를 입수했다는 것도 납득이
된다. 그리고 황도를 나선 뒤 여기까지 한 시간도 지나지 않아
도착한 것도, 이 남자라면 충분히 가능할 것이다.

가장 빠르고 가장 강한 전차를 조종하는 이 남자라면.

차 안에서는 진동이 조금 느껴지지만…… 아마도 음속을 훨씬
넘는 속도로 이동하고 있을 것이다. 수십 분 뒤에는 황도로 돌
아가 있을 테고.

"…………."

자기도 모르게 아쉬운 표정으로 전차 뒤쪽을 보았다.

물론 전차의 벽에 가로막혀서 보일 리가 없지만…… 그 너머
에 있을 카르티에 라탱을 생각했다.

"왜 그러십니까? 아, 그 비싸 보이는 붉은 인형이라면 찾아서
실어두었는데요."

보아하니 [팔드리드]도 무사히 회수된 모양이었다.

"놓고 온 물건이 또 있으신지? 돌아갈까요?"

놓고 온 물건이라.

하긴, 놓고 온 물건…… 그럴지도 모르겠다.

"……됐어. 언젠가 스스로 갈 테니."

모든 것이 끝나면, 다시 한 번…… 가족들을 데리고 만나러 가자.

"그러십니까. 그런데 그 도시, 좀 부서지긴 했지만 나무가 많
고 좋은 도시던데요. 원래대로 돌아오면 이번에는 관광이라도

하러 가보고 싶네요."

　"그렇긴 하지. 그런데 대령, 그 도시는 야외에서 금연이다."

　"하하하, 그때는 조심하죠 뭐."

　물고 있던 잎담배의 불을 일렁이면서 [차기왕]은 웃었고, 나도…… 언젠가 다시 고향을 찾아갈 생각을 하며 미소짓고 있었다.

■사흘 뒤 황도 교외 〈예지의 삼각〉 본거지

"프랭클린!! 프랭클린 녀석은 어디 있어!!"

카르티에 라탱 사건으로부터 사흘이 지난 이른 아침, 〈예지의 삼각〉 본거지에 [마장군] 로건 고드하르트가 악마 군단과 함께 대검까지 들고 쳐들어왔다.

그의 얼굴은 분노와 증오로 가득 차 있었기에 이것으로 온 이유가 프랭클린에게 보복하기 위해서라는 사실은 쉽게 알 수 있었다.

물론 로건이 훨씬 격이 떨어지는 레이에게 패배하는 모습을 처음부터 끝까지 인터넷에 올렸다는 것이 그 분노의 원인이었다.

지금 로건은 권총 방아쇠에 손가락을 걸치고 아슬아슬한 수준까지 힘을 주고 있는 거나 마찬가지였다. 어떤 계기가 생기면 악마 군단으로 〈예지의 삼각〉의 본거지를 괴멸시킬 수도 있었다.

하지만 그런 상황에 처한 〈예지의 삼각〉 멤버들은 오히려 '아, 각하다', '데스 페널티 끝났군요'라고 하면서 딱히 당황하지도 않았다.

그리고 왠지 모르겠지만 다들 매우 졸린 것 같았다. 이른 아침이라서 자다가 깬 것이 아니라 방금까지 어떤 작업을 하고 있었던 것처럼.

"프랭클린 나와!!"

"아, 각하가 오면 주라고 오너에게 편지를 받아두었는데요."

클랜의 사무를 담당하고 있던 티안은 그렇게 말하고 로건에게 편지를 건넸다.

편지에는 '여기서 기다릴게'라는 간단한 내용과 좌표가 나와 있었다.

일종의 결투장일 것이다.

"바라던 바다!!"

화가 머리끝까지 난 로건은 곧바로 악마의 등에 올라탄 뒤 지정된 좌표로 날아갔다.

그런데 〈예지의 삼각〉 아지트를 나설 때, 갑자기 어떤 사실을 눈치챘다.

(뭐지? 이 냄새.)

하지만 크게 신경 쓰지는 않고 악마를 타고 지정된 포인트……〈엄동산맥〉으로 향했다.

"안녕하세요~. 으아, 평소보다 3할은 더 처참하네."

로건이 떠난 뒤 바로 어떤 클랜 멤버가 로그인했다.

그의 눈에는 철야를 거듭하다가 시체처럼 변해버린 많은 동료들의 모습이 보였다.

뭐, 3할 정도 빼면 일상적인 광경이긴 했지만.

"좀 전까지 여러모로 테스트를 해서……."

"아, 또 새로운 병기를 만들었나요? 그런데 이상한 냄새가 나네요? 후릿그물을 끌어 올린 뒤에 나는 것 같은 냄새가 풍기는데."

내륙의 도시인 황도에서는 평소에 맡을 수가 없는 냄새.

깊은 바다의 냄새가 왠지 모르겠지만 〈예지의 삼각〉 본거지에 풍기고 있었다.

"……그거야."

쓰러져 있던 클랜 멤버가 그렇게 말하고 손가락으로 가리킨 것은 ……표면에 따개비와 산호가 붙어 있는 거대한 무언가.

잘 살펴보니 실루엣이 거대한 파충류의 팔다리처럼 보이기도 했지만, 따개비와 산호 틈새로 보이는 그것은 자색 비슷한 남색이라 생물이 아니라는 것을 알 수 있었다.

"이게 뭐죠? 어디서 주워온 거예요?"

"바다야, 바다. 대륙 북쪽 해역에서 오너가 인양해온 거야."

"네? 요즘에는 황국이 해군을 결성해서 그란바로아와 서로 견제하고 있지 않았나……. 용케도 바다에 나갔네요."

황도에서도 소문이 자자했던 이야기. 해양 진출을 노리고 그전까지는 없었던 해군을 결성한 황국과 넓은 영해를 보유하고 있는 그란바로아 사이에서 마찰이 생기고 있다는 이야기였다. 한 달 정도 전부터 화제가 되고 있었다.

"그 반대야. 오너가 이걸 인양하고 싶었기 때문에 상층부에 부탁해서 겉모습만 그럴싸한 해군을 만들어달라고 한 거지."

"…………네?"

"해군에게 그란바로아의 이목을 집중시키고 그 틈을 타서 오너가 자신의 수중 몬스터를 사용해서 단독으로 인양해 온 거야. 그란바로아에게 들키면 쟁탈전이 벌어질 테니까."

"흐에~."

꽤 규모가 큰 위장작업이네, 이야기를 들은 클랜 멤버는 그렇게 감탄했다.

"그런데 이거, 뭔가요? 표면에 따개비하고 산호가 잔뜩 붙어 있는데…….."

"황옥룡."

"……………………네?"

짤막하게 들은 그 단어의 의미, 〈예지의 삼각〉에 소속된 멤버들은 모두 알고 있었다.

선선대 문명 말기에 만들어졌다는 병기들 중 하나.

신화급 〈UBM〉에 해당되는 힘을 지니고 있다고 하는 환상의 병기의 이름이다.

"클라우디아 전하의 [제이드 스톰]이 발견된 〈유적〉에서 함께 발견되었던 자료가 있었잖아. 거기에 선선대 문명 말기의 전쟁 중에 사라진 황옥룡, [라피스라줄리 트램플(유리지유린)]의 추락 예상 지점 데이터도 있었거든. 오너는 그걸 토대로 인양하러 가서 이렇게 찾아온 거지."

"……이거, 써먹을 수 있나요?"

"써먹을 수 있는 모양이던데. 2000년 동안이나 바닷속에 잠겨 있었는데 기능 중 9할은 살아있었어. 뭐, 지금은 파츠를 떼어내 버려서 그러진 못하겠지만."

"파츠를요?"

"그래. 아, 남은 팔다리는 우리 연구에 써도 된대."

그 말대로, [라피스라줄리 트램플]이라 불린 병기는 팔다리만 남아 있었다.

마치 그것 말고는 누군가가 먹어버리기라도 한 듯이……

◆ ◆ ◆

드라이프, 그리고 대륙 북부에는 〈엄동산맥〉이라 불리는 지역이 있다.

높이가 높아서 공기가 희박한 산맥과 영하 40℃ 아래로 떨어지곤 하는 초 극한지대. 게다가 신조 던전의 심층 정도로 강한 몬스터가 돌아다니는 매우 위험한 지대이기도 하다.

어떤 나라의 영토도 아니라서 이론상으로는 그곳을 지나 대륙의 동서를 왕복할 수 있다.

하지만 사람의 다리로 답파하는 것은 불가능하다고 하며, 지금까지 그곳을 넘은 사람도 두 손으로 꼽을 정도였다.

지금도 마찬가지로 몸을 칼로 베는 듯한 거센 눈보라가 사람의 침입을 막고 있었다.

그런 극한지대의 첫 번째 산 중턱에 백의를 입은 〈마스터〉 한 명이 서 있었다.

내한 액세서리를 장비하고 있긴 하겠지만, 왠지 추울 것 같은 장비.

하지만 그 백의를 입은 〈마스터〉── Mr. 프랭클린은 매우 들뜬 기색으로 눈보라 속에서 기다리고 있었다.

"왔나."

프랭클린이 그렇게 중얼거린 직후, 눈보라를 헤치고 수많은 그림자가 산속에 내려섰다.

로건과 그가 이끄는 악마 군단이다.

그런 자연 환경에 패배한 대다수가 탈락했지만.

"찾았다! 프랭클린! 네놈! 무슨 쿵쿵이냐!!"

"무슨 쿵쿵이냐니, 무슨 소리지? 설명이 부족해서 이해가 안 되는데, 각하."

왠지 바보 취급하는 듯이, 프랭클린은 그렇게 로건에게 되물었다.

"그 동영상! 왜 그런 걸 퍼뜨렸어!! 그 때문에 나는……!"

로건은 떠올렸다. 동영상에는 레이와 로건이 벌인 전투만 나와 있어서 루키에게 일대일로 졌다고밖에 볼 수 없는 그 동영상.

실제로는 벨도르벨이 악마 군단의 숫자를 줄이고 [브로치]를 부숴준 것이 크게 작용했지만, 그런 사실은 시청자들이 알 수 있을 리가 없었다.

그 때문에 동영상에 달린 댓글 중 대부분은 레이를 칭찬하거나 로건을 놀려대는 것들이었다. 원래 신화급 악마로 밀어붙이는 스타일이었기 때문에 로건의 인기는 결투왕으로서 별로 좋지 않았은 것도 있었다. 쓰러지는 걸 더 선호하는 악역이나 다름없다.

하지만 이유가 어찌 됐든, 로건은 자신이 조롱의 대상이 되었다는 것을 참을 수가 없었다.

"아니, 아니. 저는 미워하는 레이 스탈링의 약점이라도 찾아낼 수 있지 않을까 해서 감시했던 건데요. 설마 그렇게 재미있는 동영상이 나올 줄이야…… 크크큭."

그리고 레이를 노리고 감시했다는 말은 사실이었고, 그 뒤로 이어진 [아크라 바스타]와 벌인 전투도 확실하게 기록했다.

하지만 동영상으로 올린 것은 로건과 벌인 전투뿐이었고, 다른 이유가 있었다.

그 이유는 지금부터 일어날 일과 관련이 있었다.

"네, 놈!! 각오는 되었겠지!! 네놈이 언젠가 그 피라미에게 그랬듯이, 계속 죽여주마!!"

"아. 그런 적도 있었던가요. 그래도 각하에게는 좀 힘들 것 같은데."

"헛소리!! 해치워라! 악마들아!!"

로건의 호령을 듣고 악마들이 날아올라 프랭클린을 갈가리 찢으려는 듯이 달려들었다.

그중에는 전설급 악마인 [기가 나이트]도 섞여 있었다.

비전투 직업인 프랭클린은 눈 깜짝할 새에 데스 페널티를 받게 될 것이다.

"안 되겠는데, 그런 악마로는——— 테스트도 안 되겠는데."

하지만——— 프랭클린을 죽이려 했던 모든 악마가 단숨에 폭발했다.

"……?!"

로건에게는 그 순간이 보였다.

눈보라 너머, 프랭클린 뒤쪽에서…… 마치 **미사일** 같은 것이 날아와 프랭클린에게 달려드는 악마들을 격파한 것이다.

강력한 악마인 [기가 나이트]도 열선 같은 빛을 맞고 융해되었다.

"……그렇구나! 미리 개조 몬스터를 배치해둔 거군…… 비겁한 놈!"

"하하하. 아니, 아니. 오히려 왜 경계하지 않은 건지 모르겠는데. 나는 여기서 기다리고 있었으니까, 당연히 부하를 배치해둘 거라고 생각했어야지."

프랭클린 뒤쪽, 눈보라로 가려진 세계 너머에…… 무언가가 있었다. 그 실루엣만을 흰색으로 희미하게 비추며 기관음이나 울음소리 같지 않은 소리를 흘리고 있었다.

"그런데 각하. 동영상을 올린 이유 중 하나인데…… 데스 페널티를 받기 직전에 이미 특전무구를 바쳤었지."

"그게 어쨌다고!"

"그러니까 말이야. 지금은 새로 바치지 않아도…… 부를 수 있지? 신화급."

프랭클린이 한 말은 사실이었고, 데스 페널티를 받는다 해도 특전무구를 바쳤을 때 얻은 포인트는 유지되고 있었다.

지금이라면 그 전투 때 부르지 못했던 신화급 악마를 소환할 수 있다.

"네놈 따위에게 신화급을 쓰라는 거냐!!"

"쓰라고. 안 그러면 각하(웃음)는 루키뿐만이 아니라 비전투 직업에게도 완패한 피라미가 되니까. 아, 물론 이번에도 녹화하고 있거든?"

"……!! 죽여주마!!"

그리하여 로건은 영창을 시작했고.

"——《콜 데빌 제로 오버》!!"

예전에 [천기사] 랑그레이를 쓰러뜨리고 그를 투기장의 정점으로 서게 해준 최강의 전력—— 신화급 악마를 불러냈다.

그것은 매우 알아보기 쉬운 악마 형태였다.

염소 머리에 박쥐 날개, 깡마른 팔 네 개가 달린 존재.

하지만 그것은 거대해서 70메텔이나 되는 사이즈를 자랑하고 있었다.

스테이터스는 전부 [기가 나이트]보다 훨씬 높아서, LUC를 제외한 스테이터스는 4만 이상이었다.

게다가 마법 계통 초급 직업의 오의에 필적할 정도인 마법을 구사하는 만능의 악마.

그것이야말로 [제로 오버], 로건의 비장의 수였다.

"《부스티드 데빌 스트렝스》!! 《부스티드 데빌 인듀런스》!! 《부스티드 데빌 어질리티이이이이》!!"

그리고 로건이 강화 스킬을 연달아 건 결과, [제로 오버]의 스테이터스는 STR, END, AGI이 전부 12만 이상으로 상승했다.

"어떠냐! 이것이야말로, 이것이야말로 내 진정한 힘이다!! 그 피라미에게 진 것은 그 녀석이 비겁하게도 허를 찔렀기 때문이었어!! 내가 최강이라고!!"

"최강이라 해도……."

프랭클린은 쓴웃음인지 비웃음인지 알 수 없는 미소를 지었다.

프랭클린의 오른쪽 눈이 푸르게 빛났고, 《예지의 해석안》이 발농되고 있었다.

소환된 이후로부터 지금까지 해석도 완료되었고, 프랭클린은 지금 [제로 오버]의 스테이터스를 확실하게 보고 있었기 때문에.

"그 스테이터스, 아직 [수왕(베헤모트)]보다는 떨어지지?"

수치를 측정한 결과, 솔직한 감상을 말했다.

"……죽여라아!!"

그 말이 역린을 건드렸는지, 로건은 최강의 비장의 수인 [제로 오버]를 움직였다.

음속의 12배 이상. 비전투 직업인 프랭클린은 결코 포착할 수 없는 그 움직임.

[브로치]를 장비하고 있다 해도, 《라이프 링크》로 부하에게 대미지를 옮긴다 해도, 눈 깜짝할 새에 HP가 전부 깎여서 데스 페널티를 받게 된다.

그렇게 되는 것이 자연스러운 흐름이라 할 수 있었다.

"운동성(AGI), 좋고."

하지만—— [제로 오버]의 돌격은 다른 거대한 몸집에 가로막혀서 멈춰 있었다.

"……?!"

로건은 그것의 전체적인 모습을 볼 수가 없었다. 주위에 휘몰아치는 눈보라 때문이기도 했고, [제로 오버]보다 더 커다란 몸집 때문이기도 했다.

하지만 그 거대하고도 이상한 형태에 용을 본따 만든 남색 머리가 달려 있다는 것.

그리고 공룡── 아니, 괴수처럼 네 다리와 꼬리가 달린, **기계로 만든 괴수**라고밖에 할 수 없는 존재라는 사실은 이해할 수 있었다.

"뭐야, 그 녀석은……?"

로건이 한 말에는 두 가지 마음이 담겨져 있었다.

그것은 정체를 알 수 없었기에 생겨난 의문.

그리고…… 강화시킨 신화급 악마와 비슷한 속도, 힘을 발휘하는 존재에 대해 느끼는 공포.

"──[MGD(메카닉스 갓 뒤랑)]."

로건의 입에서 새어나온 말을 듣고 프랭클린이 미소를 지으며 대답했다.

"얼마 전에 완성된 내 최고 걸작. 그런데 **너무** 최고 걸작이라…… 전투 테스트를 할 만한 상대가 없어서."

"……?"

"원래 대 〈SUBM〉, 그리고 대 [수왕]용이니 어설픈 상대로는 부족했거든."

"……! 네놈, 설마……!"

로건은 눈치챘다.

어째서 그 동영상을 올렸는가.

어째서 [제로 오버]를 소환할 수 있다는 것이 이유 중 하나라고 했는가.

어째서 도발하며 [제로 오버]를 소환하게끔 유도했는가.

모든 것이—— 자신의 [제로 오버]를 테스트 상대로 삼기 때문이었던 것이라는 사실을.

"비밀병기라서 각하가 잘하는 결투에는 못 내보내니까. 아니, 정말 좋은 타이밍에 져줘서 도움이 되네. 덕분에 쓸 마음이 바로 들었지?"

그 말은 도발하는 것 같으면서도…… 그와 동시에 진심으로 그렇게 생각하고 있는 것 같기도 했다.

"만에 하나의 경우를 대비해야 하니까. 내 예상을 모조리 뛰어넘는 레이 스탈링을 확실하게 박살 내려면 강화시킨 신화급 악마를 쓰러뜨릴 수 있는 완성도 정도는 필요하니까."

"…………."

그 말을 듣고 로건은 말문이 막혔다.

마치 〈초급〉인 자신이 루키를 쓰러뜨리기 위한 발판 취급을 받고 있는 것 같아서.

실제로 프랭클린의 마음속에서는 그랬다.

그 사실이 로건 마음 속에 지금까지 느껴보지 못한 분노를 솟구치게 했다.

"얕보지 마라, 프랭클린!! 그 고물을 산산조각내서 나를 깔본 걸 후회하게 해주마!! 내 [제로 오버]가 네놈의 고물보다 못할 리가 없어!!"

로건은 성을 내며 [제로 오버]에게 [MGD]를 파괴하라고 지시 했고, 두 괴물이 격돌했다.

그 격돌 옆에서 프랭클린을 슬며시 웃으며 말했다.

"그래. 스테이터스는 별로 차이가 나지 않아."

그 목소리는 작아서 눈보라와 격돌음에 묻혀 로건은 들을 수 없었지만.

"그런 건…… **별로 중요하지도 않지만.**"

그 말이야말로…… 승패를 좌우하는 이유 그 자체였다.

30분 뒤, 한 괴물이 자신의 주인을 태우고 〈엄동산맥〉을 내려 갔다.

남색 머리가 달린 괴물―― [MGD]는 오른팔이 떨어져 나간 상태였다.

하지만 그게 전부였다. 치명상은 한 번도 입지 않았다.

그에 비해 [제로 오버]는…… 주인과 함께 〈엄동산맥〉에서 빛 의 입자가 되었다.

로건은 눈앞에서 자신의 최강이 박살 나는 모습을 보면서 데 스 페널티를 받았다.

그리고 전장이 된 〈엄동산맥〉에는 마치 무덤 구멍처럼―― **산을 꿰뚫은 큰 구멍**이 뚫려 있었다.

"시끄럽게 소리를 질러대는 각하도 가끔은 도움이 되네. [**유린포**] 테스트도 할 수 있었고."

이번 테스트 결과, [MGD]의 오른팔을 잃은 것까지 포함해도 프랭클린은 만속했다. 특히 [라피스파줄리 트램플]에 내상뇌어 있던 병기가 2000년이 지난 지금도 충분히 작동했다는 사실이 무엇보다 큰 수확이었다.

"하지만 팔을 하나 잃었다는 건 아직 개량할 여지가 있다는 뜻이지. 전쟁 전까지는 완성시켜야 하는데. 비등한 상대에게 이길 수 있는 구조가 중요한 거니까."

개조 플랜을 짜면서 더욱 강화시킨 [MGD]로 레이를 유린하는 광경을 떠올렸다.

그렇게 프랭클린은 매우 들뜬 채 그 순간을 꿈꾸고 있었다.

□알티미어에 대해

알티미어에게 전쟁 이후의 나날은 자신을 몰아붙이는 시간이었다.

죽은 아버지 대신 왕국의 정무를 맡았고, [성검희]로서 가혹한 단련에 몰두하기도 했다. 어떤 문제가 생기면 정체를 숨기고 몸소 위험한 사건 현장에 나가는 경우도 많았다.

그것은 속죄였는지도 모른다.

아버지가 말렸다고는 해도, 왕국 티안 중에서 가장 강한 힘을 지녔으면서도 전장에 나가지 않고, 그대로 소중한 사람들을, 백성들을 많이 잃었다.

그 사실을 그녀 자신이 용서하지 못하고 있었다.

아버지가 말린다 해도 자신의 의지로 출진하겠다는 선택을 했다면, 그런 결말이 되지 않았을지도 모른다. 그렇게 자신을 탓하며 몇 번이나 그런 꿈을 꿨다.

그래서 다음에 그런 일이 생긴다면 반드시 그 누구보다 선두에 서서 모든 것을 지키고 싶었다.

나라를, 백성을, 그리고 소중한 가족을 지키고 싶다.

알터 왕가의 시조인 초대 국왕 아즈라이트처럼.

그래서 그녀는 정체를 숨기고 움직일 때는 아즈라이트라는 이름을 썼다.

자신의 이름 중 일부이자 자신이 되고 싶은 사람의 이름을.

지금으로부터 한 달 정도 전, 기데온에서 어떤 사건이 일어났다.

그것이 바로 프랭클린의 게임. 그녀의 여동생이 머무르고 있었던 기데온은 그녀의 아버지의 목숨을 빼앗은 프랭클린에게 유린당했다.

우연히도 그녀가 〈유행병〉에 걸려 누워 있던 동안 일어난 일.

프랭클린이 왕도에 중계해준 사건의 참상을 보고 여동생이 납치되었다는 사실을 안 그녀는 병에 걸린 몸인데도 불구하고 기데온으로 달려가려 했다. 여동생을 구하기 위해, 다시 국가를 덮친 위기를 이번에야말로 자신이 선두에 서서 책임을 다하기 위해.

하지만 병에 걸려서 그럴 수가 없었다. 기데온으로 가려 했지만, 병상에 누워 있던 그녀는 신하들의 제지를 뿌리치지 못했고, 제압당해버렸다.

그녀는 절망하며 몇 번이나 울었다.

"어째서 나는 항상 그 자리에 있지 못하는 거야."

"어째서 나는 소중한 사람을 잃는 모습을 멀리서 보고 있기만 하는 거야."

"나는……."

기데온이 멸망하고, 여동생이 목숨을 잃는다면…… 그 절망은 평생 이어지게 될 것이다.

하지만 그녀의 절망을 깨부수는 사람이 나타났다.

그 사람은 한 〈마스터〉였다.

그는 자신보다 훨씬 강한 몬스터, 그를 쓰러뜨리기 위해 만들었다는 몬스터와 맞섰다.

상처를 입고 너덜너덜해진 몸으로도, 척 보기에도 희망 따윈 없는 전투인데도, 그는 싸웠다.

그리고 그는 승리했다.

기데온을 덮치려 했던 절망, 몸을 사리지 않고 싸운 끝에 그것을 없앴다.

그가 오른손을 든 모습이 그녀는 지금도 눈에 선했다.

그녀 마음속에 있던 〈마스터〉에 대한 불신과 신뢰가 평형을 이루기 시작한 것은 그 순간부터였다.

그리고 그녀의 마음에 한 〈마스터〉의 존재가 새겨지기 시작했던 것도······.

□[황기병] 레이 스탈링

고래가 폭발한 뒤, 카르티에 라탱의 모든 전투는 종결되었다.

끝나고 보니 〈마스터〉 중에서 살아남은 사람은 나와 톰 씨,

그리고 대피 유도를 맡았던 소수의 〈마스터〉들뿐이었다.

티안 중에서도 [마장군]의 악마로 인해 기사뿐만이 아니라 민간인들까지 피해를 입었다.

비참하기 짝이 없는 사건이었지만, 무언가를 얻을 수 있었던 것도 아니었다.

아마 이 사건에 엮인 모든 세력이 무언가를 잃었을 것이다.

그래서 그런지 내 기분도 '이겼다'가 아니라 '끝났다'라고 말하는 게 더 정확할 것이다.

굳이 얻은 게 있다고 하면…….

"이거 정도인가?"

내 앞에는 손바닥 크기의 상자형 아이템 박스가 10개 늘어서 있었다.

전부 다 그 고래가 폭발한 산속…… 그곳에 대략으로 쌓인 흰색 같기도 하고 은색 같기도 한 가루 안에 있었던 것이다.

조사해보니 이 아이템 박스는 내가 평소에 사용하는 가방형 박스보다 용량과 적재량이 훨씬 컸다.

내부도 확인해보았지만, 전부 다 그 가루가 가득 차 있었다.

가루가 무엇인지 확인해보았는데, 창에는 [금속 입자]라고만 떴다.

……진지하게 《감정안》 습득을 검토해볼까.

"우선 이 가루에 대해서는 곰 형님이나 마리, 그리고 비 쓰리에게 물어보면 되지 않겠는고?"

"그렇지."

박식한 그 세 사람이라면 뭔가 알고 있을 것이다. ……나는 딱히 덴드로에 대한 정보를 잘 알지 못하는데, 지인들 중에는 정보통이 많단 말이지.

"레이."

그런 생각을 하고 있자니 아즈라이트가 다가왔다. 전투가 끝난 뒤에 다시 만나서 카르티에 라탱 백작 부인에게 다녀오겠다고 하길래 한 번 헤어졌었다.

"그쪽은 어땠어?"

"그래, 톰 캣이 보이지 않는다는 것 말고는 문제 없어."

"톰 씨가 없어?"

톰 씨가 데스 페널티를 받았을 것 같지는 않은데, 무슨 일이 생겼나?

급한 일이 생겨서 로그아웃한 건가?

"백작 부인이나 우리가 묵었던 여관 사람들도 무사했고."

"그렇구나."

그렇다면 안심이다.

"그렇지……, 마리오 선생님은?"

"……그쪽도 모습이 보이지 않았어. 소동도 끝났고, 황국이 눈독들이던 것도 사라졌으니 철수한 모양이야."

마리오 선생님……, 고래와 전투를 벌일 때 원호해준 것에 대해 고맙다는 인사도 하고 싶어서 한 번 더 만나고 싶었는데……그건 나중에 다시 만났을 때 해야겠구나.

"그런데 아즈라이트, 가면은 이제 안 써도 돼?"

지금 아즈라이트는 그 가면을 쓰고 있지 않았다.

그녀의 예쁜 얼굴을 드러낸 채 거리를 걸으며 나와 이야기하고 있었다.

그때문인지 길을 가던 사람들의 시선이 아즈라이트에 모여들고 있었다.

"……저기, 레이. 당신에게 하고 싶었던 말이 있어."

"하고 싶었던 말?"

그러고 보니 고래와 투구게가 나타났을 때 무슨 말을 하려고 했었지.

그건가?

"레이, 잘 들어. 내 진짜 이름은……."

아즈라이트는 진지한 표정으로 나를 보고 뭔가 결심한 듯이 이렇게 말했다.

"……알티미어 아즈라이트 알터. 이게 내 이름이야."

그녀의 말을 듣고 나는.

"그렇구나. 퍼스트 네임은 알티미어였나 보네."

풀 네임은 이번에 처음 들었구나, 그렇게 생각하며 대답했다.

"……그게 다야?"

"아니, 아즈라이트는 미들 네임이었구나 싶어서."

그런데 미들 네임이 있다면 꽤 높은 귀족인가? 카르티에 라탱 백작 가문의 피도 물려받은 모양이고.

아니, 잠깐. 가문 이름이 알터……, 그렇다면.

"왕가하고도 친척이야?"

"…………."

아즈라이트는 뭐라 표현하기 힘든 표정으로 나를 보고 있었다.

깜짝 놀란 건지, 화가 난 건지, 어이가 없는 건지, 판단이 잘 안 된다.

"……이보거라, 레이. 알티미어라는 이름이 제1왕녀 이름 아니었는고?"

"그래. 이름이 똑같네."

"이름이 똑같다는 문제가 아니라, 여기 있는 알티미어가 제1왕녀 알티미어 아닌가?"

하하하, 네메시스. 무슨 바보 같은 소릴 하는 거야.

"한 나라의 왕녀가 그렇게 수상쩍은 가면을 쓰고 다닐 리가 없잖아. 응, 다른 것들은 모를까 가면은 아니지, 가면은. ……어라? 아즈라이트? 왜 검을 휘둘."

그 직후, 아즈라이트가 푸른 둔기 같은 검을 휘둘러 힘껏 내리쳤다.

"크흡."

"눈치 좀 채라고! 탐색이나 전투를 벌일 때 보여주던 눈썰미는 어디 갔는데! 내가 정체를 밝히느라 얼마나 긴장한 줄 알아……!"

그렇게 우는 건지 웃는 건지 알아볼 수가 없는 표정을 짓는 아즈라이트가 나를 날려버렸다.

이해가 안 되네.

"나라고! 내가 제1왕녀고! 가면이고! [성검희]고! 알티미어야!

미안하게 됐네! 수상쩍은 가면이라! 몇 번이고 말하지만 당신에게 패션 가지고 그런 말을 듣고 싶지는 않거든?!"

뭔가 쌓여 있었던 것을 터뜨리는 듯이, 아즈라이트는 마구 화를 내고 있었다.

그래도 뭐, 아즈라이트가 진짜 제1왕녀인 것 같다는 건 알았다.

"미안, 가면에 대해서는 말이 심했어."

"진짜 그렇다니까!"

"그런데 말이야, 한 가지만 물어봐도 될까?"

"……뭔데?"

마치 '또 가면 가지고 트집잡으려는 것 아닐까'라는 표정을 짓고 있던 그녀에게 나는 어떤 질문을 했다. 그건……

"내가 아즈라이트를 뭐라고 부르면 돼?"

그저 소박한 의문이었다.

"어?"

"제1왕녀니까. 역시 엘리자베트와 마찬가지로 왕녀님이라고 부르는 게 낫나? 아니면 전하?"

"……후훗."

그녀는 조금 놀란 뒤 우습다는 듯이 웃었다.

"알……, 아니. 아즈라이트라고 부르면 돼. 공적인 자리가 아니라면 경칭도 필요없고."

"그래도 돼?"

"그래, 당신은 그렇게 불러주면 돼."

"그렇구나. 그럼 다시…… 아즈라이트에게 물어보고 싶은 게 있어."

"……그게, 뭔데?"

의아하다는 표정을 짓는 그녀에게 나는 오른손을 내밀었다.

그리고 물었다.

"아즈라이트. 내가 네게…… 협력해도 되는 거야?"

"아……."

첫 번째날 밤, 나는 그녀에게 이렇게 말했다.

『〈마스터〉가 '협력하고 싶다'고 하면 받아들여 줬으면 좋겠어』라고.

그 말을 다시 한 번 말했다.

왕국의 제1왕녀인 그녀에게, 〈마스터〉인 내가…… 다시 한 번.

그래서 이 말은 질문이라기 보다는 그날 밤에 들은 대답을 원하는 듯한 말일 것이다.

"…………."

나는 손을 내민 채, 그녀의 선택을 기다렸다.

"…………그때."

그녀는 눈을 살짝 감고 무언가를 생각하며 말하기 시작했다.

"〈유적〉에서 나온 병기와 전투를 벌였을 때. 내가 지상에 있는 적을 쓰러뜨리고, 당신이 하늘에 있는 적을 쓰러뜨렸어."

"그래."

"하지만 분명 나는 하늘에 있는 적을 쓰러뜨리지 못했을 테고, 당신은 지상에 있는 적을 쓰러뜨리지 못했을 거야."

"그렇지."

"……홀로(나 혼자)서 선두에 서봤자 지키지 못하는 게 있어. 하지만."

그녀는 미소를 짓고.

"당신하고…… 동료(〈마스터〉)하고 어깨를 나란히 맞대고 선다면, 지킬 수 있는 게 있어."

그녀도 그렇게 말하고 나와 마찬가지로 오른손을 내밀었다.

"나야말로, 부탁할게. 레이."

"그래, 앞으로도 잘 부탁해. 아즈라이트."

그렇게 우리는 다시 악수를 했다.

◇ ◇ ◇

카르티에 라탱 사건으로부터 1주일 뒤, 제1왕녀가 왕국 전체에 어떤 발표를 했다.

다가올 황국과의 전쟁을 비롯한 위기에 맞서기 위해 〈마스터〉들의 협력을 폭넓게 요청한다는 발표.

그 전까지와는 달라진 왕국의 방침에 의문을 품은 사람들도 있었지만, 티안, 그리고 〈마스터〉들도 그 발표를 받아들였다.

구체적인 정책은 이제부터지만, 그 발표는 왕국에 싹트기 시작한 희망이었다.

□■???

──그루말킨?

──그리말킨이야, 마스터.

──그류말킨?

──그리말킨.

──어려워~.

──그럼 마스터 마음대로 불러.

──그래도 돼?

──이제 막 부화했지만, 나는 네 〈엠브리오〉니까.

──그럼, 톰.

──……갑자기 엄청 단순해졌다.

──톰, 귀여운 것 같은데?

──너무 평범하지 않나…….

──괜찮아! 톰의 이름은, 톰이니까!

◇ ◆

그때, 체셔는 눈을 떴다.

"……꿈인가."

체셔는 자신이 본체를 사용한 반동에 따른 쿨 다운 중에 인간으로 따지자면 졸음에 가까운 감각에 빠져 있었다는 것을 깨달았다.

지금 체셔가 있는 곳은 꿈속에서 본 광경 속이 아니라, 이제질릴 정도로 본 자신의 작업 공간이었다.

"이제…… 꽤 오래 전 일인데, 또렷하게 떠올릴 수 있구나."

체셔는 그렇게 중얼거리고 혼자서 한숨을 쉬었다.

체셔는 많은 이름을 지니고 있다.

정식 명칭인 [무한증식 그리말킨].

다른 자들과 마찬가지로 『이상한 나라의 앨리스』, 『거울 나라의 앨리스』에서 따와 획득한 관리 AI로서의 이름인 체셔.

선선대 [용제]와 [패왕] 사이에서 최종 전쟁이 벌어지는 것을막기 위해 〈마스터〉로서 개입했을 때 사용했던 슈뢰딩거 캣.

그밖에도 스트레이 캣이나 와일드 캣 등, 가짜 이름의 숫자는수없이 많다.

하지만 많은 이름 중에서도 톰은 특별한 이름이다.

진짜 이름은 아니지만, 그것은 그가 자신의 〈마스터〉에게 받은 이름이다.

〈Infinite Dendrogram〉 서비스가 시작되고 왕국의 결투 톱으로서 〈마스터〉들 앞에서 활동할 때, 그 이름을 선택했던 것은체셔 자신의 향수 같은 이유 때문이었다.

"…………좀 보고 올까."

체셔는 작업 공간을 나선 뒤 어떤 곳으로 이동했다.

그곳은 관리 AI들의 영역…… 예전에 선선대 문명이 '이대륙선', 그렇게 정답은 아니지만 아예 엇나가지는 않은 이름으로 불렀던 선박의 일부.

그 최심부로 통하는 문 앞으로 이동한 뒤, 체셔는 멈춰 섰다.

핵 셸터의 방벽을 더욱 복잡하고 거대하게 만든 것 같은 그 문. 원래 관리 AI만 들어갈 수 있는 영역이긴 하지만, 이곳부터는 견고해 보이는 모습보다 더욱 엄중한 경계가 이루어지고 있었다.

공간 조작의 레드킹이나 시간 조작의 래빗 같은 여러 〈무한 엠브리오〉의 힘으로 엄중하게 지키고 있기에 이 안으로 침입할 수 있는 자는 없다.

그렇기 때문에 체셔도 들어가기 위해서는 **관리자**에게 신청을 해야만 한다.

"0호, 안으로 좀 들어가도 될까?"

[──허가.]

허가는 금방 받을 수 있었다.

그리고 그렇게 응답하는 목소리는 체셔가 〈유적〉에서 본체를 사용하기 전에 응답했던 목소리와 똑같은 목소리였다.

잠시 후 복잡한 기구가 맞물리고, 격벽이 옆으로 이동하고, 문이 개방되었다.

체셔는 살짝 고개를 끄덕여 인사를 한 뒤 안으로 들어갔다.

"…………."

체셔는 말없이 방 안을 보았다.

변함이 없다, 그는 그렇게 생각했다.

아니, 변할 리가 없다고도 생각했다.

그의 시선 끝에는 어떤 물체가 있었다.

그것은 항성과도 같은 빛을 뿜어내는 커다란 구체, 그리고 그 주위를 열세 개의 행성처럼 빛을 뿜어내는 구체가 날아다니고 있었다.

아니, 정확히 말하자면 그렇지 않았다.

빛을 뿜어내고 있는 것은 열세 개였지만…… 또 하나. 빛이 없는 구체가 커다란 구체 주위를 돌고 있었다.

"……저기에 불이 들어오려면 얼마나 남았을까."

체셔가 중얼거린 목소리에는 여러 가지 복잡한 감정이 담겨 있었다.

그 감정을 말로 하기에는 걸린 시간이 너무나도 길었다.

그저 한 가지 할 수 있는 말이 있다면, 마지막 하나가 빛나는 날은…… 지금까지 계속 기다리고 일해왔던 나날과 비교하면 훨씬 짧을 것이라는 것뿐.

"이미 과반수는 넘었으니 오래 걸리더라도…… 앞으로 5년은 안 걸리겠지."

자신이…… 아니, 자신들이 무엇을 기다리고 있는지 생각한 체셔는 한숨을 쉬었다.

"부디 그것이 내가 짐작한 그 누군가였으면 좋겠지만……, 아니."

체셔는 고개를 천천히 젓고 구체에 등을 돌렸다.

"누구라 해도 마찬가지일지도 모르지."

무슨 뜻인지 알 수 없는 말만을 남기고, 체셔는 그 방을 떠났다.

그가 떠난 뒤에도 방 안에서는 열네 개의 구제가 커다란 구체 주위를 계속 돌고 있었다.

◆ ◆ ◆

■〈유적〉 거주 구역 넓은 방

카르티에 라탱의 〈유적〉에서는 왕국의 조사단과 고용된 〈마스터〉들이 조사를 진행하고 있었다.

하지만 그 조사는 개발과 제조에 관련된 플랜트와 자재 창고에서만 중점적으로 진행되고 있었고, 거주 구역의 조사는 뒤로 미루어지고 있었다.

그렇기 때문에 레이 일행이 두 번째 날에 도달했던 〈유적〉의 넓은 방에도 지금은 인기척이 없었다.

조사단이 들어오긴 했지만, 레이가 그랬듯이 벽화의 사진을 찍고 흩어져 있던 황옥병의 잔해를 회수한 정도에 불과했다.

벽화는 톰 캣이 교전을 벌였을 때 사용되었던 레이저로 인해 약간 그을려 있었다.

그렇게 그을린 자국은 벽화의 색과 섞여서 원래 그랬던 것처럼 보였다.

잘 살펴보니 그곳에는 어떤 글자가 있었다.

하지만 다른 글자와는 달리 열을 가해 인쇄한 것이 아니라 손으로 적은 자그마한 글자는 그을린 흔적 때문에 아무도 보지 못했다.

그곳에는 '언젠가 다시 부흥할 것을 기원하며 이곳에 희망을 잠재운다'라는 소원을 담은 문구와 그 말을 남긴 자의 이름이 적혀 있었다.

그 문구를 적은 사람은 이 시설의 책임자이기도 했던 명공 플래그맨이다.

그의 이름이 적혀 있는 건 이 시설에는 얼마든지 있을 것이다.

하지만…… 이곳만은 조금 다르다.

그가 사람들에게 계속 불려왔던 '명공'이라는 이름이 아니라 그가 지니고 있던 역할의 이름…… 그의 직업이 적혀 있었다.

그가 왜 이 벽화에만 자신의 직업을 적었는지는 알 수가 없다.

하지만 이곳에는 선선대 문명의 수수께끼라고 하는 플래그맨의 직업, 그 정체가 남겨져 있었다.

그렇다, 벽화 구석에는 이렇게 적혀 있었다.

──[대현자]라고.

To be Next Episode

고양이 "후기 시간입니다~. 고양이, 즉 체셔입니다~. 후기는 오랜만이네~."

우 『본편이 그렇게 끝난 뒤에 후기 쪽 분위기로 나오나? 그렇게 놀라고 있는 신우다.』

여우 "아니~, 무슨 표정으로 이야기하믄 될랑가 고민하고 있었는디."

여우 "기우였던 모양이제. 아, 여우, 즉 후소 츠쿠요여~."

곰 『뭐, 후기 · 는 · 무법지대 · 니 · 까.』

우 『……응?』

곰 『곰 · 즉 · 슈우 · 스탈링 · 이다곰. 나 · 도 · 오랜만 · 이다곰.』

여우 "그건 아는디…… 왜 말투가 딱딱하당가?"

고양이 "그렇지~. 왠지 인형옷이 금속 느낌인 것 같아."

우 『그렇군. 왠지 메카 같은 느낌…………, 이봐.』

곰 『그렇다. 메카 · 다곰. 그리고 · 나는 · 레이지의 · 형(아니) · 이다곰.』

고양이 "설마……."

곰 『아니 · 메카(애니화). ──덴드로 TV 애니화

결정이다곰~!!』

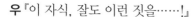

우『이 자식, 잘도 이런 짓을……!』

고양이 "형 캐릭터가 있는 작품이 애니화 되었을 때 단골 소재지~."

여우 "너무 무법지대인 거 아니여?"

곰『메카 인형옷 캐스트 오프! 평소 때 인형옷이다곰!』

여우 "아, 역시 인형옷이었던 건감?"

곰『그래. 그리고 작가 왈, '한 번은 말해보고 싶었다'는 모양이다곰.』

우『말해보고 싶었던 건가…….』

곰『세상에는 타이밍을 놓치면 하지 못하는 말도 있다곰.』

곰『이건 산꼭대기에서 '야호~!'라고 하는 거나 마찬가지다곰.』

우『……그건 좀 다르지 않나?』

고양이 "뭐, 그런 관계로 TV 애니화 결정입니다~. 그것에 관한 이야기는 나중에~."

우『나중이라고?』

고양이 "이번에 분량 관계상 후기 페이지를 잔뜩 받아서."

고양이 "우리 후기 뒤에 실릴 작가의 진지한 후기 파트가 늘어났습니다."

우『후기(캐릭터)라는 게 그런 뜻이었나…….』

곰『애니화 기념 후기 2단 구성이다곰. 빈틈은 없다곰.』

여우 "그 부분만 늘려도 참말로 문제 없당가?"

고양이 "9권은 본편도 볼륨이 커서~."

곰 『덴드로 사상 가장 배틀 신이 많은 권이기도 하다곰.』

고양이 "그런 9권과는 달리."

고양이 "10권에서는 레이 군치고는 신기하게도 평온한 일상이 나올 예정입니다."

우 『그런가. 덴드로에서 배틀이 없는 일상권이라니, 신기하군.』

고양이 "아닌데?"

우 『응?』

고양이 "평온한 건 레이 군 주위 이야기인데?"

우 『……갑자기 평온하다가 살벌해졌는데?』

고양이 "자자, 그럼 슬슬 다음 권 공지 시간입니다."

고양이 "이번에는 본편에서도 열심히 활약했으니, 정말 오랜만에 제가 공지를……."

? "저는 나쁜 ■■■입니다."

? "그래서 공지도 훔치겠습니다."

? 『제10권은 2019년 6월에 발매될 예정입니다』(일본 현지)

고양이 "뭐, 라고……?"

곰 『10권에서 쳐들어왔다곰!』

여우 (왠지 기시감이 드는디~.)

? "그럼 제10권에서 뵙겠습니다."

우 『……어? 이 후기에 캐릭터가 더 늘어나는 건가?』

후기(작가)

녹자 여러분, 구입해주셔서 감사합니다. 작가인 카이도 사콘입니다.

커버 코멘트나 후기(캐릭터)에서 알려드렸다시피, 이번에 인피니트 덴드로그램의 TV 애니화가 결정되었습니다.

제 작품의 애니화, 이런 라이트 노벨 작가로서의 하나의 도달점에 저와 인피니트 덴드로그램이 도달할 수 있었다는 점이 정말 기쁩니다.

여기까지 올 수 있었던 것은 이 작품을 응원해주신 독자분들 덕분이라고도 생각합니다.

이 작품의 서적을 간행하기 시작했을 무렵, 저는 내심 '중간에 짤리면 어쩌지'라고 겁을 먹고 있었습니다. 매달 100권이 훨씬 넘는 라이트노벨이 출판되는 이 업계에서 이 작품이 살아남을 수 있을지, 정말 불안했기 때문입니다.

하지만 여러분께서 응원해주신 덕분에 이 작품은 무사히 여기까지 올 수 있었습니다.

정말 감사드립니다.

좋은 기회 & 후기 페이지가 여덟 페이지 정도 남아있기에 이번에는 이 작품이 출판되고 나서 있었던 여러 가지 일들을 돌아보며 전해드리려 합니다.

권말 부록 미니 에세이라고 생각해주시면 좋을 것 같습니다.

2016년, 기념할 만한 서적 제1권이 발매되었습니다.

발매되었을 때는 『대 덴드로 축제』라는 이름으로 많은 일러스트레이터 님들의 응원 일러스트를 트위터로 공개해나가는 매우 고마운 이벤트를 진행해주셨습니다. (일러스트는 지금도 인피니트 덴드로그램의 특설 사이트에서 보실 수 있습니다.)

그리고 이미 알고 계시겠지만, 이 작품의 삽화는 멋지고 환상적인 그림을 그려주시는 타이키 씨께서 담당하고 계십니다.

이마이 카미 선생님께서 맡고 계신 '더할 나위 없다'고 딱 잘라 말할 수 있는 코미컬라이즈도 『대 덴드로 축제』가 끝날 무렵에 공지되었습니다.

솔직히 말씀드리자면, 그때 저는 낙관적으로 생각했습니다. '이제 안심이다!' 정도로 생각했을 지도 모르겠습니다.

하지만 저 자신이 본 이 작품 1권의 초기 매출은 '결코 나쁘진 않지만 밀어주는 만큼 나오는 건가……'라고 불안한 마음이 드는 정도였습니다.

파격적으로 밀어주시는 만큼 이 작품이 부응하고 있는지.

멋진 환경에 걸맞는 작품을 세상에 내고 있는지.

제 실력이 아직 부족한 게 아닌지, 고민했습니다.

책을 낸다 해도 제1부 종료까지 아닐까, 그런 생각까지 했습니다.

하지만 그 뒤를 이어 발매된 제2권의 매출이 1권의 9할 정도로 유지되었다는 이야기를 담당 편집자인 K씨에게 듣고 그런 불안한 마음도 어느 정도 가라앉았습니다.

그리고 불안해하기보다는 작품을 써야지, 그렇게 서적판 가필 수정작업과 득전 SS, 그리고 WEB 버진 집필에 매진했습니다.

서적으로는 11권이 될 예정인 [글로리아]편. 거세게 움직이고 거칠게 싸우는 에피소드를 썼던 것도 이 무렵입니다.

그러고 보니 2016년 말에 K씨와 통화하다가 K씨가 일러스트레이터 분들에게 인사를 할겸 코믹 마켓을 돌아다닌다는 이야기가 나왔습니다.

"덴드로도 동인지가 나올까요?"

『라이트노벨은 애니가 나와야 나오죠.』

"아, 그렇긴 하네요."

『참고로 지금은 그런 이야기가 전혀 없네요.』

"저도 알아요. 저도 알아요."

그런 이야기를 나누었던 기억이 있습니다.

이 시점까지는 애니화라는 고지가 아직 보이지 않았습니다.

그리고 2017년.

이 해는 인피니트 덴드로그램이 약진하는 해가 되었습니다.

기존에 발매된 책들의 매출도 조금씩 올라가던 무렵, 커다란 계기가 생겼습니다.

우선 Bookwalker의 신작 라이트노벨 총선거에서 1위로 뽑아주셨습니다.

그리고 이 라이트노벨이 대단해!에서도 문고 3위, 신작 2위로 뽑아주셨습니다.

이런 결과로 인해 인피니트 덴드로그램을 널리 선전해주셨고, 기존에 발매된 책들도 증쇄되었으며, 신간의 매출도 작가가 안심할 수 있는 정도가 되었습니다.

이 결과는 매우 운이 좋았던 것이고, 그렇게 행운을 얻게 된 것은 전부 다 독자 여러분과 관계자 분들 덕분이라 생각합니다.

그렇게 2017년 연말은 2016년보다 어느 정도 마음 편히 지내고 있었습니다.

그런 무렵이었습니다. 2016년 연말에 그랬듯이 전화가 왔습니다.

전화 너머로 K씨는 평소에 그랬듯이 『지금 통화 괜찮으신가요』라고 말한 뒤, 이렇게 말했습니다.

『애니화 결정되었습니다.』

네, 기습당했습니다. 너무 깜짝 놀라서 작가는 정말 심장이 아파졌습니다.

2017년 상황이 좋았기에 내심 '내년에는 그런 이야기가 들어오면 좋겠네~' 정도로 생각하고 있자니 2017년이 끝나기도 전에 들어왔던 겁니다.

애니화 고지가 보이기도 전에 그곳으로 텔레포트한 기분이었습니다.

K씨는 이런 기습을 자주 하곤 합니다. 이마이 카미 선생님때도 그랬습니다.

언젠가 심장이 멎을지도 모르겠지만, 적어도 이 작품이 완결된 뒤에 그랬으면 좋겠습니다.

그렇게 애니화가 결정되고, 2017년은 두근두근, 설레면서 그 해를 보냈습니다.

그런 일이 있은 뒤 2018년입니다.

이 해는 한 마디로 말하자면 '준비'하는 해가 되었습니다.

서적을 간행하면서 만화판을 확인하고, WEB버전을 쓰는 2017년까지 했던 작업, 그리고 2018년부터는 애니 관련 작업도 추가되었습니다.

애니화 범위의 호칭표와 캐릭터 설정표, 묘사할 때 주의사항 등을 자료로 정리하는 것이 첫 번째 일.

받은 애니 각본을 확인하고, 대사의 취사선택이나 긴 대사를 줄이는 것, 또는 필요할 것 같은 묘사를 추가하는 작업이 두 번째 일이었습니다.

각본이 이렇게 빨리 나오는 건가? 그렇게 생각했던 기억이 납니다.

그리고 애니 확인 작업은 각본뿐만이 아니라 미술 설정 같은 쪽도 있었습니다.

작가는 그것들을 보고 '……왕도 알테어의 귀족 저택이 이런 느낌이었나', 그렇게 자신의 이미지를 갱신하기도 했습니다.

앞으로 알테어를 묘사할 때 영향을 끼칠 것 같습니다.

각본과 미술뿐만이 아니라 모든 스탭분들이 힘을 써주셔서 이 작품은 정말 사람들 복을 많이 받았다는 생각이 들었습니다.

그리고 애니라고 하면 절대로 빼먹을 수 없는 요소 중 하나가 성우분들입니다.

뭐든지 전문가가 해야 하는 법이니 기본적으로 애니 시청자 쪽이고 문외한인 저보다 애니메이션 전문가 분들께 맡기는 형태가 되려나, 그렇게 생각하고 있었습니다.

그런 와중에 또 K씨가 전화를 걸었습니다.

『메인 캐스트는 오디션으로 정하니 참가 부탁드립니다.』

……이 담당 편집자의 전화가 일 마감 아니면 기습, 둘 중 하나라는 것을 알게 된 게 이 무렵입니다.

언젠가 K씨에게 심장을 자바니야 당할지도 모르겠습니다.

그런 관계로 오디션 심사를 맡게 되었습니다.

참가하신 성우분들의 리스트를 받았을 때는 '어?! 이렇게 대단하신 분들이 이렇게 많이……!'라는 생각이 들어 긴장해서 위장과 심장이 또 따끔거렸습니다.

오디션은 대규모로 두 차례 진행되었고, 양쪽 다 참가했습니다.

신칸센 첫 차를 타고 도쿄로 가서 돌아오는 신칸센이 없는 시간까지 심사할 정도로 스케줄이 하드했지만, 충실감과 만족감은 200퍼센트였습니다.

현장에서 확인하고, 집에 온 뒤에는 스케줄 때문에 오디션에 참가하지 못했던 분들의 몫까지 포함해서 보이스 데이터를 다시 확인, 그렇게 연달아 확인만 했지만 매우 즐겁고 귀한 체험이었습니다.

그리고 '사람에 따라 같은 대사라도 읽는 방식이나 감정 표현이 다르다'는 것을 현장에서 실감할 수 있었던 것도 앞으로 집필할 때 참고가 되었기에 매우 감사했습니다.

또한 '국어책 읽기식 캐릭터의 오디션은 오히려 심사하기 힘들다'는 것도 알게 되었습니다.

큐코를 심사할 때 가장 마음고생이 심했던 것 같습니다. (여담이지만 다음 권에서 큐코가 다시 등장합니다.)

참고로 그 다음으로 난이도가 높았던 것은 큐코와는 정반대 방향이라 힘들었던 바비였습니다.

그렇게 오디션을 통해 이 후기를 쓰고 있는 시점에서 메인 캐스트와 프랭클린은 어떤 분께서 담당하실지 정해졌습니다.

정말 멋진 성우분들께서 모이셔서 작가의 심장이 작년부터 두근거리고 있습니다.

아직 공개되지 않았을지도 모르기에 여기에는 적지 않겠습니다만, 분명 독자 여러분께서도 납득하실 수 있는 분들이라 생각합니다.

참고로 오디션이 끝나고 난 어느날, 또 K씨가 전화를 걸었습니다.

『그런데 이번 작품의 음악을 담당하실 분 말인데요.』

네. K씨는 BGM으로도 작가의 심장을 죽이려 들었습니다. 그 정도로 충격적이었습니다.

이 후기에 K씨의 기습과 작가의 심장 이야기만 쓰고 있는 것 같습니다만, 저희는 대충 이런 느낌입니다.

그렇게 서적으로 나온 뒤 작가의 나날은 이렇게 흘러왔습니다.

아직 말씀드리지 못하는 부분이 많습니다만, 정말 멋진 분들께서 담당해주시는 애니화입니다.

작가도 정말 기대하고 있습니다.

어라?

또 K씨가 전화를······.

『애니 특전 내용하고 마감 날짜를 알려드리려고요.』

HAHAHA. 더블 펀치를 날리네요.

그런 관계로 2019년은 2018년보다 더 바빠질 것 같습니다.

하지만 애니 쪽 관계자분들께서 열심히 해주시는 것처럼, 저도 저만 할 수 있는 집필로 이 작품의 한번 뿐인 기회에 온 힘을 다하려 합니다.

그리고 여러분 덕분에 힘을 다할 수 있는 기회를 얻었다는 점에 감사드리며, 앞으로도 열심히 하겠습니다.

앞으로도 인피니트 덴드로그램을 잘 부탁드립니다.

카이도 사콘

안녕하세요. 천선필입니나.

이번 인피니트 덴드로그램 9권, 재미있게 읽으셨는지 모르겠습니다.

뭐, 여기까지 읽고 계신 분들께서는 이미 알고 계시리라 생각합니다만, 드디어 이 작품의 애니화 정보가 공개되었습니다. 이 후기를 작성하고 있는 지금은 TV 애니메이션 공식 홈페이지가 생겼고, 그곳에 메인 캐스트, PV가 하나 올라와 있네요. 독자 여러분께서 이 후기를 읽고 계실 무렵에는 다른 정보가 공개되었을지도 모르겠습니다. 아직 정확한 방영 시기가 정해지지 않았으니, 혹시나 이미 애니메이션이 방송으로 나가고 있을지도 모르겠네요. 그렇게 생각하니 왠지 신기하기도 하고 두근거리기도 하는 것 같습니다.

그렇게 설레는 애니화 소식과 함께 나가게 된 이번 9권의 내용도 마찬가지로 박진감 넘치고 설레는 내용들이 많았던 것 같습니다. 지금까지 꾸준하게 등장했던 떡밥들 중 일부가 모습을 드러냈고, 전체적인 내용은 8권에서 이어져온 이야기를 속도감 있게 진행하며 멋진 마무리를 보여주었다는 느낌이죠. 기존에 진행되었던 내용들도 그랬지만 이 작품은 마무리에서 터뜨려주

는 힘이 굉장히 강하다는 생각이 듭니다. 기승전결로 따지면 기
승전쾅, 기승쾅쾅결, 이런 느낌이라 할까요. 제 미천한 어휘력
탓에 이런 표현밖에 떠오르지 않아서 정말 아쉽습니다(……).

　개인적으로 마음에 드는 설정인 선선대 문명이 그동안 깔려왔
던 떡밥 위에서 어느 정도 윤곽을 드러내고 있어서 앞으로 이야
기가 어떻게 전개될지 궁금해지게 만드는 점도 주목할 만한 부
분이지 않나 싶습니다. 복선을 까는 방식을 보면 앞으로도 계속
조금씩 깔면서 묻어둘 거라 생각했던 것들을 과감하게 드러냈
으니 말이죠. 그렇게 마련된 무대에서 주인공인 레이와 다른 등
장인물들이 어떻게 움직일지, 그런 전개의 일부분을 보여준 것
이 한동안 잠잠하다가 지난 8권, 그리고 이번 9권에서 맹활약한
톰과 마지막 부분에서 깜짝 등장해서 아직 건재하다는 것을 보
여준 프랭클린이라 생각합니다. 개인적으로는 자잘한 이야기도
더 나왔으면 합니다만.

　그런 생각을 하면서 이번 인피니트 덴드로그램 9권을 번역하
였습니다. 독자 여러분께서는 이번 9권을 읽고 어떤 생각이 드
셨는지, 어떤 부분이 제일 재미있었는지 궁금하네요.

　감사의 인사 드리고 후기를 마치려 합니다.

　항상 고생이 많으신 담당 편집자분과 소미미디어 관계자 여

러분. 감사합니다. 매번 폐만 끼치고 있는데도 불구하고 언제나 꼼꼼히 챙겨주셔서 도움이 많이 됩니다. 앞으로도 잘 부탁드립니다.

그리고 독자 여러분, 제가 이렇게 번역을 마치고 후기를 쓸 수 있는 것도 독자 여러분 덕분입니다. 진심으로 감사드립니다.

다음 권에서는 평온한 일상(?)이야기가 나온다고 합니다. 그래도 그저 평온하기만 한 일상은 아닐 것 같네요. 10권 폭풍 이후, 폭풍전야, 기대해주시면 좋을 것 같습니다.

행복한 하루 보내시길 바랍니다.
감사합니다.

천선필

Infinite Dendrogram 9
© Sakon Kaidou
Originally published in Japan in 2019 by HOBBY JAPAN Co., Ltd.

인피니트 덴드로그램 9 쌍희난무

2019년 6월 15일 1판 1쇄 발행
2019년 11월 15일 1판 2쇄 발행

저　　자 카이도 사콘
일 러 스 트 타이키
옮 긴 이 천선필
발 행 인 유재옥
본 부 장 조병권
담당편집자 김민지
편집 1팀 정영길 김민지 조찬희 이성호
편집 2팀 김다솜 이본느
편집 3팀 박상섭 임미나 김효연
미　　술 강혜린 박은정
라이츠담당 박선희 김슬비
디 지 털 최민성 박지혜
물　　류 허석용 최태욱 김희민
발 행 처 ㈜소미미디어
등　　록 제2015-000008호
제 작 처 코리아피앤피
주　　소 서울시 마포구 토정로222, 403호(신수동, 한국출판콘텐츠센터)
판　　매 ㈜소미미디어
마 케 팅 한민지, 한주원
전　　화 편집부 (070)4164-3962, 3963 기획실 (02)567-3388
　　　　　　 판매 및 마케팅 (070)4165-6688, Fax (02)322-7665

ISBN 979-11-6389-577-0 04830
ISBN 979-11-5710-725-4 (세트)